파멸왕

우각 신무협 장편소설
ORIENTAL FANTASY STORY & ADVENTURE
십지신마록(十地神魔錄) 3부
9

dream
books
드림북스

파멸왕 9
조우(遭遇)

초판 1쇄 인쇄 / 2010년 11월 10일
초판 1쇄 발행 / 2010년 11월 20일

지은이 / 우각

발행인 / 오영배
편집장 / 허경란
편집 / 신동철
본문 디자인 / 신경선
펴낸 곳 / (주)삼양출판사 · 드림북스

주소 / 서울특별시 강북구 송천동 322-10호
대표 전화 / 02-980-2112 팩스 / 02-983-0660
편집부 전화 / 02-980-2116 팩스 / 02-983-8201
블로그 / blog.naver.com/dreambookss

등록번호 / 제9-00046호
등록일자 / 1999년 3월 11일

ⓒ 우각, 2010

값 8,000원

ISBN 978-89-542-4051-2   04810
ISBN 978-89-542-3767-3   (세트)

* 지은이와 협의하에 인지는 생략합니다.
* 잘못된 책은 구입한 곳에서 바꾸어 드립니다.

십지신마록(十地神魔錄) 3부
파멸왕
9
조우(遭遇)
우각 신무협 장편소설
ORIENTAL FANTASY STORY & ADVENTURE
dream
books
드림북스

목차

제 1장

멸제행보(滅帝行步)

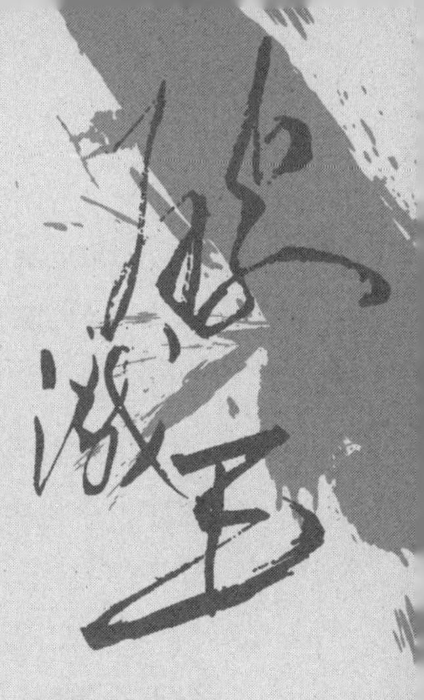

　구주천가의 전 조직에 비상이 걸렸다. 마해의 본진이 탐지되었기 때문이다. 구주천가는 당황하지 않았다. 언제고 일어날 일이었고, 이미 대비하고 있었기 때문이다.

　구주천가도 그렇게 움직이기 시작했다. 거대한 공룡처럼 느리긴 했지만, 한 발 한 발 육중한 걸음을 착실히 움직이기 시작한 것이다. 각 문파에서 차출된 정예와 구주천가의 위기진 압군이라 할 수 있는 오천(五天)이 움직였다. 거기에 뒤를 바치기 위한 오대(五隊)까지 은밀히 움직였다.

　검호천(劍護天), 도산천(刀山天), 창운천(槍雲天), 부월천(斧月天), 암혈천(暗血天)의 다섯 조직의 무인들만 무려 이천오백 명, 오대의 무인까지 합한다면 오천명. 다시 거기에 각 문파에서 차출한 정예까지 더한다면 물경 칠천이 넘는 어마어마한 숫자였다.

은밀히 움직이는 오대를 제외하고, 나머지 사천 명이 넘는 엄청난 수의 무인들이 한꺼번에 움직이자 천하가 다 들썩이기 시작했다.

천우경과 온유하는 성벽 위에 서서 오천과 각 문파의 정예들이 움직이는 모습을 지켜봤다. 그들이 움직이면서 엄청난 먼지가 일어나 하늘을 누렇게 가렸다.

천우경은 말이 없었다. 그가 말이 없자 온유하도 덩달아 입을 다물었다.

이십 년 전, 구주천가는 수성전을 통해 승리를 거둘 수 있었다. 성안에 장치된 각종 기관과 진법을 통해 우위를 점할 수 있었던 것이다. 그때의 기관과 진법은 보수를 통해 완벽하게 원상 복구되었을 뿐만 아니라 더욱 위력적으로 개조되었다. 하지만 구주천가의 성에 설치된 기관과 진법은 최후의 최후를 위한 마지막 보루였다.

천우경은 과거처럼 수성전으로 승부를 지을 생각이 없었다.

그는 능동적인 방어라는 개념의 작전을 택했다. 먼저 공격해 적의 예봉을 꺾음으로 전선을 구주천가에서 최대한 먼 곳에 형성시키는 것이다. 구주천가에서는 끊임없이 지원 병력을 보냄으로써 전선을 고착화시켜 장기전으로 이끌고, 마해를 고립시키는 작전을 병행했다.

이 모든 작전이 문상부에서 심혈을 기울여 만들어낸 것이었다. 그리고 천우경의 부인이자 문상부의 수장인 온유하의 작품이었다.

천우경은 온유하를 전폭으로 신뢰했다.

그가 마침내 입을 열었다.

"이제 시작이군."

"예! 본격적인 전쟁은 이제부터에요."

온유하가 고개를 끄덕였다.

그녀의 얼굴은 좀처럼 펴지지 않았다.

그녀의 시선은 멀어져가는 전력의 가운데에서 떨어질 줄 몰랐다. 그곳에 그녀의 아들 천위강이 있기 때문이다. 천위강은 굳이 동심회의 무인들과 함께 출전했다.

온유하의 마음을 짐작이라도 하듯 천우경이 말했다.

"괜찮을 것이오."

"하지만……."

"그는 나의 아들이오. 천가의 핏줄을 타고 태어났다면 그 어떤 시련과 고난도 당당히 극복할 것이오. 위강이를 믿으시오."

"알겠습니다."

결국 온유하는 천우경의 말을 받아들일 수밖에 없었다. 지금으로서는 별다른 수가 없었다.

천우경이 말을 바꿨다.

"그는 어떻게 하고 있소?"

별다른 언질이 없었지만 온유하는 단숨에 '그'가 누구를 가리키는지 알아차렸다.

"그는 여전히 자신의 거처에 있습니다."

"그는 엉덩이가 무척 무겁구려."

"저도 그렇게 생각합니다."

온유하가 천우경의 의견에 동조했다.

구주천가에 들어온 지 벌써 보름이 넘었지만, 그는 여전히 별다른 행보를 하지 않고 있었다.

혁련청화와의 공전절후한 대결을 마지막으로 자신의 거처에만 칩거하고 있었다. 심지어는 천우경을 찾아오지도 않았다. 그리고 천우경 역시 철군패를 굳이 찾지 않았다.

굳이 철군패를 눈으로 보지 않아도 그의 강함을 느낄 수 있었다. 주위를 통해 전해져오는 말이 아니더라도, 구주천가의 공기가 그로 인해 변했다는 것이 피부로 느껴졌다.

"그 공간에 존재함으로써 주위의 분위기까지 변하게 할 수 있는 남자는 그리 많지 않지."

"마해와의 전쟁이 끝나면 구주천가에 가장 큰 위협이 될 자입니다."

온유하의 눈이 빛났다. 그녀의 눈에는 은은한 살기마저 담겨 있었다. 그녀가 직접 본 철군패는 결코 녹록한 존재가 아니었다. 강력한 무력에 휘하의 수하들을 이끄는 존재감과 사태를 냉철하

게 파악하고 이용할 줄 아는 통찰력까지, 어느 것 하나 부족한 것
이 없었다. 거기에 무영문의 정보력까지 더해진다면 그는 훗날
구주천가의 존폐에 가장 위협적인 존재가 될 것이다.

천우경이 고개를 끄덕였다.

"그럴 수도 있겠지."

그는 온유하의 음성에 담긴 은은한 살기를 느꼈다. 사실 그
녀가 이렇게 살기를 드러내는 것은 그리 흔한 일이 아니었다.
그만큼 철군패를 경계하고 있다는 뜻일 게다.

천우경은 온유하의 마음을 이해할 수도 있을 것 같았다.

'모두가 형님 때문이다. 상식이 통하지 않는 존재, 그녀와
같은 책사들이 몇날며칠을 밤새우며 심혈을 기울여 입안한 작
전을 아무것도 아니게 만들어버리는 그와 같은 존재는 악몽이
나 마찬가지다. 그러니까 누구보다 경계를 하는 것이겠지.'

그 혼자의 존재감만으로 대국을 주관하고, 천하를 움직이는
존재는 모든 책사들의 공공의 적이나 마찬가지였다. 온유하는
이십 년 전에 천우진을 통해서 그런 사실을 확인했다.

그 때문에 그런지 천우진과 같은 성향을 보이는 자가 존재
한다면 과민하다 싶을 정도로 반응했다. 아직도 그녀는 천우
진의 잔향에서 벗어나지 못한 것이다.

이번 전쟁은 천우진의 잔향에서 벗어나기 위한 좋은 기회였
다. 마해와의 격전을 승리로 이끈다면 구주천가에 여전히 짙
게 남아있는 천우진의 잔향을 완전히 지울 수 있을 것이다.

그렇게 천우경과 온유하가 각자 다른 상념에 잠겨 있을 때, 총관이 급히 문을 열고 들어왔다.

"가주님."

"무슨 일인가?"

"먼저 이것을 보셔야겠습니다. 북방에서 암혼살화가 보내온 것입니다."

"음?"

총관이 내민 것은 한 장의 쪽지였다.

암혼살화를 총괄하는 이는 바로 온유하였다. 그런 온유하를 거치지 않고 바로 들어왔다면 급한 소식일 가능성이 컸다.

쪽지를 읽어 내리는 천우경의 얼굴이 어두워졌다.

"무슨 일입니까?"

"당신도 읽어보시오."

온유하가 천우경이 건넨 쪽지를 읽었다. 잠시 후 그녀의 얼굴 역시 천우경과 비슷하게 변했다.

"이것은?"

"북쪽에서 밀고 내려오는 정체불명의 적…… 대사조 신도제원이 이끌고 있다는구려."

"하필……."

온유하가 피가 나도록 입술을 깨물었다.

겨우 전선의 균형을 맞춰 놨다. 아슬아슬하게 힘이 유지되고 있는 형국인데 대사조가 정체불명의 무리를 이끌고 남하한다고 한다. 암혼살화들이 목숨을 버리고 겨우 얻어낸 정보였다. 이 정보를 얻기 위해 엄청난 수의 암혼살화가 목숨을 잃었다.

그러나 지금은 암혼살화의 죽음을 애도할 여유가 없었다. 대책을 세워야 했다.

"이렇게 되면……."

"그를 보내는 수밖에 없어요. 지금 상황에서 가용할 수 있는 전력은 오직 그뿐이에요."

온유하의 말에 천우경이 고개를 끄덕였다.

비록 '그'라는 주체에 대한 설명은 없었지만, 천우경은 온유하가 가리키는 사람의 정체를 단숨에 알아차렸다.

"그렇다면 그를 만나보는 수밖에 없겠군."

천우경이 한숨을 내쉬었다.

온유하도 마찬가지였다.

그렇게 두 사람이 한숨을 내쉬고 있을 때 총관이 아직 할 말이 끝나지 않았는지 조심스럽게 입을 열었다.

"저……."

"또 무슨 일인가?"

"봉황문의 금정태태가 이 자리에서 가주님을 뵙기를 청하고 있습니다."

"금정태태가?"

"그렇습니다. 막부가내로 가주님을 뵙길 청하고 있습니다. 어떻게 할까요?"

"그녀를 데려오도록."

"알겠습니다."

총관이 고개를 숙이고 물러났다.

잠시후 금정태태가 천우경이 서있는 성벽 위에 모습을 나타냈다. 그녀가 천우경을 보며 포권을 취했다.

"봉황문의 금정태태가 구주천가의 천우경 가주님을 뵙습니다."

여타 무인들을 발아래로 내려다보는 금정태태였지만 천우경에게는 감히 그런 방자한 태도를 취하지 못했다. 봉황문은 분명 수백 년의 역사를 지닌 명문이었지만, 구주천가는 그보다 더 한 역사를 갖고 있는 명문 중 명문이었다. 제아무리 오만한 금정태태라도 감히 구주천가의 가주인 천우경에게까지 그런 태도를 취할 수는 없었다.

"무슨 일이오? 금정태태."

"한 가지 의논드리고 싶은 일이 있어 이렇듯 결례를 무릅쓰고 찾아왔습니다."

"말해보시오."

"다름 아니라 본 태태의 제자 때문입니다."

"금정태태의 제자라면 남봉황이라 불리는 해여령 소저를 말하는 것이오?"

"그렇습니다."

금정태태가 고개를 끄덕였다.

그녀의 낮빛은 침중하게 굳어 있었다.

"그 아이에 대한 첩보가 들어왔다고 들었습니다. 말씀해주실 수 있을는지요?"

금정태태의 말에 천우경이 다소 난감한 표정을 지었다. 분명 암혼살화를 통해 해여령에 대한 첩보가 들어왔다. 그러나 그것은 매우 믿기 힘든 내용이었기에 아직까지 금정태태에게 전하지 않고 있었다.

그런데 금정태태가 어찌 알았는지 찾아와 진실을 알려달라고 말하고 있는 것이다.

천우경의 난처함을 눈치챈 온유하가 앞으로 나섰다.

"아직 확실한 것은 아무것도 없습니다, 금정태태."

"그래도 일단은 들어온 첩보만이라도 알려주십시오. 나는 그 아이의 사부입니다. 그 아이의 상황을 알아야 할 이유가 있습니다."

금정태태는 물러설 생각이 없는 듯했다. 그녀가 다시 힘주어 말했다.

"나는 반드시 알아야겠습니다, 문상."

온유하는 이 이상 감추면 안 된다는 판단을 내렸다. 계속 감추려 들기만 하면 봉황문의 신뢰를 잃을 수도 있기 때문이었다.

"아직 확실한 것은 아니니 오해는 하지 마십시오, 금정태태."

"이 늙은이, 문상의 말을 세이경청하겠습니다."

"얼마 전 마해의 움직임이 포착되었을 때, 본가의 암혼살화 중 한 명이 적들의 근거지인 백화장에 잠입했었습니다. 그곳

에서 암혼살화는 마해의 주인인 천마와 함께 있는 해 소저를
보았다고 했습니다.”

“으음! 그 아이가⋯⋯.”

“그녀가 강제로 제압되어 있는 것인지, 아니면 스스로의 의
지로 그곳에 있는지는 알려지지 않았습니다. 허니 사실을 파
악할 때까지 금정태태께서는 노기를 거두시지요.”

그러나 온유하의 말에도 금정태태는 딱딱하게 굳은 얼굴을
쉽게 펴지 못했다.

온유하의 말은 그녀에게 전혀 위로가 되지 않았다.

스스로 봉황문을 정도제일지문(正道第一之門)이라 자부하는
금정태태였다. 그런 봉황문의 제자가 적에게 사로잡혔다면 당
연히 욕을 당하기 전에 자결을 해야 했다.

어떤 이유를 갖다 붙이더라도 해여령이 천마의 곁에 있는
것은 봉황문의 수치였다.

“으득!”

금정태태가 소리 나도록 이를 갈았다.

그녀의 눈은 분노와 당혹감으로 범벅이 되어 있었다.

저간의 사정이야 어떻든 간에, 해여령이 천마의 곁에 있다
는 사실만으로도 그녀는 분노할 수밖에 없었다.

얼마나 분노가 큰지, 금정태태가 인사도 없이 소리 나게 몸
을 돌려 성벽을 내려갔다.

그 모습을 보며 온유하가 중얼거렸다.

　"해 소저는 결국 사부의 분노를 샀군요. 나는 그녀에게 용서를 받기에 타당한 이유가 있길 빌어요."
　온유하의 눈빛이 깊이 침전됐다.

*　　*　　*

　청문이가(靑紋李家)는 빈객청에 머물고 있었다. 이번 원정군에 상당수의 정예를 파견했기에 빈객청에 머무는 청문이가의 전력은 반 이상 줄어 있었다. 하지만 그렇더라도 청문이가의 전력이 상당히 강하다는 것에는 반론의 여지가 없었다.
　청문이가는 이백 년 이상의 역사를 지닌 명문이었다. 청문이가의 가주 이문악은 청수한 학자풍의 문사라고 했다. 그러나 문사의 외양을 하고 있다고 해서 그가 무공을 익히지 않았다고 생각하면 오산이었다.
　청문이가는 무가(武家)였다. 이문악은 그런 청문이가의 가주답게 당연히 무공을 익혔다. 단지 그가 익힌 무공이 워낙 특별한 것이기에 그다지 무공을 익힌 표가 나지 않을 뿐이다.
　이문악은 섭선을 살랑살랑 흔들며 계단을 내려오고 있었다. 청문이가의 무인들이 그런 이문악을 향해 고개를 숙여 보였다.
　"가주님, 내려오십니까?"
　"가주님!"
　무인들의 인사에 이문악이 고개를 끄덕였다.

　상당수의 무인들을 파견했다고 하지만 아직도 청문이가의 힘은 건재했다. 아니, 진정한 정예는 파견도 하지 않았다. 이곳에 있는 이들이야말로 진정한 청문이가의 정예들이었다.

　그가 섭선을 흔들며 중얼거렸다.

　"날이 무척이나 좋구나. 이런 날은 운치 좋은 정자에서 아리따운 계집과 함께 술 한잔을 해야 제격이거늘."

　청문이가의 후원에는 무척 경치가 좋은 정자가 있었다. 가산을 등지고 정자에서 술잔을 기울이면 그보다 좋은 운치는 없을 것이다.

　구주천가에서 아쉬운 것이 하나있다면 숙소를 마음대로 선택할 수 없다는 것이다. 그 때문에 전경이 좋은 숙소를 얻지 못하고, 이렇듯 환경이 척박한 곳에서 머물러야 한다는 사실이 그저 서글플 뿐이었다.

　허나 아쉬운 표정도 잠시 이문악은 이내 빈객청 밖으로 걸음을 옮겼다. 그러던 그의 걸음이 멈춘 것은 잠시 후였다.

　"응?"

　그의 눈에 아리따운 여인이 보였다.

　비록 면사로 반쯤 얼굴을 가리긴 했지만, 타고난 아름다움을 완전히 감출 수는 없었다.

　이문악이 여인을 보며 말했다.

　"그대는 누군가? 구주천가에 그대처럼 아름다운 여인이 있다는 이야기는 들은 적이 없는데."

거대세가의 가주로서 채신없는 말이었지만 이문악은 상관하지 않았다. 그의 신경은 온통 여인의 아름다움에 쏠려 있었기에 별달리 이상한 점을 느끼지 못했다. 만일 그가 조금 더 냉정한 사람이었다면 여인의 눈빛이 무척이나 차분하면서도 냉랭하다는 사실을 알아차렸을 것이다. 하지만 지금 이 순간, 이문악의 모든 신경은 여인의 아름다운 외모에 쏠려 있었다.

이문악의 질문에 여인이 차분한 음성으로 대답했다.

"제 이름은 단월이에요."

"단월? 들은 적이 있다. 무영문의 소문주가 바로 단월이라는 이름을 쓰고 있다지?"

"맞아요."

여인, 단월이 고개를 끄덕였다.

그녀는 분명 단월이었다. 단월이 이문악을 똑바로 바라보았다.

"그대가 이곳엔 웬일인가?"

"당연히 용건이 있어서 왔지요."

"용건? 무슨 용건을 말하는 것인가?"

"이 가주님께서 더 잘 아실 텐데요."

단월의 말에 이문악의 미간이 찌푸려졌다. 자신을 빤히 바라보는 단월의 시선과 마주하니 무언가 한 줄기 불안감이 느껴졌다. 가슴 한쪽이 뜨끔했지만, 그는 아무렇지 않은 얼굴로 다시 물었다.

"나는 그대가 무슨 말을 하는지 도무지 알 수 없군."

“정말 모르시나요?”

단월이 속을 빤히 들여다보는 것처럼 계속 쳐다보자 이문악의 언성이 높아졌다.

“도대체 이 무슨 무례한 짓인가? 어디 아녀자가 일가의 가주에게 그런 언사인가?”

“그런가요? 그렇게 느끼셨다면 죄송합니다.”

“어린 계집이 근자에 명성을 좀 얻었다고 기고만장해 눈에 보이는 게 없나보군. 강호의 어른에게 그런 버르장머리 없는 말투라니. 무영문이 근본이 없는 도적들의 집단이다 보니 소문주 또한 그런가보군.”

이문악의 노성에 인근에 있던 청문이가의 무인들이 노골적으로 단월을 비웃었다.

“어린 계집이 면사로 얼굴을 가리면 우리가 못 알아볼 줄 아나 보구나.”

“계집, 뒷골목 다닐 때 조심하거라.”

“엉덩이가 탱탱한 것이 탐스럽구나. 흐흐흐!”

단월에게 수치를 주기 위해 하는 소리였다. 그런 사실을 알고 있었지만, 워낙 입에 담기 힘들 정도로 음담패설이었기에 단월의 미간이 절로 찌푸려졌다.

이문악의 목소리에 힘이 실렸다.

“괜히 이곳에서 험한 꼴 당하지 말고 돌아가게. 내 수하들이지만 간혹 나로서도 통제가 되지 않는 경우도 있으니까.”

"가문의 수하들마저 제대로 통제하지 못한다는 것은 가주의 능력 부족을 자인하는 것인가요?"

"뭐라?"

이문악의 눈썹이 성큼 치켜 올라갔다. 그의 눈에 은은한 노기가 어렸다. 그래도 단월의 얼굴은 흔들리지 않았다.

"어린 계집이 간담도 크구나. 감히 면전에서 본 가주를 모욕하다니. 감히 노부가 누군지 알고."

"물론 나는 잘 알고 있어요. 청문이가, 이백 년을 이어온 명문. 조상 대대로 주위 사람들을 배려하라는 유훈을 이어왔지만, 당신 이문악이 가주가 되면서 그런 훌륭한 유훈은 사장되고 세력 확장에만 혈안이 됐죠. 반천련에 가입한 것도 그런 이유 때문이고요. 내 말이 틀렸나요?"

"너?"

이문악의 얼굴이 딱딱하게 굳었다.

결코 입 밖으로 내서는 안 되는 금기어가 단월의 입에서 흘러나왔다. 생글 웃고 있는 그녀의 얼굴을 바라보는 그의 표정이 마치 야수처럼 흉폭하게 변해 있었다.

콰드득!

손에 들고 있던 섭선이 우그러졌다.

순식간에 장내의 분위기가 흉흉하게 변했다. 청문이가의 무인들이 살기어린 시선으로 단월을 노려보고 있었다.

그들이 반천련에 가입했다는 사실은 극비중의 극비였다.

　이문악은 연판장이 단월에게 탈취되었다가 결국에는 모두가 보는 앞에서 부서졌다는 사실을 알고 있었다.

　연판장이 부서진 직후, 반천련에서는 청문이가를 비롯한 몇몇 문파에게 구주천가에 입성할 것을 명했다. 청문이가를 비롯한 문파들은 혹시 반천련의 명부가 유출되었을지 모른다고 망설였지만, 반천련은 그런 일은 절대 없을 것이라며 명령대로 행하라고 했다. 그렇게 찜찜한 마음을 가지고 구주천가로 입성한 청문이가였다.

　청문이가를 비롯한 문파들은 구주천가에서 암약하며, 반천련의 명이 떨어졌을 때 내부에서 반란을 일으켜 외부의 세력과 동조하는 위험한 임무를 맡았다.

　'못내 불안하더니, 결국 이런 일이 생기는구나.'

　이문악의 내심은 곤혹스럽기 그지없었다. 어떻게든 이 일을 수습해야 했다. 이 사실이 외부로 흘러나간다면 청문이가는 구주천가에 의해서 멸문당하고 말 것이다.

　최대한 자신의 감정을 드러내지 않으며 이문악이 말했다.

　"계집, 못하는 소리가 없구나. 감히 청문이가를 모함하려 하다니."

　"그렇게 태연한 척하실 필요 없어요. 이미 구주천가도 아는 사실이니까요."

　"뭣이?"

　끝내 이문악이 자신의 감정을 드러내고 말았다. 고조된 음성에 그의 불안함 감정이 담겨 있었다.

단월의 눈빛이 차가워졌다.

"일신을 위하여 반천련에 영혼을 판 죄를 어떻게 갚을 건가요? 당신들 때문에 천하의 혼란이 더욱 가속화되고 있어요."

"닥쳐라. 네가 뭘 안다고 그런 소리를 하는 것이냐?"

더 이상 숨길 이유도, 필요도 없었다. 이제 이문악은 거침없이 살기를 드러냈다. 그럼에도 불구하고 단월의 표정은 태연하기 그지없었다.

"더 이상 알 이유가 없나요?"

"이 모든 것이 구주천가 때문이다. 구주천가만 아니었으면 우리 청문이가가 변방의 패주로 만족할 이유가 없다. 청문이가가 변방을 벗어나기 위해서는 구주천가를 반드시 무너트려야 한다. 나는 청문이가를 위해 이 모든 일을 결정했을 뿐이다."

"모두가 그렇죠. 자신의 이익과 영화를 위해 움직이죠. 때문에 당신과 청문이가를 탓할 생각은 없어요. 단지 안타까울 뿐이죠. 한순간의 그릇된 판단으로 청문이가가 역사의 뒤안길로 사라지게 생겼으니까요."

"계집, 뚫린 입이라고 못하는 말이 없구나. 하지만 너는 결코 이곳에 혼자 와서는 안 됐다. 네가 연판장의 내용을 어찌 기억하나보지만, 내 반드시 네년의 목만큼은 딸 생각이다."

"누가 그러던가요? 내가 혼자 왔나고."

"어린년이……."

결국 이문악이 화를 참지 못하고 옆에 있던 무사의 검을 뽑아 단월의 목을 향해 찔러갔다. 마치 전광석화(電光石火)와도 같은 공격에 단월의 목숨이 위태해 보였다. 하지만 그럼에도 불구하고 단월은 전혀 피할 생각이 없는 듯 보였다. 그녀가 미소를 지은 채 제자리에 가만히 서있었다.

파캉!

단월은 가만히 서있는데 그녀의 전면에서 쇳소리가 울려 퍼졌다.

"크윽!"

이문악이 답답한 신음성을 흘리며 무거운 발자국 소리와 함께 뒤로 서너 걸음이나 물러났다.

바닥에는 조그만 손도끼가 떨어져 있었다. 어디선가 날아온 손도끼가 이문악의 공세를 대신 막아낸 것이다.

"흐흐! 예쁜 소저에게 그렇게 험한 짓을 하면 쓰나?"

능글맞은 웃음소리와 함께 빈객청 담장위에 모습을 드러낸 남자는 바로 양천의였다. 그가 패배의 후유증을 극복하고 모습을 나타낸 것이다. 그의 양옆으로 북풍대의 무인들이 모습을 드러냈다.

"으음!"

그 광경에 이문악은 물론이고 청문이가의 모든 무인들의 얼굴이 딱딱하게 굳었다. 그들은 완벽하게 북풍대에 의해서 포위된 것이다.

이문악이 단월을 노려봤다.

"계집, 혼자 온 것이 아니었구나."

"나는 결코 혼자 왔다고 말한 적이 없어요. 그리고 혼자 이곳에 올 만큼 멍청하지도 않구요."

"계집!"

단월의 대답이 끝나기도 전에 이문악이 그녀를 붙잡기 위해 손을 뻗었다. 단월을 인질삼아 이곳을 빠져나가려는 의도였다. 하지만 그런 그의 의도는 양천의에 의해 다시 무산됐다.

쐐액!

양천의의 손을 떠난 손도끼가 이문악의 목을 향해 날아갔다. 이대로 손을 뻗으면 단월을 잡을 수 있겠지만, 그렇게 하면 자신의 목도 날아간다. 결국 이문악은 몸을 돌려 손도끼를 쳐낼 수밖에 없었다. 그사이 단월은 멀찍이 물러났다.

단월이 안전을 확보하자 양천의가 북풍대에게 외쳤다.

"모조리 족쳐라!"

"예!"

북풍대가 짧은 대답과 함께 빈객청으로 뛰어들었다. 북풍대는 무서운 기세로 청문이가의 무인들을 압박해갔다. 그에 이문악의 표정이 암담하게 변했다.

'이럴 수가! 몇 년을 준비했던 대계가 이렇듯 허무하게 무너지다니. 도대체 반천련은 무엇을 히고 있었던 것인가? 이 이런 계집을 미리 죽여 이런 사태를 미연에 방지하지 못하고.'

　이런 일 하나 제대로 처리하지 못한 반천련에 갑자기 반감이 들었지만, 때늦은 후회였다. 지금은 최선을 다해 이곳을 빠져나가야 할 때였다. 그가 조심스럽게 뒤로 물러나려 할 때였다.

　쿵!

　갑자기 거대한 그림자가 그의 앞을 막아섰다.

　"흐흐흐!"

　음소를 터트리는 남자는 바로 양천의였다. 그가 어느새 거대한 대부를 어깨에 턱하니 걸치고 이문악의 앞을 가로막은 것이다.

　"놈!"

　"그 얼굴, 마음에 들지 않는군. 지나치게 가식적이야."

　"감히!"

　쐐액!

　이문악이 양천의를 선제공격했다. 양천의는 대부로 검을 튕겨내며 말했다.

　"그 얼굴에 눈물이 흐르도록 해주지, 늙은이."

　부웅!

　거대한 대부가 엄청난 기세로 이문악을 향해 날아왔다. 그에 이문악이 급히 검을 들어 전면을 막았다.

　콰앙!

　"크헉!"

　이문악이 피를 토해내며 뒤로 날아갔다. 가벼운 검으로 중

병인 대부를 막으려 했던 처절한 대가였다. 이문악은 바닥을 서너 번이나 구르고 난 다음에야 겨우 정신을 차릴 수 있었다. 그 순간, 양천의가 다시 대부를 휘두르며 쇄도하고 있었다.

양천의를 본 이문악의 눈이 암담해졌다.

"빌어먹을!"

그가 겨우 몸을 굴러 양천의의 대부를 피했다. 하지만 양천의는 그의 움직임을 놓치지 않고 또다시 무섭게 따라붙었다. 커다란 덩치와는 어울리지 않는 기민성이었다.

"네놈에게 당한 치욕은 결코 잊지 않고 있다."

"무, 무슨 말을 하는 것이냐?"

이문악은 몰랐다. 양천의의 눈에 비친 자신의 모습이 화진천과 겹쳐 보인다는 사실을.

"놈! 결단코 용서하지 않겠다."

콰앙!

　　　　　　*　　　*　　　*

멀리서 들려오는 굉음에 철군패가 고개를 들었다.

"천의가 시작한 모양이군."

그의 전면에 자단목으로 만든 문이 있었다. 처마 밑에 걸린 낙월전(落月殿)이란 현판이 유독 눈에 띄었다.

낙월전은 벽호문(碧虎門)에게 배정된 전각이었다. 이곳에 벽호문 이백 명의 제자들이 머물고 있었다.

"시작해!"

철군패의 말이 떨어지자 북풍대의 일부가 낙월전의 문을 부수며 안으로 난입했다. 나머지 북풍대원들은 일제히 담을 타넘었다.

그들이 낙월전 안으로 들어서자 당혹스런 음성이 터져 나왔다.

"누구냐?"

"침입자다."

곧이어 무기가 부딪히는 쇳소리가 터져 나왔다.

북풍대원들은 무자비했다. 그들은 거침없이 대항하는 벽호문의 무인들을 제압해나갔다. 마치 한 몸처럼 펼치는 백병도에 벽호문의 무인들은 변변히 대항조차 하지 못했다.

낙월전으로 들어가는 길이 열렸다. 철군패는 북풍대가 연 길을 걸었다. 그를 막아서는 사람은 아무도 없었다. 그 어떤 무인도 감히 철군패가 있는 곳까지 다가오지 못했다. 철군패에게 다가가기도 전에 북풍대에 의해 저지, 제압당했기 때문이다.

이백 명의 문도를 지닌 벽호문이 제압당하기까지 걸린 시간은 채 반 시진도 되지 않았다. 격렬하게 저항한 자들은 사살당했고, 그나마 일찍 항복한 자들은 목숨을 구함 받았다.

혈도를 제압당한 벽호문도들이 무릎을 꿇어야 했다. 그들 중앙에 벽호문주 차현산이 있었다. 모든 제자가 제압된 가운데 오직 그만이 멀쩡하게 서서 철군패를 노려보고 있었다.

차현산이 철군패를 향해 소리쳤다.

"이게 무슨 짓인가? 제아무리 멸제라고 하지만 아무런 이유 없이 벽호문을 공격하다니, 하늘이 두렵지도 않은가?"

"벽호문이 하늘을 운운하다니, 우습군."

"그게 무슨 말인가?"

"내가 왜 여기 왔는지 잘 알고 있을 텐데."

"나는 도대체 무슨 말을 하는 것인지 모르겠다."

"반천련. 이래도 모르겠는가?"

"네놈, 그걸 어떻게?"

차현산의 얼굴이 새하얗게 질려갔다.

이제야 그는 철군패와 북풍대가 벽호문을 습격한 이유를 알았다. 지금 이 순간 그의 심장은 금방이라도 터질 듯이 고동치고 있었다.

벽호문이 반천련에 가입했다는 사실은 누구도 알지 못하는 비밀이었다. 하지만 철군패와 북풍대의 태도를 보니 벽호문이 반천련에 가입했다는 사실을 분명히 알고 있는 듯했다.

"결국 손바닥으로는 하늘을 가릴 수 없단 말인가?"

차현산이 이를 뿌득 갈았다.

이제 모든 진실을 알았다. 그리고 자신이 더 이상 물러설 수 없는 궁지에 몰렸다는 사실도 알았다. 하지만 그렇다고 순순히 제압당해줄 생각은 없었다. 그에게도 자존심은 존재했다.

마지막 남은 자존심만은 지키고 싶었다.

그가 철군패를 향해 말했다.

"당신의 권공이 능히 천하제일이라 들었다. 하지만 나 역시 벽호문의 권공에 무한한 자부심을 가지고 있다. 나에게 마지막으로 당신과 싸울 수 있는 영광을 주겠는가?"

"얼마든지."

"좋다."

차현산이 전신의 기를 끌어올렸다. 그러자 그의 양주먹이 푸르스름한 빛을 내뿜었다. 벽호문의 절기인 벽호무상권(碧虎無上拳)을 운용한 것이다.

차현산은 망설이지 않고 철군패를 향해 달려들었다.

그의 주먹이 철군패의 가슴을 향해 날아왔다. 철군패는 피하지 않고 주먹을 마주 휘둘렀다.

콰앙!

주먹과 주먹이 부딪쳤는데 폭음이 울려 퍼졌다. 동시에 차현산의 몸이 달려들던 속도보다 배는 빠르게 뒤로 튕겨나갔다. 그의 입가에서는 한 줄기 선혈이 흘러내리고 있었다.

"크윽!"

겨우 멈춰선 차현산이 왼 손등으로 흘러내리는 선혈을 닦아 냈다. 철군패과 부딪힌 오른손은 뼈가 부러져 손등을 뚫고나와 있었다.

단 한 번 격돌했을 뿐이다. 그런데 온몸이 해체되는 듯한 충격이 느껴졌다. 그야말로 경악스러울 정도의 위력이었다.

뚜둑!

그러나 차현산은 결코 절망하지 않고 스스로 부러진 뼈를 맞춘 뒤 다시 철군패를 향해 달려들었다.

"이야아! 벽호십팔권(碧虎十八拳)."

쉬쉭!

연이어 열여덟 번의 주먹질이 철군패를 향해 펼쳐졌다. 마치 유성우가 쏟아져 내리듯 철군패를 향해 쏟아지는 눈부신 권강(拳罡)의 폭우.

벽호십팔권이야말로 벽호무상권의 최절초였다.

한눈에 보아도 알 수 있었다.

차현산이 얼마나 절실한 마음인지, 얼마나 최선을 다하고 있는지.

철군패의 등이 활대처럼 휘어지는가 싶더니, 곧이어 커다란 주먹이 빗살처럼 쏘아져나갔다. 극강의 일격포였다.

쿠와앙!

비명도 없었다.

차현산의 몸이 허공을 훌훌 날아 바닥에 떨어졌다. 바닥을 나뒹구는 그의 몸 어디서도 산 자의 기운은 느껴지지 않았다.

그가 최선을 다했기에 철군패도 최선을 다했다. 철군패는 최소한 마지막까지 그를 한 명의 무인으로 대했다.

철군패가 몸을 돌리며 말했다.

"다음은 황룡방(黃龍房)이다."

그날, 구주천가에서 대대적인 숙청이 이어졌다. 숙청의 대
상은 반천련에 가입한 자들이었고, 숙청을 한 자들은 바로 북
풍대였다.

*　　*　　*

북풍대라는 폭풍이 구주천가를 휩쓸고 있을 때, 외성의 은
밀한 곳에 모여 대화를 하는 사람들이 있었다.

"역시 들통이 났군요. 그의 말처럼, 그녀는 연판장의 명부
를 외우고 있었어요."

서문화영이었다.

희미한 등불 아래 그녀의 얼굴에 깊은 음영이 드리워져 있
었다. 서문화영의 시선이 향하는 곳에 임관설이 있었다.

지금 이 순간 임관설은 도무지 무슨 생각을 하는지 알 수 없
을 정도로 무감각한 표정을 하고 있었다. 마치 생명이 없는 석
상을 눈앞에서 보는 기분이었다.

그러나 서문화영은 아랑곳하지 않고 말을 이었다.

"역시 구주천가라고나 할까요? 그도 아니면 단월이란 그 계
집이 영악하다고 할까요? 결국 이렇게 연판장을 이용해먹다
니. 덕분에 반천련에서 구주천가에 심어놓은 세력들이 모조리
풍비박산 났어요."

지금 이 순간에도 연판장에 서명한 문파들이 구주천가에 의

해 색출, 제거당하고 있었다. 정말 무섭다고 볼 수밖에 없는
행동력이었다.

더구나 구주천가를 대신해 반천련에 가입한 문파들을 제거
하고 있는 북풍대의 무력은 치를 떨게 할 만큼 엄청났다. 그
때문에 반천련에서는 일시지간 어떻게 할 방도를 찾지 못하고
속수무책으로 당하고 있었다.

분명 지금은 반천련의 위기였다. 그런데도 서문화영의 표정
에는 별다른 변화가 없었다. 여전히 그녀의 얼굴에는 여유가
넘쳐흐르고 있었다.

"호호! 이십 년 전이나 지금이나 그들은 치밀하고 집요해
요. 그리고 여전히 무자비하구요."

서문화영이 교소를 터트렸다.

그녀의 웃음에는 원한과 분노가 담겨 있었다. 겉으론 웃고 있
지만, 여전히 그녀는 구주천가에 대한 분노를 불태우고 있었다.

이십 년 전, 그녀의 가문이 무너진 것도, 그녀의 오라비가
죽은 것도 모두 구주천가 때문이었다. 구주천가는 그녀의 소
중한 모든 것을 빼앗아갔다. 그 원한은 결코 쉽게 잊을 수 있
는 종류의 것이 아니었다.

지금도 눈만 감으면 서문세가의 사람들과 오라비의 얼굴이
떠올랐다. 그들이 절규하는 모습이 생생해서 하루 한 시진 이
상 잠을 잘 수 없었다.

"천우경, 너의 심장에 나의 비수를 박기 전까지, 나는 결코

편히 잠을 자지 못하리라.”

서문화영이 이를 뿌득 갈았다. 임관설이 그런 서문화영을 빤히 바라보았다. 같은 여인의 몸이었지만 서문화영과는 쉽게 가까워질 수 없었다. 어쩌면 그녀의 몸에서 흘러나오는 음습한 분위기와 독사 같은 눈빛 때문인지도 몰랐다.

‘오라버니.’

임관설이 나직이 한숨을 내쉬었다.

서문화영만큼은 아니지만 그녀의 심경 역시 복잡했다. 대사조는 반천련과 손을 잡았다. 그리고 철군패는 반천련에 가입한 자들을 풍비박산 내고 있었다. 임관설로서는 한숨을 내쉴 수밖에 없는 상황이었다.

임관설이 철군패를 떠올렸다. 그러자 철군패의 곁에 있는 단월까지 덩달아 떠오르고 말았다. 임관설은 고개를 저어 애써 상념을 지웠다. 너무 다른 길을 가는 사람이었다. 어쩌면 절대로 만날 수 없는 평행선처럼 영원히 그와는 가까워질 수 없을지도 몰랐다. 그것이 그녀의 운명이었다.

하지만 임관설은 절대로 자신의 생각을 밖으로 드러내지 않았다. 그녀는 여전히 무표정한 얼굴을 하고 있었다.

문득 그녀의 시선이 창밖으로 향했다.

분주히 움직이며 살아가는 구주천가 외성 사람들의 모습이 보였다. 전란의 시대에도 그들은 여전히 각자에게 주어진 삶에 충실하고 있었다.

제 2 장

북진마해(北進魔海)

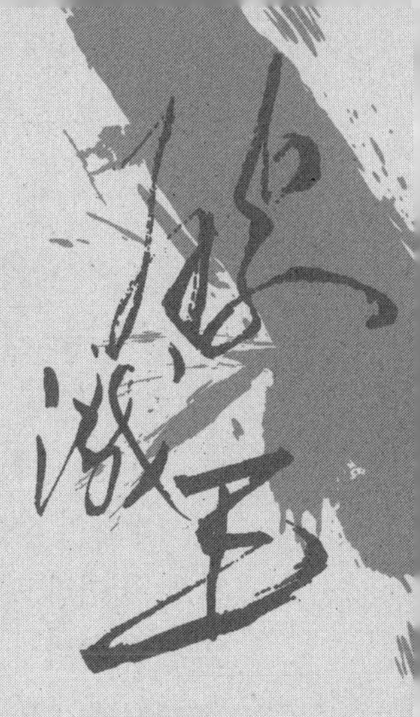

　마해는 북진하고 있었다. 처음 세상에 나왔을 때 그들의 수는 일만 명에 불과했으나, 북진을 거듭할수록 그들의 세는 급속히 불어났다.

　마도를 표방하는 문파들이 하나둘 합류하면서 마해의 세력은 어느덧 이만 명에 가까워졌다. 마도를 걷는 자들에게 있어 천마 소운천은 신이나 마찬가지였다.

　소운천의 얼굴을 한 번이라도 보는 것을 무상의 영광으로 생각하는 자들이 부지기수였다. 그들은 조금이라도 소운천의 가까이 서 있고자 했다.

　구주천가에 의해 숨을 죽여야 했던 마도의 문파들이 세상으로 쏟아져 나와 마해에 속속 합류하고 있었다. 시간이 갈수록 그들의 수는 기하급수적으로 불어났다.

"천마시여."

"만마의 지존이시여."

사람들이 소운천을 불렀다.

한 번이라도 그의 얼굴을 본 자들은 그 자리에 무릎을 꿇고 눈물을 흘렸다. 소운천은 이제까지 억눌렸던 마도의 무인들을 해방시키기 위해 나타난 구세주였다.

그들의 맹목적인 모습을 보면서 남진엽이 어깨를 활짝 폈다. 그는 이제 소운천의 심복이었다. 소양에서 소운천에게 구함을 받은 이후로, 그는 자신의 모든 영혼을 받쳐 소운천을 따르고 있었다. 소운천이 원한다면 그는 자신의 목숨을 얼마든지 버릴 수 있었다. 그의 육신과 영혼은 소운천의 것이었다.

얼마나 행진했을까? 문득 마해의 행진이 커다란 강가에서 멈췄다.

"오늘은 이곳에서 쉬어간다. 모두 군진을 구축하라."

금청사의 명령이 떨어지자 마해의 행진이 멈췄다. 무인들은 곧장 강가에 군진을 구축하기 시작했다. 채 한 시진도 안 돼 강가에는 거대한 군진이 구축됐다.

번이 세워지고 곳곳에서 솥이 걸리며 식사준비가 시작됐다. 물자는 풍족했다. 합류하는 문파들이 이제까지 비축해놓은 군량을 풀었기 때문이다.

마해의 무인들은 삼삼오오 모여 식사준비를 하면서 이야기꽃을 피웠다. 거대한 전쟁을 앞두고 있었지만, 그들의 얼굴에는 한 점의 두려움도 존재하지 않았다. 오히려 그들의 얼굴에는 활기가 넘쳐흐르고 있었다.

"이번에야말로 구주천가를 발아래 둘 수 있겠군."

"천마님께서 출관하신 이상, 그 누가 감히 마해의 적수가 될 수 있겠는가?"

그들의 얼굴에는 소운천에 대한 맹목적인 믿음이 떠올라 있었다.

마해의 사기는 그야말로 최고조에 달해 있었다.

멀리서 마해의 모습을 보면서 숨을 죽이고 있는 존재들이 있었다. 강가의 갈대밭에 은신한 채 숨을 죽이고 있는 서른 명의 무인들. 하나같이 범상치 않은 기운을 흩뿌리는 남자들이었다. 모두 약속이나 한 듯 검은 야행복을 입고 있는 남자들의 눈은 마치 잘 벼려진 칼날처럼 날카롭게 빛나고 있었다.

군진을 바라보는 남자들의 눈은 비장하기 그지없었다. 남자들의 우두머리로 보이는 강직한 인상의 중년인이 입을 열었다.

"모두 우리의 임무를 알고 있겠지?"

"……."

대답은 없었다. 그래도 중년인은 아랑곳하지 않고 말을 이었다.

"우리에게 퇴로 따위는 없다. 오늘 우리의 목숨을 이곳에 묻는다."

중년인의 말을 듣는 남자들의 눈이 빛났다.

"우리의 목적은 단 하나, 천마를 암살하는 것이다. 천마를 암살하는 데 성공한다면 우리의 이름은 영원히 무림사에 남을 것이다."

그들의 이름은 암검(暗劍), 바로 어둠의 검이다.

암검은 구주천가에서 비밀리에 키운 암살조직이었다. 암혼살화가 온유하의 직계조직이라면 암검은 장로원에서 비밀리에 키운 조직이었다. 태상장로 남무해가 주도하고 새로이 장로직에 오른 자들이 후원해서 키운 조직인 것이다.

이십 년 전 천마의 무서움을 경험했던 구주천가의 장로들은 언제고 다시 천마가 살아날 때를 대비해 오직 그를 암살하기 위한 부대를 만들어 훈련시켰다. 그들이 바로 암검이었다.

지난 이십 년 동안 암검은 오직 소운천 단 하나만을 죽이기 위한 훈련을 해왔다. 그들에게 퇴로나 후퇴는 존재하지 않는다. 자신의 목숨으로 천마 소운천을 죽이는 것이 그들의 지상목표였다.

중년인이 복면을 쓰자, 다른 남자들도 따라서 복면으로 얼굴을 가렸다. 그 이상 말은 필요 없었다.

이미 질릴 대로 훈련을 한 그들이었다. 이와 같은 상황을 대비해 훈련을 한 것이 무려 이십 년이었다. 그들은 자신들이 해야 할 일을 너무나 잘 알고 있었다.

스스스!

암검이 움직이기 시작했다. 각자 움직이는 방향이나 펼치는 은신술은 달랐지만, 그들이 최종적으로 향하는 곳은 오직 한 곳, 소운천의 거처였다. 그들은 그동안 이동하는 마해의 무인들을 뒤따르면서 최적의 장소를 물색해왔다. 이곳은 암살하기에 최적의 장소였다.

우거진 갈대는 그들의 몸을 완벽하게 은신시켜줄 것이고, 일단 군진에 섞여들기만 하면 소운천에게 접근하는 것은 그리 어려운 일이 아니라는 것이 그들의 판단이었다.

갈대밭을 지나 그들은 은밀히 마해의 군진 속으로 파고들었다. 수많은 무인들이 번을 서고 있었지만, 암검은 어렵지 않게 그들의 사각을 파고들 수 있었다. 그들은 혼자 떨어진 자들을 암살하고 대신 그들로 변장했다. 시체를 숨기고 분장하는 데 까지 걸린 시간은 촌각에 불과했다.

그들은 태연하게 죽은 자들을 대신해 움직였다. 서른 명의 암살자들이 점점 소운천의 군막에 가까이 다가갔다. 소운천을 비롯한 수뇌부들의 군막은 다른 곳보다 경계가 삼엄했다. 때문에 접근하는 것이 쉽지 않았다. 하지만 그들은 천신만고 끝에 소운천의 군막가까이 접근하는 데 성공했다.

암검은 서로 눈빛을 교환했다.

'단 일검에 끝내야 한다.'

그들이 품안의 단검을 꺼내들었다. 단검의 끝이 녹색으로 빛나고 있었다.

광혈심독(狂血心毒). 단검에 묻힌 독의 이름이었다.

광혈심독은 세상에 이름조차 알려지지 않은 극독이었다. 남만의 늪지의 가장 밑바닥에는 이제까지 집어삼킨 수많은 생물의 사체가 분해되면서 독소가 형성된다. 수많은 사체들이 부식되면서 발생하는 독소가 수없이 뒤섞이면서 천하에 다시없을 극독이 만들어지는데, 이를 일컬어 광혈심독이라 부른다.

한두 가지 독이 아니라 수많은 사체에서 나온 시독이 섞이면서 형성된 독이기에 일단 중독이 되면 뼈와 살을 맹렬한 속도로 녹여 어떻게 해독할 방법이 없었다.

널리 알려지지 않았지만, 광혈심독은 능히 천하제일극독이라 할 만했다. 남무해는 얼마 전 간신히 광혈심독을 구할 수 있었다. 그는 어렵게 구한 광혈심독을 암검에게 분배해줬다. 현재 암검이 착용한 모든 무기에는 바로 광혈심독이 묻어 있었다. 어떻게 하든 소운천을 죽이겠다는 의지였다.

암검은 자신들의 살기조차 숨겼다. 소운천을 암살하기 위해서는 살기조차 드러내서는 안 됐다.

군막을 등지고 앉아있는 소운천의 모습이 보였다. 소운천의 곁에는 해여령이 있었다. 해여령은 근심어린 얼굴을 하고 있었고, 소운천은 무심한 얼굴로 전면에 불타오르는 모닥불을 보고 있었다.

소운천이 조용한 것을 좋아하는지, 마침 그의 곁에는 그 누구도 없었다. 흔한 호위 한 명 없는 것이다.

'절호의 기회다.'

암검이 눈빛을 교환했다.

함정일 수도 있다는 생각을 했다. 하지만 설령 함정이라 하더라도 너무나 매력적인 상황임은 분명했다.

이쯤에서 판단을 해야 했다. 더 은밀히 지척으로 접근할 것인지, 아니면 지금 전격적으로 암습해야 할 것인지.

암검주인 중년인이 택한 것은 바로 후자였다. 이 이상 시간을 끌다가는 종적이 노출될지도 모른다. 그렇다면 차라리 어느 정도 희생을 감수하고 소운천에게 상처를 입히는 것이 좋은 방법이었다. 일단 상처만 입히면 나머지는 광혈심독이 알아서 해결해줄 것이다.

쉬익!

눈빛을 교환한 암검들이 일제히 소운천을 향해 몸을 날렸다. 그 순간, 그들의 전면에 십여 개의 그림자가 나타났다. 소운천을 지척에서 호위하는 천마십위였다.

"감히!"

천마십위가 암검을 막아섰다. 암검의 암습은 천마십위에 의해서 차단당했다. 그러나 천마십위의 수는 불과 십여 명, 그에 비해 암습한 암검의 수는 무려 서른 명이었다. 그들은 엄밀한 방어막을 만들어냈지만 몇 명이 저지선을 통과해 소운천에게 쇄도했다. 그들 중에는 암검주도 존재했다.

암검주를 비롯한 저지선을 통과한 암검들은 광혈심독이 묻은 단검으로 소운천을 암살하려고 했다. 하지만 그 순간 다시 몇 명의 천마십위가 그들의 전면에 나타났다. 어느새 천마십위 중 몇 명이 그들의 의도를 눈치채고 뒤로 빠진 것이다.

'젠장!'

암검주의 눈빛이 흔들렸다.

천마십위는 마치 넘을 수 없는 벽처럼 느껴졌다. 광혈심독을 묻힌 단검은 그들의 몸에 닿지도 않았다.

"컥!"

지금 이 순간에도 암습을 했던 암검들이 쓰러지고 있었다. 그보다 더욱 암담한 것은 천마십위를 뚫고 소운천에게 접근할 틈이 전혀 보이지 않는단 것이다.

'천마, 결코 접근할 수도, 넘을 수도 없는 벽이란 말인가?'

암검주가 이를 빠득 갈았다.

그의 눈에 암담한 표정을 짓고 있는 해여령이 보였다. 정파의 제자이면서도 천마의 곁에 있다는 여인. 그녀에 대한 정보는 이미 입수하고 있었다.

'정보로는 천마가 저 여인을 무척이나 아끼는 것 같다고 했다. 그렇다면?'

생각을 하는 것보다 행동으로 옮기는 것이 훨씬 빨랐다. 허공에서 암검주의 신형이 방향을 바꿨다.

암검주의 검이 향한 곳은 바로 해여령이 있는 곳이었다. 소운천의 목숨을 노리는 것이 여의치 않자 대신 해여령의 목숨을 노리는 것이다.

"이런?"

천마십위의 눈동자가 흔들렸다. 설마 소운천이 아닌 해여령을 노릴 줄 생각지도 못했기 때문이다. 그들은 소운천을 경호하는 데 집중을 했기에 해여령의 경호에는 파탄이 생기고 말았다.

그들이 해여령에게 다가가려 했지만 이미 늦은 상태였다. 암검주의 단검은 이미 해여령의 목젖 바로 앞에까지 다가온 상태였다.

그때, 믿을 수 없는 일이 일어났다.

어느샌가 소운천이 나타나 암검주의 단검을 손으로 덥석 붙잡은 것이다. 그 때문에 암검주의 검은 해여령의 목젖 앞에서 멈춰져 있었다.

주르륵!

단검을 붙잡은 소운천의 손바닥이 길게 베어져 선혈이 흘러나오고 있었다.

"됐다."

암검주가 환희의 외침을 토해냈다.

그의 노림수가 적중한 것이다. 단검이 해여령의 몸에 상처를 내지 않았어도 좋다. 애당초 그가 원하던 것은 해여령이 아니라 소운천이었기 때문이다.

　소운천의 벌어진 상처를 통해서 광혈심독이 침투했다. 양은 상관없다. 광혈심독이 소운천의 몸에 들어간 이상 내부에서부터 그의 몸을 녹일 것이다. 우선 살이 녹아내리고, 뼈가 분해될 것이다. 제아무리 내공을 끌어올려 광혈심독을 제어하려 해도 소용없다. 일단 체내에 침투한 이상, 그 어떤 방법으로도 광혈심독을 몰아내거나 소멸시킬 수는 없으니까.

　그가 뒤로 물러나며 소리쳤다.

　"이제 끝이다, 천마."

　어느새 그의 주위로 살아남은 십여 명의 암검들이 모여들었다. 비록 엄중한 상처를 입고 있었지만, 그들은 고통도 잊은 채 환희에 찬 표정을 짓고 있었다.

　광혈심독을 소운천의 몸에 투입한 것만으로 그들의 임무는 성공한 것이나 다름없었다.

　"이건?"

　소운천의 표정이 침중해졌다.

　몸 안에서 이물감이 느껴졌다. 그의 손을 통해 침투한 광혈심독은 그의 몸을 분해하기 위한 작업에 들어갔다. 우선 혈관을 따라 이동하면서 전신으로 퍼져 살을 녹이기 시작했다.

　광혈심독은 탐욕스런 짐승이었다. 소운천의 몸속에 존재하는 모든 것을 게걸스럽게 탐하고 있었다. 우선 소운천의 상처를 입은 팔이 광혈심독의 희생물이 되었다. 모두가 보는 앞에서 소운천의 오른팔이 녹아내리고 있었다.

“아아!”

해여령이 자신도 모르게 신음성을 흘렸다. 다른 이도 아닌 자신을 구하기 위하다 입은 상처였다. 그 상처 때문에 소운천이 죽어가고 있었다. 적어도 그녀의 눈엔 그렇게 보였다.

“천마, 너의 최후다.”

허공에 암검주의 외침이 울려 퍼졌다. 그는 자신의 승리를 확신하는 듯했다.

소운천의 시선이 자신의 녹아내리는 팔을 향했다.

“최후? 후후! 나 스스로도 죽지 못하는데, 겨우 이까짓 게 내 목숨을 어찌할 수 있단 말인가?”

“뭣이?”

그 순간, 믿을 수 없는 일이 벌어졌다. 팔이 녹아내리던 과정이 딱 멈췄다. 마치 시간이 멈춘 것처럼 잠시 정지되어 있던 모든 과정이 잠시 후 역으로 진행되기 시작했다.

녹아내리던 팔이 응고를 하더니 이내 제 형태를 찾아갔다. 팔이 다시 온전한 형태를 갖추는 데는 그리 오랜 시간이 걸리지 않았다. 이어 벌어진 상처 사이로 광혈심독이 흘러나왔다. 알 수 없는 강한 힘에 의해 소운천의 체내에서 밀려난 것이다.

그 모습에 암검주를 비롯한 암검들의 눈이 찢어질 듯 부릅떠졌다.

“이럴 수가!”

그들이 감히 상상할 수도 없었던 일이 벌어지고 있었다. 믿을 수 없는 일에, 그들은 도무지 어찌해야 할지를 몰랐다. 머릿속이 하얀 것이, 마치 뇌가 모두 녹아내린 것 같았다. 실제로 그들의 머릿속은 당혹감으로 온통 뒤죽박죽이었다.

"크윽! 어떻게 이런 일이?"

암검주는 죽을 때까지 모를 것이다. 이미 소운천의 육신은 인간의 것이라 할 수 없다는 사실을. 그의 몸 자체가 인간의 한계를 벗어났기에 외부에서 가해지는 그 어떤 충격이나 독물도 영향을 줄 수 없었다. 독기가 잠식하는 속도와 영향에 맞춰 몸 자체가 반응해 외부로 배출한다. 자연 그 어떤 독도 소운천에겐 영향을 줄 수 없었다.

소운천의 시선이 암검주를 향했다.

"말하지 않았느냐? 나는 스스로도 죽을 수 없는 몸이라고. 그래도 이곳까지 들어온 용기가 가상하구나. 그 대가로 좋은 것을 보여주지."

소운천이 손을 들어 암검주가 있는 방향을 가리켰다. 그 모습이 꼭 보이지 않는 검을 들고 있는 자세와도 같았다.

모두의 얼굴에 의혹의 빛이 어린 순간 소운천이 나직하게 중얼거렸다.

"천마삼검(天魔三劍) 제일검(第一劍) 인멸검(人滅劍)."

그의 말이 채 끝나기도 전이었다.

푸스스!

갑자기 암검주와 암검들의 육신이 허공에서 가루로 변해 부서지기 시작했다. 마치 모래가 바람에 흩날리는 것처럼, 그들의 육신이 바람에 흩날려 사라지고 있었다.

"이……럴 수가!"

암검주가 망연히 손을 들었다. 그의 눈앞에서 그의 손이 모래성처럼 부서지고 있었다. 그런데도 고통이 느껴지지 않아 현실처럼 느껴지지 않았다. 마치 남의 일을 멀찍이서 바라보는 것처럼 비현실적인 일이 벌어지고 있었다.

꿈이라면 당장 깨고 싶은 악몽이었다. 하지만 이것은 악몽도, 착각도 아니었다. 실제로 그의 몸에 일어나고 있는 일이었다.

그가 곁에 서있는 다른 암검들을 바라보았다. 다른 암검들의 경우에는 이미 육신이 거의 붕괴되어 남아있지 않았다.

"이건 말……."

푸쉬시!

말을 채 끝나기도 전에 그의 몸이 완전히 사라졌다. 그라는 인간 자체가 이 세상에 살았다는 흔적은 아무것도 남아있지 않았다. 마치 처음부터 아무것도 없었던 듯이, 그 어떤 것도 남아있지 않았다.

"……."

그 모습을 지척에서 지켜본 천마십위마저도 할 말을 잃었다.

소운천이 진실한 본신의 무력을 드러낸 것은 이번이 처음이었다. 그들로서도 처음 보는 검공이었다.

천마삼검.

지난 칠백 년 동안 소운천이 정립해온 새로운 형태의 무공을 이름이다. 지난 이십 년의 폐관수련 동안 소운천은 천마삼검을 완성시켰다.

인간을 멸하기 위한 인멸검.

모든 생명체를 멸하기 위한 생멸검(生滅劍).

하늘을 멸하기 위한 천멸검(天滅劍).

소운천의 의지가 만들어낸 불가해의 검공, 그것이 바로 천마삼검이었다.

오늘은 천마삼검이 세상에 처음 모습을 드러낸 날이었다. 그 엄청난 위력에 목도한 모든 이가 할 말을 잃었다.

"아아!"

해여령이 망연히 신음성만 흘렸다. 그녀는 자신이 목도한 광경을 도저히 믿을 수 없었다. 단 일검에 사람이 모래처럼 부서지다니. 소운천의 일검을 제대로 막을 자가 누가 있을 것인가?

'그는 이미 인간이 아니다. 인간이라면 이럴 수 없다. 제아무리 천우경 대협이라 할지라도 그에게는 어쩔 수 없을 것이다.'

해여령의 얼굴에 드리워진 그늘이 더욱 짙어졌다.

*　　*　　*

"휴!"

철군패는 의자에 앉았다.

그의 얼굴엔 피로한 빛이 떠올라 있었다. 육체적으로야 피곤할 일은 없었지만, 정신까지 피곤하지 않은 것은 아니었다. 특히나 지금처럼 자신이 아닌 타인을 위한 일을 할 때는 더욱 정신적인 피로가 가중됐다.

연판장에 적혀있던 문파들은 모두 제압했다. 그 과정에서 또다시 많은 이들이 죽어나가야 했다. 구주천가를 위해 흘린 피가 영 마음에 걸리는 철군패였다.

이것은 자신을 위한 전쟁이 아니었다. 하지만 반드시 해야 하는 일이기도 했다. 그래서 더욱 정신적으로 피곤했다.

철군패는 눈을 감고 심공을 운용했다. 그러자 한결 마음이 가벼워지는 것이 느껴졌다. 그렇게 철군패는 잠시 동안 심공을 운용한 후 자리에서 일어났다.

"응?"

그때 철군패의 눈에 이채가 스쳐지나갔다.

그가 창문을 바라봤다. 그러자 창문이 열리고 누군가 태연히 안으로 들어왔다. 마치 자신의 집으로 들어오는 것처럼 편한 모습에 철군패가 어이없는 표정을 지었다.

창문을 열고 안으로 들어오는 이는 오래전에 헤어진 종제영이었다. 그러나 반갑다는 생각보다는 어이없다는 생각이 먼저 들었다.

종제영은 철군패를 보고서도 태연하게 좀 전까지 그가 앉았던 의자에 앉았다. 그리고 말했다.

“자네는 안 앉는가?”

“문은 멋으로 달린 게 아니오.”

“그게 말이지, 창문으로 드나드는 게 습관이라 문으로 들어오는 게 영 익숙지 않아서 말이야.”

종제영의 태연한 말에 철군패가 고개를 저으며 다시 자리에 앉았다. 어떻게 된 게 정상적인 인간이 하나도 없는 것 같았다. 하지만 그래도 반가운 것은 사실이었다.

철군패가 물었다.

“어떻게 된 것이오?”

“말도 말게. 지난 사흘 동안 잠 한숨 자지 않고 달려왔더니 피곤해 죽겠네.”

“그럼 단월에게 숙소를 달라고 해서 쉴 것이지, 뭐하러 여기까지 왔소?”

“자네에게 할 말이 있기 때문이라네.”

“나에게 말이오?”

“그렇다네. 잠깐만…….”

종제영이 잠시 말을 멈추고, 탁자 위에 놓인 찻주전자를 벌컥벌컥 들이켰다. 무척이나 목이 말랐던지, 그는 주전자 안에 들었던 찻물을 거의 다 마셨다. 그러고서도 갈증이 풀리지 않는지 한동안 말을 잇지 못했다.

“도대체 무슨 일이오?”

“내가 전에 대막에서 왜 사라졌는지 이유를 알고 싶지 않은가?”

“뭐 굳이…….”

철군패가 시큰둥한 표정을 지었다.

단지 겉으로만 시큰둥한 것이 아니었다. 실제로 철군패는 종제영이 왜 사라졌는지 궁금하지 않았다. 그에게 중요한 것은 현재 코앞에 닥친 상황이지, 종제영이 사라진 이유가 아니었기에.

철군패의 반응에 종제영이 기가 막히다는 듯이 헛웃음을 터트렸다. 그러나 그것도 잠시, 이내 그가 정색을 하고 말을 이었다.

“이제부터 내가 사라질 수밖에 없었던 이유를 말해주겠네. 그때 나는 누군가의 흔적을 보았네. 그는 바로 그 남자의 심복인 섭호의 흔적이었다네. 섭호는 ‘그’의 심복이자 천하제일의 살수. 현재 구주천가의 문상인 온유하의 심복인 한월도 섭호의 동생이라네.”

“그?”

“천우진, 그를 말하는 걸세. 나는 이제 그 사실을 말할 수 있네.”

“천우진? 진짜 십전제를 말하는 것이요?”

“알고 있었는가? 뜻밖이군. 그 사실을 아는 자는 거의 없는데.”

“우연히 알게 되었소.”

“그런가? 어쨌거나 나는 섭호의 흔적을 보았고, 그의 흔적을 거슬러 올라가면 천우진을 보게 될 거라고 생각했네.”

종제영은 담담한 표정으로 그간 있었던 일들을 설명했다. 낭인시장에서 섬호를 만났던 일, 섬호에게 천우진이 머무는 곳을 들었던 일. 그리고 천우진을 만났던 일까지도 말이다.

천우진이라는 이야기를 입에 담을 때 종제영의 표정은 경건하기까지 했다. 눈까지 지그시 감고 있는 종제영의 모습에, 철군패는 그가 진심으로 천우진이라는 존재를 존경하고 두려워한다는 사실을 깨달았다.

이십 년이란 세월이 흘렀건만 종제영은 여전히 천우진을 두려워하고, 또한 그리워하고 있었다. 한 인간이 다른 사람에게 그토록 강한 잔향을 이렇게나 오랫동안 남긴다는 것은 결코 쉽지 않은 일이었다.

'천우진, 진정한 십전제.'

철군패가 오래전의 기억을 끄집어냈다.

그 역시 천우진을 본 적이 있었다.

이십 년 전, 소운천과 천우진의 공전절후한 대결은 그에게 무인으로서 눈을 뜨게 만들었다. 어쩌면 그의 인생에서 가장 큰 영향을 끼친 사람을 꼽는다면 천우진을 들 수 있을 것이다.

어쩌면 현 구주천가의 가주인 천우경이 진짜 십전제가 아닌 것을 알았기에 이제까지 찾아가보지 않은 것인지도 몰랐다. 만일 현 구주천가의 가주가 천우경이 아니라 진짜 십전제였다면 철군패는 진작 그를 만났을지도 모를 일이었다.

종제영은 천우진과 기련산에서 만났던 이야기를 했다. 그의 목소리가 절로 떨려 나오고 있었다.

"그는 세상일에 관심이 없다고 했다. 이미 한 번 이긴 상대 따위에겐 호승심 따윈 들지 않는다고 했다. 이 말이 무슨 의미인지 아느냐?"

"마해와의 전쟁에 그가 참여하지 않을 거란 뜻 아니오?"

"맞다. 그가 없이 마해, 천마와 전쟁을 해야 한다. 너는 자신 있느냐?"

"무슨 자신을 말하는 것이오?"

"천마와 마해를 상대로 이길 자신이 있느냔 말이다."

"자신? 언제 그런 거 가지고 싸웠던 적이 있는 것 같소? 그저 순간순간에 최선을 다할 뿐이오."

"그럼 자신이 없단 말이냐?"

"말했잖소. 자신감 따위의 감정은 전혀 상관없다고. 중요한 것은 내가 얼마나 최선을 다하느냐 하는 것이오."

"으음!"

"나는 최선을 다할 것이오. 나에게도 반드시 지켜야 할 사람이 있으니까."

"세상의 운명이 너에게 달려있다. 천우진이 움직이지 않는다면 그를 막을 가능성이 있는 자는 오직 너뿐이다. 나는 이제부터 너에게 나의 모든 것을 걸겠다."

"거, 징그럽게 왜 그러시오? 나는 남자에겐 별로 취미가 없소."

"그런 말이 아니잖느냐?"

종제영의 얼굴이 벌게지더니 언성이 높아졌다. 그가 다시 무어라 말하려는 순간 철군패가 그의 어깨에 턱하니 자신의 팔을 걸쳤다.

"종 노인, 믿으시오."

"너?"

"나는 결코 이 세상이 천마의 뜻대로 되도록 놔두지 않을 것이오."

철군패는 웃고 있었다. 그의 웃음을 보는 순간 종제영은 마음이 차분하게 가라앉는 것을 느꼈다.

'그래! 이 녀석뿐이다. 천마를 막을 가능성을 일말이라도 가지고 있는 존재는.'

*   *   *

마해가 북상을 하고 있는 그 시각 홀로 남하를 하고 있는 존재가 있었다. 아니, 그는 혼자였지만, 결코 혼자가 아니었다.

그의 주위에는 이미 이천 명에 달하는 사람들이 그림자처럼 따르고 있었다. 자신의 사고를 타인에게 전염시키는 능력이 있는 사내, 바로 신도제원이었다.

신도제원이 지나간 자리에는 오직 그를 추종하는 자들만이 남았다. 신도제원의 음성과 사고에 전염된 이들은 맹목적으로 그를 따랐다.

신도제원을 추종하는 자들의 수는 시간이 갈수록 기하급수적으로 불어나고 있었다. 이대로 가다가는 일만 명이 넘는 것도 시간문제일 뿐이었다.

오직 그를 위해 살아가고, 그를 위해 언제든지 목숨을 바칠 수 있는 자들. 신도제원은 그들의 생사여탈권을 한 손에 쥐고 있었다.

"이제 멀지 않았다, 구주천가. 이대로 가다 보면 그 아이도 만나게 되겠지."

신도제원의 눈이 심유하게 빛났다.

원래의 계획대로였다면 그의 주위에는 사조들이 몇 명 따랐을 것이다. 하지만 이제 그들은 곁에 없다. 사조들 대부분이 철군패에 의해 목숨을 잃었기 때문이다.

물론 그들 중 몇 명의 죽음은 신도제원이 의도한 바였지만, 그렇지 않은 경우도 있었다. 그 대표적인 이가 사사조 함운월이었다. 그녀의 죽음은 신도제원이 전혀 의도치 않았던 것이다.

다른 사람들은 모르지만 신도제원은 함운월을 비롯한 사조들의 죽음을 직접 알 수 있었다. 그들에게 무공을 전수해준 그 순간부터 그들과는 영혼의 끈으로 연결이 되어 있었기 때문이다. 그들이 죽어나갈 때마다 그들과 연결되어 있던 영혼의 끈이 하나씩 끊겨 나갔다. 그 때문에 신도제원은 그들의 죽음을 직접 알아차릴 수 있었다.

십이사조 대부분을 죽인 자는 바로 철군패였다. 비록 신도제원이 의도한 일이라고 하더라도 철군패를 용서할 수는 없었다.

"멸제여, 우리는 곧 만나게 될 것이다."

신도제원이 나직하게 중얼거렸다.

그의 곁에 홀연히 한 남자가 나타났다.

마치 허공에서 뚝 떨어진 것처럼 갑자기 나타난 남자. 하지만 신도제원은 미리 알고 있었던 것처럼 전혀 놀라지 않았다.

"자청."

새로이 나타난 남자는 바로 십사조인 자청이었다.

자청이 허리를 깊숙이 숙이며 말했다.

"대사조님을 뵙습니다."

"다녀왔느냐?"

"예!"

"반천련주는 뭐라 하더냐?"

"그는 대사조님께서 이대로 남하를 계속해주시길 바랍니다."

"역시 그런가?"

신도제원이 고개를 끄덕였다.

반천련주인 사검영과는 이미 교감을 나눈 신도제원이었다.

서로 간의 이해관계 때문에 의기투합한 두 사람이었다. 당연히 서로 간의 유기적인 협조는 필수적이었다. 현재 자청이 두 사람 사이를 오가면 그런 역할을 맡고 있었다.

"관설은?"

"무사히 구주천가에 들어갔습니다."

“잘됐군.”

“대신 반천련의 연판장에 서명했던 문파들이 멸제에 의해서 박살나고 있습니다. 반천련에 서명했던 대부분의 문파들이 색출되었습니다.”

“그것도 이미 예상한 바이니까 그다지 놀랄 필요는 없다.”

“그래도 피해가 너무 큽니다.”

“후후! 피해는 우리가 아닌 반천련이 입는 것이니까 염려할 것 없다. 우리도 그 때문에 다른 사조들을 잃지 않았더냐? 어차피 이 일 역시 반천련주가 감당해야 할 일이다.”

“알고 있습니다.”

“그보다, 네가 해야 할 일이 있다.”

“하명해주십시오.”

“믿을 만한 수하를 시켜 반천련주의 움직임을 은밀히 감시하거라.”

“반천련주를 말입니까?”

“본래 사람의 머릿속에 무엇이 들어있는지는 아무도 모르는 법이다. 지금은 협조를 하고 있지만 훗날 어떻게 될지는 알 수 없다. 그러니까 미리부터 그의 약점을 파악해놓는 것이 좋을 게다.”

“알겠습니다.”

자청이 대답을 하면서 은밀히 한숨을 내쉬었다.

필요에 의해 서로를 이용하고 있지만, 반천련주나 신도계원 모두 서로를 깊이 신뢰를 하지는 않는다. 단지 필요에 의해서 서로를 이용하기에 근간이 불신이 깊이 깔려 있다.

아마 반천련주 역시 신도제원의 움직임을 주의 깊게 살피고 있을 것이다.

반천련주나 신도제원은 모두 배신이 익숙한 존재들이었다.

'뭐, 아무려면 어떠한가? 나나 대공녀나 모두 그의 피조물에 불과할진대.'

자청이 조용히 고개를 숙인 채 자리를 물러났다.

홀로 남은 신도제원이 다시 걸음을 옮기기 시작했다. 그의 뒤를 이천 명의 무인들이 따랐다.

대사조 신도제원의 남하는 마해의 북진과 함께 천하에 엄청난 충격을 던져주고 있었다.

신도제원은 거침이 없었다. 그가 지나간 자리에는 오직 그의 추종자만이 남았다.

*　　　*　　　*

마해는 강을 건너 북진을 하고 있었다. 그들의 최종 종착지는 바로 구주천가였다. 하지만 구주천가로 가기 위해서는 수많은 험지를 통과해야 했다.

혈야평(血夜平)도 그런 험지 중 하나였다.

혈야평이란 이름대로 피처럼 붉은 황토 흙이 널리 펼쳐져 있는 거대한 평야는 끝이 보이지 않을 만큼 광활했다. 현재 마해의 위치에서 구주천가로 향하기 위해서는 반드시 지나가야 하는 곳이기도 했다.

먼저 혈야평으로 출발했던 척후가 속속 귀환했다. 그들의 입을 통해 들어온 보고는 다 같은 것들이었다.

혈야평에 거대한 군진이 형성되어 있다.

군진은 바로 구주천가의 것이다.

그들의 말을 종합히면 구주천가의 전력이 먼저 도착해 군진을 구축하고 마해를 기다리고 있다는 뜻이었다.

"훗! 우리의 움직임을 예측하고 있었던 것인가? 그렇다고 해도 꽤나 기민하게 대응하고 있군."

소운천은 아무렇지 않은 듯 중얼거렸다.

어차피 이 일 역시 어느 정도 예측했던 부분이었다.

천하의 구주천가였다. 지난 칠백 년 동안 그들이 천하에 구축한 광활한 정보망은 실로 엄청난 것이었다. 그런 정보망을 완전히 속인 채 구주천가에 도착하는 것은 거의 불가능한 일이라고 할 수 있었다.

금청사가 조심스럽게 소운천에게 물었다.

"어떻게 할까요?"

"이 일은 그대에게 모두 맡기지, 금청사."

"송구합니다, 지존이시여. 미욱한 노복에게 그런 엄청난 일을 맡겨주시다니."

"그대에겐 그럴 만한 자격이 있다는 것을 알고 있다."

"믿어주셔서 감사합니다. 지존의 의지에 최대한 부합하도록 노력하겠습니다."

"음!"

금청사가 서너 걸음 물러나서 허리를 폈다.

소운천 앞에서는 충성스러운 종복에 불과했지만, 마해의 무인들 앞에 섰을 때의 그는 엄청난 존재감을 자랑하는 무인이자 지휘관이었다.

그가 휘하의 무인들에게 명령을 내렸다.

"이곳에 군진을 구축하라."

"군진을 구축하라."

그의 명령은 순식간에 하위무사들에게까지 전달됐다. 하위무사들이 급히 막사를 치고 군진을 구축하기 시작했다.

두 시진이 채 지나기도 전에 혈야평에 마해의 군진이 구축됐다. 군진이 구축되자 금청사는 마해의 수뇌부들을 모두 소집했다.

십대장로는 물론이고, 광해, 무해, 혈해, 비월당, 묵검당 등 마해를 구축하고 있는 조직의 전 수뇌부들이 금청사의 막사로 몰려들었다. 뿐만이 아니었다. 마해에 합류한 마도문파들의 수장들 역시 금청사의 명을 받들어 그의 막사로 찾아 들어왔다.

바야흐로 진짜 전쟁이 시작되려 하고 있었다.

제 3 장

혈야전선(血夜戰線)

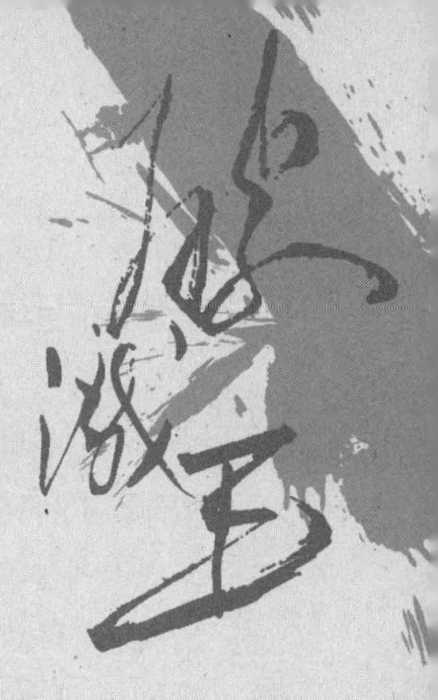

마해가 혈야평 남쪽에 군진을 구축하고 있을 때, 혈야평 북쪽 구주천가의 군진 쪽에서는 수뇌부 회의가 열리고 있었다.

군진 한가운데 있는 큰 군막에 구주천가의 수뇌부들이 모여 있었다. 막문천, 모진위, 장일사 등 오천을 이끄는 수장들을 비롯해 각 문파들의 수장들이 한자리에 모여 어떻게 하면 효율적으로 마해를 막을 수 있을지 의논하고 있었다.

이 자리의 가장 큰 책임자는 바로 태상장로인 남무해였다. 남무해는 태사의에서 고뇌에 찬 표정으로 입을 열었다.

"친미를 암살하기 위해 보낸 안검에게서 연락이 끊겼소. 안검들은 천마와 같이 인간의 경지를 벗어난 자들을 암살하기 위해 특별한 훈련을 받았소. 그런 그들이 연락이 끊겼다는 것은 임무가 실패했다는 뜻. 우리는 모든 계획을 전면 수정할 필요가 있소.”

“마해의 전력은 어찌어찌 막을 수도 있을 것 같습니다. 하지만 십대장로와 천마를 막을 만한 고수가 우리에겐 부족합니다. 본가에서 그들과 능히 대적할 만한 분들은 태상장로님과 가주님, 그리고 무상 정도인데…….”

무인이 말을 얼버무렸다.

이곳은 최초 저지선이었다. 천우경과 혁련청화는 당장 이곳에 오지 못한다. 그들이 직접 전선에 나서기에는 마해에 대해 아무것도 파악한 게 없다. 일단 그들의 전략이나 전력, 의도 등을 알아야 천우경이나 혁련청화가 움직일 수 있을 것이다. 자칫 그들마저 자리를 비우면 구주천가 본성이 비게 된다. 후퇴를 하더라도 이곳에서 적들의 전력을 소비시켜야 한다.

답은 알고 있다. 해결할 방법도 알고 있다. 그러나 큰 문제가 있었다. 바로 이쪽의 전력이 부족하다는 것이다. 특히 적들의 수뇌부를 상대할 만한 절대고수가 절대적으로 말이다.

남무해는 이십 년 전 마해와의 전쟁을 통해 그들이 얼마나 강한지 알고 있었다. 더구나 이십 년 전에는 마해가 전 무인을 총동원한 것도 아니었다. 그런데도 구주천가는 괴멸 직전까지 몰렸었다. 하물며 총동원령을 내린 마해는 얼마나 가공할 전력을 갖췄을 것인가?

그때였다.

"크큭! 우왕좌왕하는 꼴이 보기 좋구나."

음산한 웃음소리와 함께 거친 목소리가 들려왔다. 세상 전체를 발아래로 내려다보는 오만한 기운이 그 목소리에 담겨 있었다.

"누구냐?"

갑자기 들려오는 낯선 목소리에 구주천가의 수뇌부들이 일어서며 외쳤다. 하지만 남무해만큼은 동요하지 않고 자리에 앉은 채 차분한 목소리로 말했다.

"누구시오? 오셨으면 모습을 보이는 것이 예의일 터. 이 남무해가 주인 된 도리로써 손님을 맞겠소."

"후후! 남가, 네놈은 예전이나 지금이나 똑같구나. 얼굴에 가면을 쓴 것 같은 그 인간미 없는 얼굴이라니."

막사 한가운데 머리가 피처럼 붉은 중년인이 모습을 드러냈다. 차돌을 연상시키는 단단한 체구와 활화산처럼 강렬한 빛을 내뿜는 두 눈이 인상적인 남자를 보는 순간 남무해가 자리에서 일어나며 포권을 취했다.

"구주천가의 남 모가 무적혈괴 척발상 대협을 뵈오."

"흐흐! 오랜만이구나, 남가야."

미소를 짓는 남자의 이름은 바로 척발상이었다.

무적혈괴(無敵血怪) 척발상.

강호에 모습을 거의 드러내지 않는 괴인. 하지만 그의 무공

만큼은 혈마인 원개세에 비해 전혀 손색이 없다. 오죽하면 그가 신주십대고수 중 이마(二魔)에 올라 있을까?

오래전 명성을 날린 이후, 척발상은 근래 강호에서 활동을 한 적이 거의 없었다. 그 때문에 대부분의 사람들이 그가 강호를 은퇴한 줄 알고 있었다. 그것은 구주천가에서도 마찬가지였다. 구주천가에서는 척발상을 잠정적 강호 은퇴 무인 목록에 올려놨다.

그런 척발상이 예고도 없이 갑자기 나타났으니 사람들의 놀람은 당연했다.

"무적혈괴 척 대협이 이곳까지 어인 일이시오?"

"그것을 몰라서 묻는 것이냐? 남가야, 나는 당연히 마해의 무리들과 싸우기 위해 이곳에 왔다."

"그 말은 곧 구주천가를 도와 마해와 싸우겠다는 뜻이오?"

"네가 무슨 이유로 나를 그런 눈빛으로 쳐다보는지 알고 있다. 물론 나는 구주천가가 마음에 들지 않는다. 아니, 나뿐만 아니라 강호에 존재하는 무인들 중 반수 이상은 구주천가를 마음에 들어 하지 않을 것이다. 하지만 그런 마음과 이 세상의 위기는 별개의 이야기지. 무엇보다, 나는 천마와 싸워보고 싶었다."

척발상의 말에 남무해가 자신도 모르게 고개를 끄덕였다.

'그렇지. 은거하기 전까지 저 인간은 그야말로 싸움에 미쳐 있었지. 그런 본성이 어디로 사라진 것은 아닐 터.'

오죽하면 별호마저 무적혈괴였을까?

수없이 많은 고수들과 싸우고, 그만큼 성취를 얻었기 때문에 붙여진 별호였다. 당시의 척발상은 강자라면 신분고하를 가리지 않고 덤벼들었다. 그때의 척발상은 정말 싸움에 목숨을 거는 인간이었다.

"흐흐! 천마는 내 몫이다. 누구도 건드릴 생각은 하지 않는 게 좋을걸."

"호호! 척 오라버니의 큰소리는 여전하군요."

그때 또다시 들려오는 낯선 여인의 목소리.

이번에는 척발상 반대편에 낯선 여인이 나타났다. 척발상과 마찬가지로 중년으로 보이는 아름다운 여인이었다. 마치 얼음을 깎은 것처럼 표정이 없는 여인이었다. 그녀의 전신에서는 지독한 냉기가 흐르고 있었다.

"설 여협."

"오랜만이에요. 남 대협."

여인이 남무해에게 포권을 취했다.

여인의 등장에 남무해 또한 적잖게 놀랐다. 여인은 능히 남무해를 놀라게 할 만한 자격을 가지고 있었다.

무정후(無情后) 설유란이 여인의 이름이었다.

비록 이마에는 속해있지 않지만, 삼천(三天)의 일원으로 신주십대고수에 속해있는 여인이 바로 설유란인 것이다.

설유란의 등장으로 사람들의 놀람은 극에 달했다. 하지만 그들의 놀람은 이게 끝이 아니었다.

"우리도 왔소."

또다시 낯선 음성과 낯선 인형들이 막사 안에 모습을 나타
냈다. 설유란처럼 홀연히 모습을 드러내는 인물들에 남무해도
적잖이 놀라고 말았다.

'혈왕(血王) 누대진, 그리고 소면광마(笑面狂魔) 철단설.'

모두 설유란과 마찬가지로 삼천으로 불리는 고수들이다. 그
들 역시 신주십대고수의 일원이었다.

그렇게 신주십대고수들이 속속 구주천가의 군막으로 모여
들고 있었다. 마치 모래알과 같아서 서로 간에 연락은커녕 구
주천가 쪽으로는 오지도 않던 강호의 절대고수들이 자발적으
로 한자리에 모이고 있었다.

그 순간에도 철혈사익(鐵血獅翼) 만인소와 혈전편마(血戰鞭
魔) 등천광 같은 신주십대고수가 한자리에 모였다.

여섯 명의 등장으로 막사 안이 꽉 찼다. 절대 한자리에 모일
수 없는 존재들이 하나로 뭉쳤다. 그만큼 그들이 느끼는 위기
감이 크다는 증거였다.

구주천가가 밀리면 그들의 미래 또한 존재하지 않는다. 그
것이 신주십대고수들이 움직인 이유였다.

'휴! 어쨌거나 이들의 합류로 잠시 안심할 수 있겠구나.'

남무해가 나직이 안도의 한숨을 내쉬었다.

신주십대고수의 여섯 명이 이 자리에 함께했다. 나머지 인

원이 아쉽기는 했지만, 그래도 이들이라면 마해의 십대장로를 능히 감당할 수 있을 것이다.

'문제는 이들을 어떻게 통제하느냐 하는 것인데, 결코 쉽지 않겠구나.'

그래도 이들이 합류한 것만으로도 구주천가의 사기가 올라갈 테니 사소한 문제는 차후로 미뤄둬도 될 것 같았다.

잠시 서로를 보던 신주십대고수의 시선이 남무해를 향했다. 그중에서도 무적혈괴 척발상이 입을 열었다.

"한 가지만 물어보자, 남가야."

"말하시오."

"구주천가의 가주 천우경도 물론 전선으로 나오는 거겠지?"

"물론이오. 본가의 가주가 어떤 분인지 잊으셨소?"

"흐흐! 잊을 리 있겠느냐? 십전제, 그 별호를 어찌 잊을 수 있겠느냐? 나는 단지 그가 사태가 이 지경이 되도록 움직이지 않는 것이 이상해서 그런다. 이십 년 전 그는 세력을 이용하지 않고 오직 그 혼자의 힘으로 마해를 막아냈다. 나는 그가 직접 움직이지 않는 것이 혹시 그에게 문제가 생긴 것은 아니기 때문인지 궁금하다."

"그런 일은 없소. 단지 다른 게 있다면 이십 년 전과 다른 상황이오. 이십 년 전에는 가주님께서 홀로 움직여도 무리가 없는 상황이었지만, 지금은 양측에서 전력을 동원히는 대규모 전략전이 펼쳐지고 있소. 가주님께서는 상황이 파악되면 전선으로 움직이실 것이오.”

“알았다. 흐흐! 그를 직접 보고 싶군. 정말 소문처럼 강한 것인지 내 몸으로 부딪쳐보고 싶다.”

“가주님께 도전하고 싶다면 우선 마해를 물리친 다음에 해도 늦지 않을 것이오. 나는 마해와 싸우기도 전에 소중한 전력을 잃고 싶지 않소.”

“뭣이라? 크하하하! 네 말을 들으니 더욱 그와 싸워보고 싶구나. 좋다. 그와의 싸움은 마해와의 전쟁 이후로 미루겠다. 정말 기대되는구나.”

척발상이 앙천광소를 터트렸다. 그 때문에 막사가 쩌렁쩌렁 울렸지만 감히 그에게 뭐라 하는 사람은 없었다. 단지 설유란만이 인상을 쓰고 있을 뿐이다.

*　　　*　　　*

신주십대고수의 합류는 구주천가의 사기를 크게 진작시켰다. 구주천가의 수뇌부들은 일부러 신주십대고수의 합류를 크게 선전했다. 때문에 그들이 합류했다는 소식은 혈야평 건너 마해에까지 널리 알려졌다.

처음 하루는 조용했다. 구주천가나 마해나 모두 정비할 시간이 필요했기 때문이다. 구주천가나 마해 모두 전열을 정비하며 격전의 시기를 준비했다.

포화는 마해가 먼저 열었다.

마해 묵검당(墨劍黨)의 무인 오백여 명이 혈야평을 넘어 이른 새벽 구주천가의 진영을 급습한 것이다. 다행히 번을 서고 있던 무인들이 일찍 눈치채고 비상종을 울려 큰 피해를 막았지만, 이 사건으로 인해 양측의 긴장감은 최고조에 이른다.

묵검당의 습격에 대응해 구주천가에서는 혈룡대(血龍隊)가 움직였다. 혈룡대의 대주 종리광은 수하들을 이끌고 마해의 제일선을 급습했다.

마해 역시 지지 않고 대응해 양측 모두 많은 전사자가 속출했다. 훗날 혈야평의 대전이라 불리는 전쟁의 서막이 본격적으로 열린 것이다.

이때부터 양측은 한 번씩 주고받는 난타전을 벌이기 시작했다. 수많은 무인들이 죽어나가고, 사람들의 몸에서 흘러내린 피가 그렇지 않아도 붉은 혈야평을 더욱 붉게 물들여갔다.

구주천가와 마해 모두 전선에 전력을 투입해가면서 피해는 기하급수적으로 커져만 갔다. 하지만 양측 모두 알고 있었다. 아직 진정한 전쟁은 시작조차 되지 않았다는 사실을. 양측 모두 절대고수들은 아직까지 출전하지 않고 있었다. 그들이 출전하는 순간, 진정한 전쟁이 시작될 것이다.

해여령은 복잡한 감정이 담긴 시선으로 반대편 진영을 바라봤다. 바로 구주천가의 전력이 자리한 곳이다.

만일 해여령의 운명이 꼬이지 않았다면 그녀가 있어야 할 곳은 바로 반대편 구주천가가 있는 곳이었다. 그곳에서 마해를 향해 검을 뽑아들어야 하는 것이 바로 해여령의 운명이었다. 하지만 그녀의 운명은 무척이나 복잡하게 얽혀, 오히려 반대편 마해의 진영에 자리하고 있었다. 그것도 엄청나게 귀빈 대접을 받으면서 말이다.

"사부님."

해여령이 나직히 사부 금정태태를 불렀다.

아마도 금정태태는 지금쯤 자신이 이곳 마해의 진영에 있다는 사실을 알아차렸을 것이다. 자신이 마해의 진영에 있다는 사실을 전해들은 금정태태가 느꼈을 배신감을 짐작할 수 있었다. 그래서 더욱 마음이 아팠다.

지금이라도 해여령이 원한다면 구주천가 측으로 무사히 건너갈 수 있었다. 그 누구도 해여령을 감시하지 않았고, 그 누구도 해여령을 속박하지 않았다. 그녀는 그야말로 완벽하게 자유의 몸이었다. 하지만 해여령은 쉽게 구주천가로 건너갈 생각을 하지 못했다.

오직 단 한 명의 남자, 소운천이 그녀의 영혼을 잡고 놓아주지 않고 있었다. 그의 눈빛이, 그라는 존재가 해여령의 모든 것을 사로잡고 있었다.

"나는 어떻게 해야 하는가?"

해여령이 망연히 중얼거렸다.

할 수만 있다면 양측의 싸움을 말리고 싶었다. 하지만 그녀의 힘으로는 절대로 불가능한 일이었다. 이십 년 전과 달리, 이번 싸움은 어느 한쪽이 멸망해야만 끝나는 싸움이었다.

해여령의 한숨은 더욱 깊어져만 갔다.

"와아아아!"

또다시 양측이 부딪치면서 함성 소리가 들려오고 있었다. 그들의 전의에 찬 함성이 해여령의 귓전을 아프게 울렸다.

*　　*　　*

북풍대는 휴식을 취하고 있었다. 백혈각 곳곳에 흩어져 휴식을 취하는 그들의 모습이 마치 늑대 무리가 곳곳에 옹기종기 모여 있는 것 같다.

그 중심에 철군패가 있었다. 철군패는 의자도 없이 커다란 나무에 등을 기대고 앉아 오수를 즐기고 있었다.

그때 백혈각의 문이 조심스럽게 열렸다. 문을 열고 안으로 들어온 남자는 여기저기 흩어져 있는 북풍대를 보며 난처한 표정을 지었다. 북풍대가 자유롭다는 이야기를 들었지만, 설마 이렇듯 규율이나 질서도 없이 곳곳에 널브러져 있을 줄은 예상을 하지 못했기 때문이다.

남자가 난처한 표정을 지으며 어찌할 바를 몰라 하고 있을 때, 한쪽에 있던 단월이 다가왔다.

“처음 보는 분이신데 누구신가요?”

“아, 예! 저는 천원각에서 온 사자입니다. 가주님께서 보내셨습니다.”

“가주? 천우경 대협을 말씀하시는 건가요?”

“그렇습니다. 철군패 대협은 어디에 계십니까?”

천원각에서 온 사자는 철군패를 찾았다.

단월은 사자에게 철군패가 있는 곳을 가리켜줬다. 단월이 가리켜준 대로 사자는 철군패가 있는 곳으로 다가갔다.

커다란 나무 아래 다가가자 철군패의 모습이 보였다. 커다란 나무에 등을 기대고 있는 모습에서도 엄청난 위압감이 흘러나왔다.

‘역시……’

사자가 내심 감탄사를 터트렸다.

천우경의 거처에서 수많은 고수들을 지켜봤던 사자였다. 구주천가에서도 내로라하는 고수들만 겨우 천우경을 볼 수 있었고, 그렇게 찾아온 이들을 모두 자신의 눈에 담아놓은 사자였다. 그런 그의 기억 속 어디에도 철군패처럼 엄청난 위압감과 존재감을 흩뿌리는 존재는 없었다.

사자가 조심스럽게 입을 열었다.

“저, 철 대협. 가주님의 전언을 가지고 왔습니다.”

번쩍!

순간 철군패가 감았던 눈을 떴다. 그러자 엄청난 안광이 폭

사되어 나왔다가 서서히 갈무리되었다. 그런 철군패의 눈빛에 사자가 심장이 떨어질 만큼 놀랐다. 그만큼 눈빛이 무서웠던 것이다.

'무슨 놈의 눈빛이……'

하지만 그는 떨리는 가슴을 애써 진정시키며 차분한 표정을 지었다.

"가주? 천우경 대협을 말하는 것인가?"

"그렇습니다. 가주님께서는 저녁때 철 대협을 뵙길 원하십니다. 가주님께서 철 대협을 정식으로 초대한다고 하셨습니다."

"정식으로 초대라……."

철군패가 나뭇등걸에 기댔던 몸을 일으켰다. 그러자 사자의 얼굴에 짙은 그림자가 드리워지며 철군패를 올려다보게 됐다. 사자는 다시 한 번 철군패의 엄청난 덩치를 실감했다.

"좋아! 저녁에 찾아간다고 전하도록."

"알겠습니다. 그럼 저는 이만 물러가겠습니다."

사자가 깍듯이 예의를 차린 후 백혈각 밖으로 나갔다.

철군패가 중얼거렸다.

"드디어 부르는 것인가? 늦은 감도 없지 않지만, 그래도 만나게 되었군."

사실 철군패는 반천련의 연판장에 서명한 문파들을 병탄한 후 구주천가 밖으로 나갈 생각이었다. 하지만 그는 생각을 바꿨다. 직접 천우경을 만나고 그의 그릇을 가늠해보고 싶었기 때문이다.

천우진은 그 혼자의 힘으로 마해를 물리친 뒤 자신의 모든 것을 천우경에게 넘겨줬다. 별호는 물론이고, 그가 이룬 업적까지도 말이다. 철군패는 천우경이 과연 그럴 만한 자격이 있는 남자인지 알고 싶었다.

"그럼 저녁때까지는 시간이 있는 셈인가?"

철군패가 잠시 주위를 둘러봤다.

북풍대원들은 간만의 휴식 덕분에 여기저기 곯아떨어져 있었다. 그들의 잠을 깨우고 싶지는 않았다.

철군패는 홀로 백혈각 밖으로 걸음을 옮겼다.

"어디 가려고?"

"잠시 외성 좀 둘러보려고."

단월의 질문에 철군패가 웃으며 그렇게 대답했다. 철군패의 말투에서 혼자 있고 싶다는 분위기를 느낀 단월은 그렇게 하라고 했다.

철군패는 외성 밖으로 향했다.

많은 전력이 혈야평으로 빠져나갔기에 구주천가는 상대적으로 한산해 보였다. 하지만 오히려 경계는 더욱 삼엄해져 곳곳에 감시의 눈길이 번뜩이고 있었다.

구주천가 무인들의 대부분이 철군패의 존재를 알고 있기에 외성으로 나가는 것은 그리 어렵지 않았다. 외성 역시 내성과 마찬가지로 한산했다. 그래도 거리에는 예전의 정취가 그대로 남아 있었다.

이십 년 전, 철군패는 구주천가의 외성을 전전했다. 다행히 단월이 따스한 손길을 내주었기에 버틸 수 있었던 힘겨운 시절이었다. 하지만 그 모든 일이 이젠 과거의 기억일 뿐이었다.

철군패는 홀로 외성거리를 걸었다.

"이곳에서 내 모든 것이 다시 시작됐다."

그가 문득 고개를 들어 어느 한 방향을 바라보았다. 예전 구주천가의 금지가 있던 곳이었다.

무림사에 다시없을 엄청난 대결이 벌어졌던 곳.

예전에 그곳에서 천마와 천우진이 목숨을 건 대결을 벌였다. 대결은 천우진의 승리로 끝나는 듯했지만, 결국 천마는 죽음에서 부활했다. 그렇게 본다면 무승부가 분명했다.

이제 천우진은 이곳에 없고, 천마는 부활해 이곳으로 오고 있었다. 이십 년 전과는 다른 상황이었다. 이십 년 전에도 위기였지만, 진짜 위기는 지금이라 할 수 있었다.

"천우진, 그리고 천우경……."

철군패가 그들의 이름을 나직하게 읊조렸다.

한 시대를 움직이는 이름이다. 구주천가라는 이름을 제외한 자신의 이름만으로도 능히 천하제일이라 할 수 있는 인물들이었다.

천우진 형제와 천마, 그리고 반천련주에 대사조까지. 각기

다른 시대에 혼자 태어났다면 능히 천하를 독패했을 자들이
다. 그런 이들이 한 시대에 태어났다는 것 자체가 하늘의 장난
이라 할 수 있었다.

"생존, 아니면 멸망뿐인가?"

철군패가 나직이 중얼거렸다.

사정이야 어떻든 간에 그 역시 난세를 살아가는 인간이다.
그리고 난세의 중심에 서있었다. 하기 싫어도 그에겐 난세의
중심에서 거대한 변혁의 폭풍과 싸워야 할 의무가 있었다.

철군패는 상념에 빠진 채 걸음을 옮기다 문득 멈춰 섰다. 왠
지 익숙한 무언가를 본 것 같은 기분 때문이었다. 그가 고개를
들어 전면을 바라보았다. 하지만 보이는 것은 한산한 거리에
간혹 지나다니는 사람뿐, 그가 아는 얼굴은 존재하지 않았다.

그런데도 철군패는 쉽게 걸음을 옮기지 못했다. 마치 무언
가가 그의 다리를 붙잡고 있는 것처럼.

임관설은 골목 뒤에서 숨을 죽였다.

'오라버니.'

설마 이곳에서 철군패를 만날 줄은 생각도 못했다. 만일 그
녀가 철군패를 먼저 보고 얼굴을 바꾸지 않았다면 들킬 뻔했
다. 그만큼 철군패가 외성에 나타난 것은 뜻밖의 일이었다.

임관설은 한참이나 골목 뒤에 숨어서 나오지 않았다. 그녀
가 나온 것은 철군패의 모습이 사라지고서도 한참 후였다.

"멸제 철 대협 들어오십니다."

밖에서 철군패가 도착했음을 알리는 소리가 들려왔다. 천우경의 허락이 떨어지자 문이 열리며 거대한 체구의 사내가 나타났다. 바로 철군패였다.

철군패는 당당하게 걸음을 옮겼다. 그가 한 걸음 한 걸음을 뗄 때마다 마치 거대한 산악이 움직이는 듯한 착각이 들었다. 그만큼 철군패의 존재감은 엄청났다.

천우경조차도 그의 엄청난 존재감에 감탄했을 정도였다.

어지간한 무인들은 눈에 차지도 않는 천우경이었지만, 철군패의 산악 같은 기도는 그를 감탄시키기 충분했다.

철군패가 먼저 포권을 취했다.

"철군패요."

"천우경이네. 앉게."

그렇게 두 사람은 간단히 인사를 나눴다.

이미 서로에 대해 너무나 잘 알고 있는 두 사람이었다. 굳이 자질구레한 소개까지 할 필요는 없었다.

천우경이 권한 대로 철군패는 맞은편 자리에 앉았다. 그의 자리는 천우경과 대등한 위치에 놓여 있었다. 천우경은 철군패를 자신과 대등한 존재로 인정한 것이나 다름없었다.

구주천가가 세워진 이래 가주가 직계가 아닌 타인을 자신과 대등한 위치로 대우하는 것은 처음 있는 일이었다. 그만큼 철군패가 현 강호에서 차지하는 위치는 결코 작지 않았다.

철군패는 이십 년 전 천우진을 본 기억을 떠올렸다. 그때 천우진의 얼굴과 지금 천우경의 얼굴은 놀라울 정도로 닮아 있었다.

'하긴 쌍둥이니까 당연한 건가?'

"막연히 생각했던 것보다 훨씬 덩치가 크군."

"많이 듣는 말이오."

"그런가? 내가 너무 당연한 소리를 했군."

천우경이 미소를 지으며 고개를 끄덕였다.

"차는 뭘 들겠는가? 특별히 원하는 것이라도 있는가?"

"이곳에 들어온 이후 계속 용정차만 마셨소. 용정차면 충분하오."

"나도 용정차를 즐겨 마시네. 서 노인이 있었다면 더욱 좋았겠지만, 그가 없어도 충분히 맛있는 차를 즐길 수 있을 것이네."

그의 말이 끝나자 미리 대기하고 있었던 듯 시녀가 용정차를 우린 주전자와 찻잔을 들고 나왔다. 시녀는 아주 공손한 태도로 두 사람의 잔에 차를 따르고 조심스럽게 물러났다.

"들지."

천우경의 권유에 철군패는 사양하지 않고 찻잔을 들었다.

이제는 익숙한 용정차의 내음이 코를 은은하게 자극했다.

한 모금 삼키자 쌉쌀한 향이 입안을 가득 채웠다. 그 모습을 보며 천우경도 용정차를 들었다.

천우경은 격식을 차려 용정차를 마셨다. 그의 사소한 몸짓 하나에도 깊은 기품이 담겨 있었다. 태어난 그 순간부터 구주천가의 주인이 되는 교육을 받았기에 자연스럽게 기품이 묻어나는 것이다.

그에 반해 철군패는 모든 것이 거칠었다. 앉아있는 자세부터 차를 후르륵 마시는 모습까지 어느 하나 격조에 맞는 것이 없었다. 눈살이 찌푸려질 만한 광경이기도 했지만, 천우경은 그런 철군패의 모습을 있는 그대로 받아들였다.

천우경에게는 사람을 있는 그대로 받아들이는 장점이 있었다. 적어도 겉으로 보이는 모습이나 소문 따위에 휘둘려 편견을 갖고 바라보는 사람은 아닌 것이다.

천우경은 모든 소문이나 정보를 배제하고 자신이 보는 철군패의 모습을 받아들이고 있었다. 그 때문에 누구보다 더욱 냉정하게 철군패를 파악할 수 있었다.

'일견 거칠어 보이지만, 섬세한 성격을 가지고 있다. 지금 앉아있는 것도 얼핏 보면 무방비 자세로 보이지만 실은 언제라도 자신을 보호할 수 있는 만반의 준비가 되어 있다.'

들어오는 순간부터 천원각의 지물이나 가구 등의 위치를 확인하고 은신한 자들의 기척을 파악하는 일련의 동작이 물 흐르듯 자연스럽게 이어졌다. 정말로 철군패가 소문처럼 거칠기만 한 남자라면 결코 있을 수 없는 일이었다.

거기다 철군패의 몸에서 느껴지는 막강한 기도는 상상 이상이었다. 마치 거대한 활화산이 철군패의 몸 안에 잠재해 있는 느낌이었다.

'나라도 쉽게 승부를 장담할 수 없는 존재.'

그것이 천우경이 철군패에게 느낀 솔직한 소감이었다.

솔직히 충격 받았다. 철군패가 비록 멸제라는 별호로 강호를 위진시키고 있다지만, 나이로 보아 소문이 어느 정도는 과장되었을 거라고 짐작했기 때문이다. 하지만 소문은 오히려 철군패의 진짜 모습을 반도 표현하지 못했다.

'이 아이도 형님과 같은 부류인가?'

간혹 그런 자들이 세상에 나오곤 한다.

나이와 상관없이 천재적인 재능과 경륜을 자랑하는 이들이. 그 대표적인 예가 바로 천우진이었다.

천우진의 가공할 재능과 심기는 배운다고 가질 수 있는 것이 아니었다. 그렇게 태어나고 스스로 자각해야만 가질 수 있는 재능이었다. 그런 재능을 가진 자가 눈앞에 또 있었다.

그러나 천우경의 표정은 처음과 달라진 게 없었다. 속마음이야 어떻든, 그것을 밖으로 드러낼 정도로 어리석지는 않았다.

"차 맛이 어떤가?"

"좋소."

"흔히 용정은 제왕의 차라고 하지. 그만큼 고결한 품격과

향취가 있지.”

“그런 것은 잘 모르겠지만, 무척 맛있어서 마음에 드오.”

“그런가? 하긴 그 말이 정답일지도 모르겠군. 차의 맛이란 인간이 정해놓고 분류한 것뿐. 그냥 맛있는 것이면 되지, 더 이상 무슨 표현이 필요할까?”

천우경이 빙긋 웃었다. 그 모습에 철군패의 눈이 빛났다.

분명히 자신의 태도가 거슬릴 텐데도 내색하지 않고, 자연스럽게 말을 이어간다. 무서울 정도로 무겁고 신중한 태도였다. 그 모습이 무척이나 자연스럽다.

‘역시 진짜 십전제를 대신할 만한 역량 정도는 있다는 것인가?’

철군패가 나머지 용정차마저 벌컥 들이마셨다. 그 모습에 천우경이 먼저 말문을 열었다.

“먼저 감사의 인사를 하지. 구주천가를 대신해 반천련에 속한 자들을 색출해줘서 고맙네. 덕분에 일이 하나 줄었네.”

“꼭 구주천가를 위해서 한 일은 아니오. 누군가는 해야 할 일이었으니까.”

“어쨌거나 내 집에서 내 대신 해준 일이니까 고마울 수밖에. 너무 겸양할 필요 없네.”

“특별히 겸손한 성격은 아니오.”

“그런가?”

천우경이 피식 웃으며 용정차를 들었다. 잠시 후 그가 찻잔

을 내려놓으며 철군패를 똑바로 바라보았다. 그 순간, 그의 몸
에서는 엄청난 기세가 피어올랐다.

제왕지세(帝王之勢).

순혈의 피를 타고 태어나 제왕의 길을 밟아온 자들만이 가
질 수 있는 기세였다. 천우경은 제왕지세를 발산하며 철군패
를 바라보았다. 보통 사람이라면 숨이 막혀 고개도 들 수 없었
겠지만, 철군패는 달랐다. 그는 결코 천우경의 기세에 기죽지
않았다. 표정도 흔들리지 않았고, 눈빛조차 변하지 않았다.

천우경의 기세를 있는 그대로 받아들이는 철군패의 전신에
서도 막강한 기세가 일어났다.

츠츠츠!

두 사람의 기세가 충돌하면서 실내의 기물들이 지진이라도
난 것처럼 덜덜 떨리기 시작했다.

파팟!

두 사람 사이에서 마치 불꽃이 튀는 것 같았다. 두 사람 모
두 눈 하나 깜빡이지 않고 서로를 바라보고 있었다. 잠시 후,
두 사람은 약속이라도 한 듯이 기세를 동시에 거뒀다.

조금 전에 있었던 일이 마치 착각이나 환영이었던 듯 태연
한 신색을 유지하고 있는 두 사람.

"좋군."

"과찬이오."

"과찬이 아닐세. 실제로 내가 그렇게 느꼈으니까. 이제야

나는 홀가분해질 수 있겠군.”

“그게 무슨 말이오?”

“후후! 아무것도 아닐세.”

천우경이 나직한 웃음을 흘리며 고개를 저었다. 그러나 그는 진짜 홀가분한 표정을 짓고 있었다.

철군패는 모를 것이다. 이제까지 천우경이 얼마나 엄청난 중압감 속에서 살아왔는지. 모르는 사람들이 보기에 구주천가의 자리는 화려하면서도 선망의 자리일지도 모르지만, 천우경에게는 천형이나 다름없는 저주받은 자리였다.

구주천가의 가주가 된다 함은 곧 천하를 지켜야 할 의무를 양 어깨에 짊어지는 것을 의미했다. 단지 구주천가의 안위만 생각해야 하는 것이 아니라 천하 전체의 안위를 생각해야 한다.

때문에 한 가지 결정을 내릴 때도 자신의 결정이 천하에 미칠 파급력과 영향까지 생각해야 했다. 지난 이십 년 동안 그는 그렇게 수많은 고뇌와 번민 속에서 지내왔다. 이제까지 그는 단 하루도 편히 잠든 적이 없었다.

그의 고민은 마해와의 격돌이 본격적으로 시작된 오늘까지도 계속됐다.

자신이 무너지면 구주천가는 물론이고 천하 전체가 마해의 수중에 떨어진다. 그런 사실이 주는 중압감은 상상을 초월했다.

그 때문에 천우경은 고민하고 또 고민했다.

자신이 마해를 물리친다면 좋겠지만, 만일 그렇지 못하고 무너진다면 뒤를 감당해줄 사람이 없었다. 그것이 이제까지 천우경이 고민했던 부분이다.

온유하가 계속해서 철군패를 시험하는 것을 알면서도 묵인한 것 역시 그를 자세히 파악하기 위함이었다.

이제 오늘 직접 대면함으로써 철군패를 완전히 파악했다.

그가 자리에서 일어나 창가로 다가갔다. 창문을 열자 구주천가의 야경이 눈에 들어왔다. 끝이 보이지 않을 정도로 광활한 불야성이 눈앞에 펼쳐져 있었다.

천우경이 구주천가의 전경을 내려다보며 말했다.

"나는 혈야평으로 갈 거라네."

"……"

"뜻밖이라는 표정이군. 의아할 것 없네. 문상은 나에게 구주천가에서 승부를 보라고 계속해서 권하네만, 나는 그렇게 생각하지 않네. 구주천가는 철옹성이 분명하네. 이십 년 전에는 이 철옹성에 기대어 겨우 승리를 거둘 수 있었지만, 지금은 상황이 달라졌네. 이십 년 전 구주천가를 경험한 마해의 무인들은 이미 만반의 대비를 해놓았을 것이네."

천우경은 예전과 같은 방식으로는 승리를 할 수 없다고 생각했다. 천우진은 구주천가로 적을 끌어들여 승리를 쟁취했지만, 이번에도 그렇게 된다는 보장은 없었다. 그래서 천우경은 혈야평에서 모든 승부를 보려하고 있었다.

그 때문에 먼저 오천과 오대를 보낸 후에도 다시 오군(五軍)

을 나누어 전선으로 파견하고 있었다. 혈야평에서 밀리면 끝이라는 배수진을 치는 것이다.

물론 온유하는 아직까지도 구주천가를 의지해 결전을 벌이자고 말하고 있었으나, 천우경의 생각은 달랐다. 그는 혈야평에서 모든 은원을 끝낼 생각이었다.

그것만이 형 천우진의 잔향에서 벗어나는 길이라고 생각했다.

그는 누구보다 형 천우진과 그가 이룬 업적을 존경하고 사랑했으나, 언제까지고 형의 그림자만으로 머물 수는 없다고 생각했다. 이제는 그의 잔향에서 벗어나 홀로 우뚝 설 때였다. 천마와 마해만 제압한다면 천우경 본연의 모습으로 살아갈 수 있을 것이다.

"그래서 말인데 자네에게 부탁하고 싶은 것이 있네."

"말하시오."

"대사조…… 자네가 막아주게."

"대사조? 그가 움직였소?"

"북에서 그의 움직임이 포착되었네. 어찌된 영문인지 따르는 자들의 수가 수천이 넘는다는군. 자네가 그를 막아주게."

"대사조가 움직였다면 사전에 천마와 교감이 있었다는 뜻이겠군."

"그렇다네. 그러니까 대사조를 자네가 막아주게. 천마는 내가 막겠네. 지금으로서는 그 수밖에 없다네."

"쉽지 않을 것이오. 천마는 죽음마저 초월한 자이니까."

"후후! 지난 이십 년 동안 내가 그냥 놀고 있는 줄 알았나? 나 역시 그동안 천마를 죽이기 위한 수련을 해왔다네. 근자에 들어 그간 생각해두었던 무공을 정립할 수 있었지."

"자신은 있소?"

"자신?"

순간 천우경의 눈이 빛났다. 어쩌면 심기가 상한 것일 수도 있었지만, 철군패는 개의치 않았다.

그가 자리에 일어나며 말했다.

"칠백 년 전에도 그랬고, 이십 년 전에도 그랬소. 천마는 항상 죽음에서 살아나왔소. 그리고 살아나올수록 더욱 강해졌지. 아마 그는 이십 년 전보다 더욱 강해졌을 것이오. 그런 천마를 단신으로 상대하겠다는 것이오?"

"나는 십전제네."

'십전제' 라는 단어만큼 사람의 심금을 울리는 말이 또 있을까?

천우경의 음성에는 무한한 자부심이 담겨 있었다. 천우경은 십전제라는 단어로 자신감을 표출했다.

"십전제…… 그렇군."

철군패가 고개를 주억거렸다. 철군패의 음성에서 무언가 이상한 기색을 느낀 듯 천우경이 그를 바라보았다.

"왜, 믿기지 않는가?"

두 사람의 시선이 허공에서 마주쳤다.

쿠쿠쿠!

제 4장

양극지로(兩極之路)

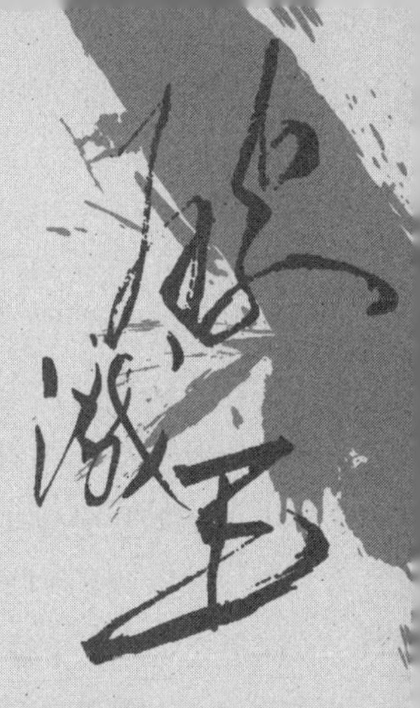

천우경은 철군패를 똑바로 바라보고 있었다. 단지 바라보고 있을 뿐이지만 그의 눈빛 속에는 감히 항거하기 힘든 어마어마한 거력이 담겨 있었다.

철군패도 천우경의 시선을 피하지 않았다. 두 남자의 시선이 부딪히면서 허공에 불꽃이 튀는 듯했다.

지금 이 순간, 천우경은 있는 그대로 자신의 모든 것을 드러내고 있었다. 이제까지 꼭꼭 숨겨왔던 진정한 자신을 선보이는 것이다.

인고의 세월이었다.

지난 이십 년 동안 그는 두문불출하며 무공일로에 몸을 바쳤다. 구주천가를 운영하는 대부분의 권한을 온유하에게 넘겨주면서까지 그가 무공에 몰두한 이유는 간단했다. 바로 형 천우진의 그림자에서 벗어나 스스로의 힘으로 구주천가를 반석 위에 세우기 위함이었다.

그간 생사의 경계선을 수없이 넘나들면서 그를 막고 있던 벽을 깨부쉈다. 그렇게 한 발 한 발 전진하다 보니 이제 그는 전인미답의 경지를 밟고 있었다.

그 자신도 자신이 어느 정도 경지에 이르렀는지 명확히 알지 못했다. 단지 확신할 수 있는 것은 그 자신이 전설의 경지라는 광륜을 확실히 넘어섰다는 것이다.

빛을 이해하고 그 힘을 자신의 것으로 활용할 수 있는 능력을 뛰어넘어, 빛을 갈무리하고 그 이상의 힘을 이끌어낼 수 있는 능력. 사람의 마음을 장악하는 능력은 그에 부수적으로 딸려온 결과물에 불과했다.

이제까지 무공일로를 위해 모든 것을 희생하며 살았다. 그 때문에 오히려 이런 커다란 전쟁을 기다려왔는지도 몰랐다. 자신의 모든 것을 쏟아낼 수 있는 거대한 전쟁을.

철군패는 천마와의 대결 전 자신을 시험할 수 있는 최적의 존재였다. 그라면 자신의 역량을 모두 시험해볼 수 있으리라.

쿠쿠쿠!

천우경이 기운을 끌어올리자 천원각 전체가 금방이라도 무너질 듯 흔들렸다. 공간 전체에 균열이라도 간 것처럼 강하게 떨리자 은신해 있던 무사들이 다급히 뛰쳐나왔다. 하지만 곧 이 모든 현상의 진원이 자신들의 주군임을 알아차리고 급히 물러났다.

철군패의 표정이 침중하게 변했다.

피부로 느껴지는 엄청난 기운이 천우경이 얼마만한 강자인 지 알려주고 있었다.

'최소한 혁련청화보다 강하다. 단지 십전제의 껍데기뿐인 별호를 이어받았지만, 이제 그 자신이 십전제에 육박하는 무 력을 소유하게 된 것인가?'

인정하지 않을 수 없었다. 그 자신의 힘으로 이 정도까지의 무력을 쌓았다면 그 누구라도 인정하지 않을 수 없을 것이다. 하지만 인정한다 뿐이지 그에게 굴복하겠다는 뜻은 아니었다.

그가 파형심결(破形心決)을 운용했다. 그러자 엄청난 기운이 전신의 모공을 통해 발산됐다. 그의 기운은 결코 천우경에 비 해 뒤지지 않았다.

쿠쿠쿠!

그렇지 않아도 천우경의 기운을 이기지 못해 균열이 가던 공간에 철군패의 기운까지 더해지면서 구주천가 전체가 지진 이라도 일어난 듯이 흔들렸다.

겉으로 보기에는 천우경이 공세에 나서고 철군패가 수세를 취한 모양새였다. 천우경이 공력을 끌어올리면 철군패도 그에 맞춰 자신의 공력을 끌어올렸다. 그 때문에 두 사람은 팽팽하게 대치를 했다.

천우경이 다시 공력을 끌어올리려 할 때였다.

"천마와 싸우기 전에 힘을 빼는 것은 여러모로 좋지 않아요."

그 순간, 나직한 음성과 그들이 대치하고 있는 공간을 비집고 들어오는 여인이 있었다. 그녀는 바로 구주천가의 무상 혁련청화였다.

두 사람의 대결이 구주천가에 큰 피해를 입히기 전에 개입한 것이다. 그녀 외에 다른 사람들은 두 사람 사이에 비집고 들어오는 것은 고사하고 접근할 수조차 없었다.

혁련청화가 개입하자 철군패가 공력을 거뒀다. 이 이상 천우경과 기세싸움을 할 의미가 없는 것이다. 철군패가 공력을 거두자 천우경이 아쉬운 표정을 지으며 마찬가지로 공력을 거둬들였다.

그렇게 두 사람의 대치는 혁련청화의 개입으로 끝났다. 하지만 그렇다고 해서 소득이 아예 없는 것은 아니었다. 일단 천우경의 무력 수준이 어느 정도인지 확실히 알았다. 현재 천우경은 십전제라는 별호를 사용하기에 전혀 손색이 없는 무력을 지니고 있었다. 다른 능력은 어떤지 모르지만, 일단 무력 하나만을 놓고 봤을 때는 충분하다 할 수 있었다.

천우경이 가지고 있는 자신감의 근원을 알 수 있을 것 같았다. 그래도 철군패는 왠지 불안하단 생각이 들었다. 하지만 그는 자신의 생각을 전혀 말하지 않았다. 지금 천우경의 상태라

면 타인이 어떤 말을 하더라도 전혀 받아들이지 않을 것이 분
명하기에.

천우경이 먼저 입을 열었다.

"손님을 불러놓고 결례를 범했군. 이해해주게. 오랜만에 흥
이 돋아서 자제를 하지 못했네."

"이해하오. 더 이상 할 말이 없다면 나는 이만 가보겠소."

"대사조…… 막아주겠지?"

"그쪽이 천마를 막겠다면 그럴 수밖에."

"고맙네."

철군패는 대답 없이 고개를 끄덕이고는 밖으로 나갔다.

철군패가 나가고 천우경과 혁련청화 두 사람이 같은 공간에
남았다.

혁련청화가 한숨을 내쉬며 말했다.

"가주께서 도가 지나치셨어요."

"그런가? 하지만 한 번만 이해해주도록. 정말 오랜만에 흥
이 돋아서 참을 수가 없었으니까."

천우경의 대답에 혁련청화는 아무런 말도 할 수 없었다. 자
신 역시 철군패에게 그런 기분을 느꼈었기 때문이다. 이상하
게 철군패를 보면 전투적이 되고, 자신의 모든 것을 시험하고
싶은 기분이 든다. 어쩌면 그가 익힌 무공이나 분위기가 사람
을 그렇게 몰아가는 것일 수도 있었다.

혁련청화가 상념을 지우며 물었다.

"이제 결심을 굳힌 건가요?"

"음!"

"하지만 구주천가의 성을 이용하는 것이 훨씬 나을 수도 있을 거예요. 그런데도 굳이 혈야평으로 가겠다는 건가요?"

"이십 년 전과 같이 구주천가를 최후의 방패막이로 사용하고 싶지는 않아. 칠백 년의 은원을 모두 해결하기엔 혈야평이 적당하지. 그곳에서 천마와의 전쟁을 끝낼 것이다."

천우경의 음성엔 자신감이 넘쳐흘렀다.

조금 전 철군패와의 기세싸움을 통해서 스스로의 무력에 한층 더 자신감을 갖게 된 천우경이었다. 그런 그의 귀에는 누구의 말도 들리지 않았다. 혁련청화는 그 점이 못내 안타깝긴 했지만, 자신이 그를 받쳐준다면 상관없을 거란 생각이 들었다.

"구주천가엔 경계에 필요한 최소의 인원만을 남기고 혈야평으로 간다. 모두에게 그렇게 전하도록."

"알겠어요."

혁련청화의 대답을 들으며 천우경이 몸을 돌렸다.

'지금부터다, 마해. 이십 년 전의 치욕을 갚겠다. 천마, 다시 살아난 것을 후회하게 해주마.'

*　　*　　*

자신의 거처로 돌아온 철군패는 북풍대에게 출진준비를 명했다. 그렇지 않아도 구주천가에서 갑갑함을 느끼던 북풍대는 쾌재를 부르며 출진할 준비를 했다.

단월이 철군패에게 다가왔다.

"어떻게 된 거야?"

"그가 대사조를 대신 상대해 달라고 하더군."

"그래서 그 말을 들을 생각이야?"

"꼭 그의 부탁이 아니더라도 반드시 상대해야 할 자야. 잊지 않았겠지? 내가 반드시 십이사조를 멸하겠다고 한 말 말이야."

"물론이야."

"이제 그 약속을 지킬 차례야. 그렇게 생각하면 돼."

철군패가 단월의 어깨를 두들겨 주었다. 그제야 단월의 표정이 조금 풀렸다.

"나는 대사조를 상대하러 갈 테니까 너는 무영문으로 돌아가."

"하지만……."

"부탁이야."

"알았어."

결국 단월이 어쩔 수 없다는 표정으로 대답했다.

생각 같아서는 철군패의 곁에 있고 싶었지만, 자신이 곁에 있으면 방해가 될 수밖에 없다는 사실을 잘 알고 있었다.

이제부터의 전쟁은 무척이나 혹독할 것이다. 계략보다는 무력이 판을 치고, 야수와 같은 잔혹성이 곳곳에서 드러닐 것이다. 철군패는 그런 혹독한 전장 속으로 가는 것이었다. 자신이 따라가 봐야 신경만 분산될 뿐, 어떠한 도움도 될 수 없다.

단월이 굳은 얼굴로 말했다.

"대신 무영문의 힘을 총동원해서 네가 가는 길을 도울게. 그러니까 무사히 돌아와야 해."

"나는 멸제야. 타인을 멸망시키지, 나 스스로 멸망의 길을 걷지는 않아."

"믿을게."

단월이 고개를 끄덕였다.

그날 철군패와 북풍대, 단월은 구주천가를 떠났다. 구주천가를 떠난 직후 철군패와 단월은 헤어졌다.

철군패는 북쪽으로 가고, 단월은 무영문으로 돌아갔다.

*   *   *

설유원은 타오르는 모닥불을 바라봤다.

이제 노숙도 몸에 익을 대로 익어 별로 불편함을 느끼지 못했다. 그는 풀을 깐 바닥에 누워 모닥불 속에서 익어가는 토끼 고기를 바라보았다.

격렬하게 타오르는 불 속에서 토끼 고기는 노르스름하게 익어가고 있었다. 지글거리는 소리와 함께 흘러내리는 기름이 군침을 돌게 하기 충분했다.

설유원은 먼저 들른 마을에서 구한 화주를 봇짐에서 꺼냈다. 그렇게 술을 좋아하는 편은 아니었지만, 이렇듯 노숙을 할 때 한 모금씩 마시는 술은 피로를 회복하는 데 많은 도움을 준다는 사실을 그는 잘 알고 있었다.

토끼 고기가 어느 정도 익자 불에서 꺼냈다. 먼저 술을 한 모금 마시고, 토끼 고기를 뜯었다. 독한 화주와 토끼 고기가 입 안에서 만나자 묘한 흥취가 올라왔다.

그의 입을 타고 절로 노랫가락이 흘러나왔다.

사내로 태어나 천하 위에 우뚝 서길 원했네.

일곱 살 어린 꼬마는 어른이 되었고, 머리에는 어느새 하얀 꽃이 피었다네.

풍운의 꿈은 여전한데, 이 내 몸은 이미 청춘이 아니구나.

사내로 태어나 어찌 천하를 질타하지 않을쏜가.

바람에 몸을 싣고 구름처럼 천하를 부유하자꾸나.

내가 꾼 꿈을 누구에게 말할 것인가?

어린 시절 상행을 떠날 때면 아비가 술에 취해 불러주던 노래였다. 아비에 대한 기억 중 유일하게 좋은 추억으로 남아있는 것이 있다면 이 노래뿐이었다.

잊어버렸다고 생각했는데, 얼마 전 이비를 만나자 다시금 생각이 났다.

설유원이 다시 술을 한 모금 삼키며 중얼거렸다.

"뭐, 잘 살겠지."

어차피 자신과 아비의 인연은 오래전에 끊겼다. 이제 새로운 삶을 살고 있는 아비에게 부담감을 주고 싶은 마음 따윈 전혀 없었다. 그보다는 철군패에게 가는 것이 중요했다.

현재 천하는 대변혁을 겪고 있었다.

마해의 등장으로 기존의 모든 질서가 송두리째 깨지고, 새로운 질서가 태동하고 있었다. 그야말로 격변의 시기를 달리고 있는 것이다.

이런 시기일수록 철군패에게 힘이 필요했다.

자신이 어려울 때 손을 내민 사람이 바로 철군패였다. 그렇다면 철군패가 고난을 헤쳐 나가는 시기에 손을 내밀어주는 사람은 자신이어야 한다.

그런 생각을 하며 설유원은 술을 들이켰다.

그때였다. 갑자기 부스럭거리는 소리가 수풀 저 너머에서 들렸다. 그러나 설유원은 전혀 당황하지 않고 검을 자신의 등 뒤로 감추며 인기척이 난 방향을 바라보았다.

수풀을 헤치고 다가오는 사람들이 있었다. 무인들인 듯 허리에 무기를 차고 있는 열 명의 남자와 문사처럼 보이는 세 명의 남자가 한 일행이었다.

무심한 눈으로 무인들을 바라보던 설유원의 눈이 문사로 보이는 사람들에 멈춰 서서 갑자기 반짝였다.

무인들 중 우두머리로 보이는 중년 남자가 정중하게 포권을 취하며 말했다.

"밤길을 잃어 헤매고 있던 차에 마침 모닥불 빛이 있기에 결례를 무릅쓰고 찾아왔소. 따로 노숙할 만한 곳을 찾기도 힘들 것 같으니 잠시만 신세를 지다 해가 뜨면 바로 가겠소."

"그러시오."

설유원은 순순히 그들 일행을 받아들였다.

그의 허락이 떨어지자 무인들이 살았다는 표정을 지었다.

우두머리의 말처럼 그들은 노숙할 곳을 찾지 못해 산속을 헤매던 중이었다. 들판에서의 노숙에 익숙한 그들이었지만, 산속의 해는 들판보다 일찍 진다는 사실을 미처 감안하지 못해서 이런 낭패를 당하고 만 것이다.

무인 십여 명과 문사 세 명, 전혀 어울리지 않는 조합이었지만 설유원은 전혀 그런 내색을 하지 않았다.

우두머리가 말했다.

"고맙소. 나는 우정일이라 하오. 형장의 도움에 감사하오."

"별말씀을."

"형장의 이름은 어찌 되시오?"

"설유원이라고 하오."

"좋은 이름이오."

우정일이 그렇게 말하며 설유원 근처에 자리를 잡았나. 그러자 다른 이들도 모닥불 근처에 자리를 잡았다. 이젠 여름도

다 지나가 밤이 되면 꽤나 쌀쌀했다. 무공을 익힌 무인들이야 내공을 일으켜 자신의 몸을 보호할 수 있었지만, 문사들은 그렇지 못했다. 그리고 아무리 내공을 이용할 줄 알아도 이렇듯 자연의 온기를 느끼는 것만큼 충분한 효과를 보지는 못했다.

우정일의 일행은 모닥불 주위에 모여앉아 온기를 나눴다. 특히 문사로 보이는 이들은 모닥불의 온기에 살았다는 표정을 짓고 있었다.

고생을 무척이나 한 듯, 그들의 얼굴은 무척이나 초췌하면서도 수척해 보였다. 그들의 시선이 설유원의 앞에 있는 토끼 고기와 술병에 머물렀다. 간절한 눈빛으로 토끼 고기와 술병을 바라보는 그들의 시선은 무척이나 부담스러운 것이었다.

설유원이 먼저 그들에게 토끼 고기를 건네며 말했다.

"얼마 되진 않지만, 드시겠소?"

"고, 고맙소."

허겁지겁 고기를 받아드는 문사는 특이하게도 무척이나 왜소하고 등이 굽어 커다란 혹처럼 툭 튀어나와 있었다. 그는 설유원에게서 토끼 고기를 받아 다른 문사들에게 나눠주었다.

다른 무인들이 그 모습을 못마땅하게 바라보았지만, 뭐라 하지는 않았다.

그들을 보며 설유원이 말했다.

"꽤나 오랫동안 고생을 하신 모양이오?"

"뭐, 일이 일이다 보니 본의 아니게 힘든 여정을 치르고 있소."

“마시겠소?”

설유원이 술병을 내밀었다. 우정일은 사양하지 않고 술병을 받아들였다. 자신이 먼저 한 모금을 마시고 수하들에게 돌렸다. 수하들이 한 모금씩 마시자 술병이 금세 동이 났다. 단 한 모금에 불과했지만, 우정일과 수하들은 꽤나 만족스런 표정을 지었다.

“설 형은 여행하시나 보오?”

“그렇소.”

“이런 혼란한 시기에 혼자 여행이라니? 설 형은 무척이나 배포가 큰 사내구려.”

“세상이 어지럽다고 방 안에만 처박혀 있으면 어찌 큰 꿈을 펼칠 수 있겠소?”

“설 형의 말도 일리가 있구려.”

“그러는 우 형은 일행을 이끌고 무슨 일을 하는 것이오?”

“주군의 명을 받고 임무를 수행하고 있소.”

“임무?”

“그 이상은 말할 수 없소. 양해해주길 바라오.”

웃으며 말했지만, 우정일의 눈은 전혀 웃지 않았다. 웃고 있는 입매와 반대로 눈빛이 매섭고 서늘하게 빛나고 있었다.

‘범상치 않은 인물.’

설유원이 눈을 빛냈다.

자신이 스스로를 감추고 있듯이 우정일 역시 스스로를 감추고 있었다. 그의 몸에서 느껴지는 기도나 분위기는 범상치 않았다.

언뜻 보면 평범해 보이나 자세히 살펴보면 그가 무척이나 비범하단 사실을 알 수 있다. 아무렇게나 앉은 것 같지만, 사실 그가 앉은 자리는 모닥불 주위에서 가장 높은 곳으로, 유사시 가장 기민하게 대응할 수 있는 위치였다. 뿐만 아니라 그의 수하들 역시 질서 없이 모닥불 주위에 앉은 듯 보이지만, 기실 문사들을 보호하고 외부의 공격에 가장 잘 대응할 수 있는 진용을 짜고 있었다.

그로 미뤄 보아 그들이 호위하고 있는 것으로 보이는 문사들이 무척이나 중요하단 사실을 짐작할 수 있었다.

"설 형은 어디로 여행을 떠날 생각이오?"

"일단 경산(京山)쪽으로 가볼 생각이오만."

"경산이라면 동정호 인근에 있는 산을 말하는 것이오?"

"그렇소."

"주제넘게 충고 한마디 하자면 그곳 근처엔 얼씬도 하지 않는 게 좋을 것이오."

"왜 그렇소?"

"듣기론 그쪽에 무척이나 큰일이 있다고 하오. 아마 설 형도 모르진 않을 텐데."

"나는 우 형이 무슨 말을 하는지 잘 모르겠소."

설유원이 끝까지 잡아떼자 우정일이 할 수 없다는 듯이 말을 이었다.

"현재 경산뿐 아니라 그 일대가 전쟁통이라는 이야기가 있소. 내가 듣기로는 구주천가와 마해가 정면으로 격돌한다고 하오."

"구주천가와 마해가?"

"그렇소. 그러니 괜히 엄한 일에 휘말리지 말고 다른 곳으로 여행가는 것이 좋을 것이오."

"꼭 엄한 일이라고는 볼 수 없소. 나도 엄연히 무림세계의 일원이니까."

"그럼 전쟁에 참여를 하겠다는 것이오?"

"그게 내 목적이니까."

"휴!"

설유원의 솔직한 대답에 우정일이 나직이 한숨을 내쉬었다. 그의 얼굴에 한 줄기 안타까운 빛이 떠올랐다.

설유원은 꽤나 마음에 드는 사람이었다. 단지 노숙할 만한 공간을 양보해주었다는 이유만이 아니라 그의 몸에서 풍기는 분위기라든지 깊은 눈빛이 꼭 마음에 들었다. 하지만 설유원의 목적을 확인한 이상 그냥 보낼 수만은 없었다.

우정일이 다시 한 번 한숨을 내쉬었다.

"휴!"

그의 한숨이 신호였을까? 행복한 표정으로 모닥불을 쬐던 무인들의 눈빛이 은밀히 변했다. 지금까지의 사람 좋던 표정과는 전혀 다른 냉혹한 표정이었다. 그에 문사로 보이는 세 사람의 표정이 우울하게 변하며 고개를 돌려 설유원을 외면했다.

우정일이 말문을 열었다.

"설 형에게 미안하구려."

"뭐가 미안하단 말이오?"

"설 형은 우리에게 이렇게 은혜를 베풀었는데, 우리는 은혜를 원수로 갚게 되었으니까."

"나는 우 형이 무슨 말을 하는지 도통 모르겠구려."

"차라리 모르는 것이 좋을 것이오. 잘 가시오, 설 형."

쉬악!

그의 말이 채 끝나기도 전에 설유원의 지척에 있던 무인 두 명이 검으로 찔러왔다. 예상치 못한 공격이었다. 그들의 공격은 정확히 설유원의 가슴과 머리를 노리고 있었다. 일검필살(一劍必殺)의 초식인 것이다.

누구도 예상치 못한 공격이었지만, 설유원은 당황하지 않았다.

카앙!

그가 등 뒤에 숨겼던 검으로 무인들의 검을 튕겨냈다. 마치 물이 흐르듯 자연스런 그의 반격에 우정일을 비롯한 무인들이 놀라 자리에서 일어났다.

설유원도 자리에서 일어나며 말했다.

"당신들은 마해의 무인들이오?"

"그렇소."

우정일이 고개를 끄덕였다.

설유원은 전혀 놀라지 않았다. 이미 그럴 거라고 짐작했기 때문이다. 그의 시선은 우정일을 보고 있지 않았다. 그의 시선이 향한 곳엔 꼽추의 노인이 있었다.

설유원은 꼽추노인의 정체를 단숨에 알아차렸지만, 꼽추노인은 그를 알아보지 못하는 모양이었다. 하긴 십이 년이란 세월이 지났고, 자신이 그때에 비해 많은 변화가 있었으니 어쩌면 못 알아보는 것이 당연한 것일지도 몰랐다.

설유원은 지금보다 세월이 더 흘러 꼽추노인이 어떻게 변해도 곧바로 알아볼 것이다. 본래 가해자는 기억을 하지 못하지만, 피해자는 절대 잊을 수 없기 때문이다.

어떻게 꼽추노인이 마해의 무인들과 함께하는 것인지는 모르겠지만, 정상적인 상태가 아닌 것 같았다. 그가 기억하는 노인은 절정의 경지에 다다른 무인이었기 때문이다. 그러나 지금의 노인은 힘없는 일개 무부에 불과해 보였다.

어째서 저렇게 된 것인지 모르지만, 그렇다고 해서 사정을 봐줄 이유 따윈 없었다.

우정일이 설유원에게 말했다.

"역시 일개 무부가 아니었구려. 정체를 밝히시오."

"이미 말했을 텐데. 내 이름은 설유원이라고."

설유원의 대답에 우정일이 고개를 갸웃기렸다. 역시 늘어본 적이 없는 이름이었기 때문이다. 그런데 곁에 있던 부하가 설유원의 이름을 들었는지 전음을 보내왔다.

수하의 전음을 받은 우정일의 표정이 변했다.

"설마 이곳에서 현천마검(玄天魔劍) 설 대협을 뵙게 될 줄은 몰랐구려."

"설마 이런 산속에서 마해의 무인들과 조우하게 될 줄은 몰랐구려."

"마찬가지요. 안타깝지만 우리는 한 하늘 아래 살 수 없는 운명인 것 같소."

우정일의 말에 설유원이 수긍했다.

서로 상대의 정체를 안 이상 그냥 넘어갈 수는 없었다. 더구나 마해의 무인들 뒤에는 꼽추노인이 있지 않은가? 설유원에게는 꼽추노인을 반드시 만나야 하는 이유가 있었다.

설유원의 정체를 파악한 마해 무인들의 눈빛이 신중해졌다. 현천마검이라는 별호는 중원에서보다 마해 무인들 사이에서 요주의 인물로 통했다.

우정일이 외쳤다.

"쳐랏!"

"옛!"

그의 명령이 끝나자마자 십여 명의 무인들이 온몸을 내던져 왔다.

파카카캉!

설유원과 마해 무인들 사이에 불꽃이 튀었다. 눈에 보이지도 않을 만큼 빠른 속도로 움직이며 공방을 펼쳤다.

우정일이 이끄는 이들은 보통 무인들이 아니었다. 그들은 마해에서도 손에 꼽히는 조직인 번천조(飜天組)였다.

우정일은 번천조의 제삼 조장으로, 수하들을 이끌고 극비 임무를 수행하는 중이었다.

'반드시 제거해야 한다. 우리의 존재가 세상에 드러나서는 안 된다.'

우정일이 입술을 질근 깨물며 싸움에 참여했다. 아무래도 수하들만으로는 밀리는 감이 없잖아 있기 때문이었다.

우정일이 싸움에 참여하면서 긴박감은 더욱 커졌다.

십여 명 무인의 합공을 받으면서도 설유원은 뒤로 밀리지 않았다. 그가 익힌 한천어검류는 칠백 년 전의 초인 파검 한청의 절학. 비록 그 진수를 완벽하게 익히지 못했지만, 그래도 자신의 한 몸 지킬 수 있을 정도로는 익혔다. 때문에 십여 명의 파상공세 속에서도 완벽하게 자신을 보호할 수 있었다.

한편 꼽추노인은 멀찍이 떨어져서 한청과 번천삼조의 싸움을 지켜보고 있었다. 그들의 싸움이 계속될수록 꼽추노인의 얼굴에 의혹의 빛이 커져만 갔다.

처음 봤을 때만 해도 왠지 낯이 익는 얼굴이라고 단순하게 생각했는데, 지켜보면 볼수록 어디선가 본 기억이 분명 있었다. 단지 확실하게 떠오르지 않을 뿐이다.

'도대체 그는 누구지? 누구기에 이렇게 낯이 익을까?'

그가 기억을 더듬었지만 확실히 떠오르지는 않았다.

그때 곁에 있던 문사 중 한 명이 꼽추노인과 다른 문사에게 속삭였다.

"이번 기회에 도주하는 게 어떻소? 이렇게 언제까지 그들의 의도대로 따를 수도 없지 않소."

"하지만……."

다른 문사가 망설였다. 하지만 먼저 입을 연 문사는 포기하지 않았다.

"그럼 좋을 대로 하시오. 나는 더 이상 저들이 원하는 대로 진법을 펼쳐줄 수는 없소. 우리가 펼치는 진법이 천하에 어떤 영향을 미칠지도 모르면서 말이오."

"하지만 너무 위험하지 않겠소."

"마음대로 하시오. 노형이 여기 그대로 있겠다면 말리지 않겠소. 나는 이번 기회에 저들에게서 탈출하겠소."

문사의 말에 노형이라 불린 문사의 얼굴에 갈등의 빛이 떠올랐다. 하지만 잠시 생각하던 그가 이내 말을 건 문사의 말에 동의했다.

"좋소! 그렇다면 나도 당신을 따르겠소. 곡 형은 어찌하겠소?"

곡 형이라 불린 꼽추노인이 고개를 저었다.

"나는 당신들을 따르지 않겠소."

"그럼 이대로 저들에게 이용당하겠다는 것이오? 마음대로 하시오. 우리는 빠져나갈 테니까.”

두 문사는 이내 모닥불 근처를 은밀히 빠져나가기 시작했다. 그 모습에 꼽추노인이 고개를 저었다.

‘쯧쯧! 세상 물정을 저렇게 모르다니.’

만일 무공을 조금이라도 익혀봤다면 결코 저런 결정을 내리지 않았으리라. 꼽추노인은 그나마 한때 절정의 고수였기에 이런 경우 어떤 판단을 내려야 하는지 잘 알고 있었다. 그래서 문사들과 행동을 함께 하지 않았다.

아니나 다를까? 문사들이 채 모습을 감추기도 전에 우정일의 노성이 터져 나왔다.

“감히!”

쉬익!

그의 도가 손을 떠났다. 허공을 가른 도는 정확히 문사들의 가슴을 꿰뚫고 바닥에 박혔다. 문사들은 비명도 지르지 못하고 절명했다.

“이런?”

문사들의 죽음에 설유원이 당혹성을 터트렸다.

처음엔 꼽추노인 때문에 문사들이 같은 일행이라고만 생각했다. 그런데 틈을 봐서 탈출하는 것이나 또 그런 그들을 무리를 하면서까지 척살하는 모습으로 봐서 자신의 생각이 틀렸음을 알 수 있었다.

‘무리를 하면서까지 비밀을 지켜야 할 이유가 있다는 것인가?

이대로 내버려두면 저들은 꼽추노인까지 죽여서 입을 막으려 할지도 몰랐다. 그렇게 생각하자 설유원은 이제까지처럼 편하게 무공을 펼칠 수만은 없었다.

그의 눈빛과 기도가 변했다.

우정일과 수하들은 그런 설유원의 변화를 피부로 느꼈다.

"이제야 제대로 해볼 마음이 생겼는가?"

그들이 무기를 쥔 손에 힘을 주었다.

쉬쉬쉭!

그 순간 설유원의 검이 마치 떨어져 내리는 불비처럼 허공을 갈랐다.

화우낙지(火雨落地)의 초식이었다.

이름 그대로 불비가 허공에서 대지로 낙하하는 듯한 형상과 위력을 간직한 초식이었다.

"모두 주의하라."

우정일의 음성이 허공에 울려 퍼졌다. 하지만 그의 말이 허무하게도 곧이어 한 줄기 굉음과 함께 서너 명의 비명 소리가 울려 퍼졌다.

"이럴 수가!"

우정일의 눈이 흔들렸다.

그의 눈앞에서 세 명의 수하가 그대로 절명했다. 그들의 가슴에는 모두 동전만 한 구멍이 뻥 뚫려 있었다. 실제로 불에 그슬린 것처럼 상처 주위가 까맣게 타서 피조차 흘러내리지 않았다.

실로 극악하다고 볼 수밖에 없는 엄청난 위력이었다.

"현천마검이라더니, 과연 명불허전이구나. 하지만……."

우정일이 입술을 질근 깨물었다.

그가 손을 뻗자 대지에 꽂혀있던 도가 뽑혀져 나와 손에 안착했다.

"나는 번천 제삼 조장. 결코 쉽게 당하지는 않을 것이다."

그가 무서운 기세를 발산하며 설유원에게 달려들었다. 다른 번천조원들 역시 그런 우정일과 합세했다.

그들의 파상공세 속에서 설유원의 눈빛이 차갑게 변했다.

후웅!

강력한 내공이 주입되면서 그의 애검이 파르르 떨렸다.

"간다."

설유원이 번천조의 무리 속으로 뛰어들었다.

쿠콰쾅!

엄청난 굉음이 숲속을 휩쓸었다.

*　　*　　*

"쿨럭!"

우정일이 검붉은 선혈을 울컥 토해냈다. 그 때문에 누워있는 그의 옷섶이 붉게 물들었다.

번천 제삼조는 몰살당했다. 우정일 역시 수하들 한가운데 누워 죽음을 기다리고 있었다.

이제까지 선명하게만 보이던 세상의 모든 것이 흐리게 보였다. 마치 눈 안에 안개라도 낀 것처럼 말이다.

설유원이 착잡한 얼굴로 우정일을 내려다봤다. 그의 검신을 타고 선혈이 흘러내리고 있었다. 그가 목숨을 빼앗은 번천 제삼조의 선혈이었다. 검신을 타고 올라오는 혈향이 역겹게 느껴졌다.

그에게 살인은 아직까지 익숙한 행위가 아니었다. 그리고 앞으로도 영원히 익숙해질 것 같지 않았다.

그의 눈앞에서 우정일의 눈이 감겨갔다. 그가 힘없이 중얼거렸다.

"죽는 것은 무섭지 않으나, 주군이 원하는 세상을 보지 못하는 것이 안타깝구나. 그래도 임무를 완수했으니 여한은 없으리."

"임무라니? 어떤 임무를 말하는 것이오?"

"흐흐! 살아있는 것을 후회하게 될 것이다."

"이보시오. 도대체 무슨……."

"……."

그러나 우정일은 더 이상 말을 잇지 않았다. 그대로 절명한 것이다. 그런 우정일을 설유원이 안타까운 시선으로 바라보았다.

비록 적으로 만났지만 왠지 모르게 호감이 갔던 사내였다.

비록 자신의 손에 목숨을 잃긴 했지만, 그의 죽음이 안타깝게 느껴지는 것도 그 때문일 것이다.

설유원이 나직하게 한숨을 내쉬었다. 그가 우정일의 시신을 뒤로 하고 꼽추노인을 바라보았다. 그때까지도 꼽추노인은 도주하지 않고 있었다.

꼽추노인은 바로 곡혈성이었다. 십이 년 전 천산의 유적을 파헤치기 위해 십이사조 담천월이 끌어들였던 남자였다.

곡혈성이 감탄했다는 표정으로 설유원을 바라보았다. 자신이 겪어봤지만 번천 삼조는 결코 녹록한 집단이 아니었다. 그 중에서도 우정일은 곡혈성의 몸이 멀쩡했다고 할지라도 쉽게 승부를 장담할 수 없는 존재였다. 그런 자를 상대로 상처 하나 없이 승리를 거뒀다는 사실 자체가 설유원의 무력이 어느 정도인지를 보여주고 있었다.

설유원의 시선이 곡혈성을 향하자 그가 포권을 취하며 인사를 했다.

"소인은 곡혈성이라고 합니다. 대협께서 도와주셔서 감사합니다. 덕분에 악마 같은 자들의 손에서 풀려날 수 있었습니다."

곡혈성은 자신이 취할 수 있는 가장 공손한 자세를 취하고 있었다. 다른 문사들은 섣불리 도주를 시도하다 목숨을 잃었지만, 곡혈성은 끝까지 사태의 추이를 지켜봤다.

'어리석은 자들. 번천조라는 자들이 이겼다면 도주했어도 죽은 목숨이었을 터. 차라리 이렇게 끝까지 지켜보고 어찌 행

동할지를 판단했다면 목숨이라도 건졌을 텐데. 이자만 잘 구
워삶는다면 어렵지 않게 자유를 찾을 수 있을 것이다.'

곡혈성은 자신의 내심을 숨기고 설유원을 치켜 올렸다.

"대단하십니다, 대협. 이자들은 악마처럼 잔혹하고 무서운
데, 그런 자들을 이리 쉽게 제압하시다니. 이 곡 모, 진심으로
감탄했습니다."

"기억하지 못하는가?"

곡혈성은 설유원을 잔뜩 치켜 올렸지만, 돌아온 반응이 이
상했다. 그에 곡혈성이 의아한 표정으로 물었다.

"그게 무슨 말씀이십니까?"

"역시 기억하지 못하는가? 하긴 십이 년이란 세월이 흘렀으
니 그럴 만도 하겠군."

"십이 년이라니, 이 곡 모는 대인이 무슨 말씀을 하시는 건
지 전혀 모르겠군요."

"모른다? 그럼 말해주지. 십이 년 전, 천산 고산족."

"천산? 고산족?"

곡혈성의 눈이 크게 치떠졌다.

그는 이제야 설유원이 무슨 말을 하는지 알아차렸다.

"그럼 당신은 천산 고산족?"

"그래! 너와 십이사조가 짓밟았던 고산족의 생존자가 이 몸
이다."

설유원의 목소리에는 짙은 귀기마저 감돌고 있었다. 그만큼

분노하고 있다는 뜻이었다.

왜타마종(矮駝魔宗) 곡혈성.

이십 년 전 십이사조와 서문화영을 도와 고산족을 짓밟는데 일조를 했던 자. 그가 유적을 열면서 죽음으로 몰아넣은 고산족의 울부짖음이 아직도 잊혀지지가 않는다.

만약 철군패가 아니었다면 고산족은 이미 세상에서 사라졌으리라.

곡혈성의 얼굴이 새하얗게 질리면서 뒤로 주춤주춤 물러났다.

"고, 고산족이 어떻게? 모두 죽었을 텐데."

"사람의 목숨이란 것이 그리 쉽게 없어지는 것이 아니더군. 너와 십이사조 덕분에 지옥이란 것이 어떤 것인지 알았다. 이젠 너희들 차례다. 너희들이 지옥을 맛볼 차례다."

"자, 잠깐……."

곡혈성이 소리를 쳤지만 설유원의 걸음을 막지는 못했다. 더구나 곡혈성은 현재 무공마저 금제를 당한 상태였다. 마해는 철저했다. 그들은 곡혈성을 납치한 후 금제를 가해 도주가 불가능하도록 만들었다. 그 때문에 곡혈성은 아예 도주할 엄두도 내지 못했었다. 하지만 설유원이 다가오자 어떻게든 도망쳤어야 했단 사실을 깨달았다.

설유원의 눈에는 살기가 흐르고 있었다. 마해의 무인들과 싸울 때는 어쩔 수 없다는 빛을 하고 있었지만, 지금은 달랐다. 그의 눈엔 곡혈성을 향한 원한과 분노가 고스란히 담겨 있었다. 그의 손에 잡힌다면 결코 간단하게 끝나지 않으리라.

"자, 잠깐! 할 말이 있소."

"듣고 싶지 않다."

"정말 중요한 일이오. 다, 당신은 마해가 왜 문사들을 납치했는지 이유를 알고 싶지 않소?"

곡혈성은 필사적이었다. 그는 설유원의 분노를 조금이라도 누그러트리기 위해 자신이 알고 있는 사실을 떠들기 시작했다.

"나뿐만이 아니오. 마해는 나처럼 진법에 조예가 조금이라도 있는 사람들이라면 무차별적으로 납치했소. 왜 그런 줄 아시오?"

"말했잖아. 궁금하지 않다고."

"고, 고산족을 그리 이용한 것은 미안하오. 하지만 나를 죽이면 천하인들 중 최소 삼분지이 이상이 죽을 것이오. 그래도 좋단 말이오?"

그제야 설유원의 걸음이 멈췄다.

그냥 살기 위해 아무렇게나 흘린 구차한 말치고는 너무나 엄청났기 때문이다.

"그게 무슨 말이냐?"

"천마는 엄청난 일을 꾸미고 있소. 마해가 이름난 진법가들을 납치한 것은 결코 우연이 아니오."

"그럼?"

"그것은?"

설유원의 가공할 살기 앞에 곡혈성은 자신이 알고 있는 모든 사실을 털어놓았다. 곡혈성의 말은 너무 엄청나서 진실이라고 도저히 믿기지 않았다. 그의 말이 계속될수록 설유원의 표정이 점점 깊이 침잠되어 갔다. 마치 늪에 빠진 사람처럼 얼굴 전체에 검은 그림자가 드리워졌다.

어떠한 일에도 침착함을 잃지 않는 설유원의 얼굴 표정이 새하얗게 질렸다. 곡혈성의 말이 사실이라면 너무나 무서운 일이 벌어질 것이기 때문이다.

"이런 미친! 설마 그런 계획을 세우다니. 그게 정말 가능하단 말이냐?"

"그는 가능하다고 믿는 것 같소. 그러니까 그리 엄청난 일을 저지르려 하는 것이겠지."

"으음! 천마."

설유원의 주먹에 굵은 힘줄이 도드라져 나왔다. 어찌나 힘을 줬는지 꽉 쥔 주먹 사이로 선혈이 흘러내렸다. 그만큼 설유원이 받은 충격은 엄청난 것이었다. 말로는 다 표현할 수 없을 만큼.

"이제 나를 살려주시오. 내가 아는 사실을 모두 말했으니까 제발……."

"나는 너를 살려주겠다고 말한 적 없다. 그저 네가 겁에 질려 떠들어댔을 뿐."

"그, 그런……."

곡혈성의 얼굴이 사색이 되었다.

그가 모든 사실을 말했지만, 설유원의 몸에서 흘러나오는 살기는 전혀 줄어들지 않았다. 진실의 여부와 상관없이, 설유원은 그를 살려둘 생각이 전혀 없었다.

그날 설유원은 숨겨진 진실을 알았고, 고산족의 복수를 했다.

제 5 장

격변천하(激變天下)

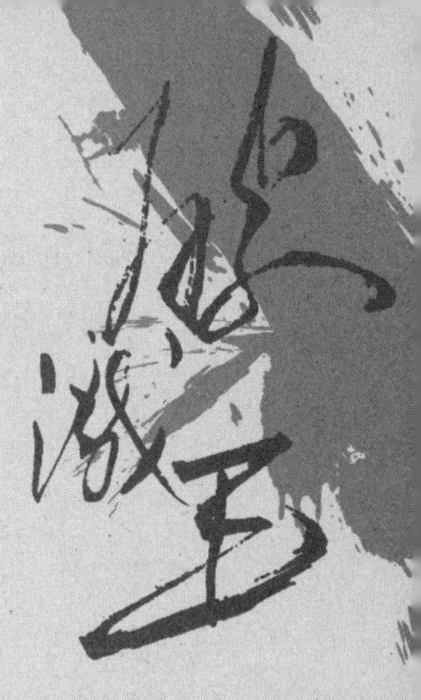

“유원이 형은 어찌 되었을까?”

철군패가 나직이 중얼거렸다.

왜 그런지 모르지만 불현 듯 설유원이 생각났다. 십이 년 전 인생 최대의 고비 때 만났던 사내. 그 남자 때문에 목숨을 걸었고, 사로를 헤쳐 나왔다. 설유원은 자신에게 은혜를 입었다고 생각할지 모르지만, 철군패는 그가 있어 정신적으로 의지할 수 있었다.

무공이 있든 없든, 사내는 의지를 갖는 것만으로도 얼마든지 강해질 수 있다.

설유원은 자신의 몸으로 그런 사실을 알려줬다. 어찌 보면 철군패의 또 하나의 스승이라고 볼 수 있었다.

그때 양천의와 검운영이 철군패의 곁으로 다가왔다.

"무슨 생각을 그리하는 게냐?"

"아무것도 아냐. 무슨 일이냐?"

"그래?"

철군패가 아무것도 아니라고 대답하자 양천의가 심드렁한 표정을 지었다. 아무래도 여정이 꽤나 심심한 모습이었다.

구주천가를 출발한 지 며칠 되지도 않았건만, 양천의는 좀이 쑤신 듯 가만있지 못하고 혼자 서성거리기 일쑤였다. 그 모습에 검운영이 뭐라고 타박했지만 양천의는 들은 척도 하지 않았다.

양천의는 이제 화진천에게 패배를 당했다는 충격에서 많이 벗어난 모습이었다. 그동안 양천의는 패배의 충격을 잊고자 무공에만 몰두해왔다. 그것은 검운영도 마찬가지였다. 그 역시 지영정에게 패한 후유증을 극복하고자 누구보다 무섭게 무공에만 몰두했었다. 그 결과 그의 눈빛은 한층 더 깊고 묵직해졌다.

패배의 충격을 극복하고 한층 성장한 모습을 보이는 두 사람의 모습에 철군패가 미소를 지었다. 여전히 투닥거리고 틱틱거렸지만, 그래도 그가 가장 믿을 수 있는 사람들이기도 했다.

철군패의 좌우에 검운영과 양천의가 서자 주위 공간이 꽉 차는 듯한 느낌이 전해졌다. 세 명의 뒤로 삼백 명의 북풍대가 따르고 있었다. 북풍대는 홀가분한 표정을 짓고 있었다. 구주천가에서 아무리 자유롭게 행동했다고 하더라도 사방이 높다란 담장으로 꽉 막힌 곳은 그들에게 숨 막히는 느낌이 들게 했다. 그런 곳에 있다가 자신들을 구속할 그 어떤 것도 존재하지 않는 외부로 나오자 기분이 한결 나아졌다.

북풍대에게 구주천가와 같은 거처는 필요치 않았다. 북풍대에게 필요한 것은 안온한 거처가 아니라 구속받지 않는 자유로움이었다. 그런 자유로움이야말로 북풍대 최고의 장점이었다.

잠시 불어오는 바람을 피부로 만끽하던 철군패가 입을 열었다.

"운영아."

"예! 형님."

"무영문으로부터 정보를 받는 일은 어찌 되었느냐?"

"형수님께서 저희가 들르는 마을에 정보를 보내주기로 했습니다. 마을에 들르면 무영문도가 알아서 접근해올 거라고 했습니다."

"음!"

철군패가 고개를 끄덕였다. 무영문으로 돌아가면서도 단월이 가장 걱정을 했던 것이 바로 철군패와 북풍대에게 무영문의 정보를 효율적으로 전달해주는 것이었다. 그래서 생각해낸 것이 북풍대가 지나는 각 마을에 있는 무영문도들을 통해 북풍대에게 직접 정보를 전달하는 방법이었다.

마해가 북진하는 남쪽만큼이나 북풍대가 향하는 북쪽도 위험하기 그지없었다. 대사조 신도제원이 남하하면서 닥치는 대로 병력들을 흡수하고 있었다. 그 때문에 무영문도들마저도 감히 가까이 접근을 할 수 없을 지경이었다.

이 사실도 무영문도들이 목숨을 버려가며 겨우 알아낸 것이었다. 이 사실을 처음 확인한 무영문도는 멀쩡한 사람을 자신의 수족으로 만드는 신도제원의 모습에 기겁을 하고 감히 접근할 엄두조차 내지 못했다. 일단 반경 백여 장 반경으로 들어가기만 하면 그 어떤 사람이든 신도제원의 수족이 되는 것이다.

더구나 그의 지배력은 사람이 늘어날수록 더욱 공고해졌다. 그런 소식을 듣고 나서야 철군패는 예전에 십이사조에게 들었던 말이 생각났다.

일만 명의 수족을 부릴 수 있는 사내.

그렇다면 최대 일만 명까지도 자신의 수족으로 만들 수 있는 능력을 가지고 있다는 뜻일 게다.

신도제원은 그야말로 대재앙이라고 불릴 만한 사내였다. 아무리 굳건한 의지를 지닌 자라도 자신의 수족으로 부릴 수 있는 그의 능력은 그야말로 가공할 만한 것이었다.

"일만 명의 수족이라……."

현재 구주천가의 인원이 일만 명 정도였다. 신도제원은 구주천가에 육박하는 인원을 언제든 긁어모을 수 있단 소리였다.

"신도제원…… 그야말로 최강의 적이라 할 만하군."

"부담스러운 상대입니다. 그의 비밀을 파악하지 못한다면 접근하는 것은 엄두도 내지 못할 겁니다."

검운영이 근심어린 표정을 지었다.

신도제원의 장악력이 미치는 영역이 그를 중심으로 반경 백 장이라 했다. 말이 반경 백 장이지, 어지간한 장원의 넓이보다 컸다. 그런 넓은 공간을 신도제원의 장악력에 영향을 받지 않으면서 접근할 방법은 거의 없다고 봐도 무방했다.

그 때문에 검운영의 근심은 시간이 갈수록 커져만 갔다.

양천의는 어떻게든 되겠지 하고 생각하고 있었지만, 검운영은 그럴 수 없었다. 어떻게 하든 신도제원의 지척으로 접근할 수 있는 방법을 찾아야 했다. 그래야만 북풍대의 희생을 최소한으로 줄이면서도 승기를 잡을 수 있다.

철군패가 검운영의 어깨를 두들기며 말했다.

"너무 걱정하지 마. 어떻게든 되겠지."

"하지만 형님, 그렇게 단순하게 생각할 일만은 아닙니다. 저희 북풍대도 그의 영향을 받지 않는단 보장도 없구요."

"네가 뭘 걱정하는지 알고 있어. 그래서 나도 생각하는 게 있고. 일단은 내 생각이 맞는지 확인해봐야겠지만, 그래도 어떻게 되겠지."

"형님?"

"다 함께 방도를 생각해보면 분명 방법이 있을 거야. 그러니까 벌써부터 걱정해서 애들 기를 떨어트리진 말자."

"알겠습니다."

검운영의 대답에 철군패가 빙긋 웃었다. 그런 철군패를 보며 검운영이 용기를 얻었다.

철군패의 거대한 모습이 마치 산악처럼 느껴졌다.

그러고 보니 항상 그래왔다. 철군패는 언제나 산악과도 같은 존재감으로 일행을 든든하게 했다. 그는 언제나 믿고 의지할 수 있는 든든한 존재였다. 언제나 변하지 않고, 언제나 그 자리에 서있는.

'그래! 용기를 내자. 벌써부터 걱정을 해서 어쩌자는 것이냐? 검운영.'

검운영은 스스로를 채찍질했다. 그러자 그의 얼굴이 한결 밝아졌다. 그에 양천의가 곁에서 '흐흐' 하는 특유의 웃음소리를 냈다.

어깨를 나란히 하고 앞서 가는 세 명의 모습에 북풍대원들의 얼굴도 밝아졌다. 곧 북풍대 특유의 자유로운 분위기가 살아났다.

"그나저나, 어디서 쉬어가야 할 것 같은데. 말들이 지쳐서 휴식이 필요한 것 같다."

양천의가 자신이 타고 있는 말의 목덜미를 두들기며 그렇게 말했다. 아닌 게 아니라, 사람과 달리 말들은 상당히 지친 기색이 역력했다. 날씨가 한결 서늘해졌다고 하지만, 아직까지 한낮의 태양은 무척이나 뜨거워서 사람에게나 동물에게나 힘겨웠다. 그나마 무공을 익힌 북풍대는 견딜 만했지만, 말들은 그렇지 못했다.

결국 철군패는 말들을 위해서도 잠시 동안 휴식을 취해가길 결정했다.

검운영이 휘하의 북풍대원 세 명을 불렀다.

"너희들은 앞서가서 잠시 쉬어갈 만한 곳이 있나 살펴 보거라. 사람과 말들이 많이 지쳤으니 샘물과 그늘이 있는 곳을 찾아야 할 것이다."

"예!"

지목받은 북풍대원들은 대답과 함께 앞으로 나섰다. 그들의 모습은 곧 시야에서 사라졌다.

삼백 명의 북풍대원들 중 가장 물의 냄새를 잘 맡는 세 사람이었다. 태양이 작열하는 대막에서도 얼마든지 물을 구할 수 있을 정도로 뛰어난 후각과 촉각을 가지고 있으니까 곧 샘물이 있는 곳을 찾아낼 수 있을 것이다.

그렇게 세 명을 먼저 보낸 후 철군패와 북풍대는 최대한 느긋하게 걸음을 옮겼다. 그렇게 얼마나 갔을까? 쉴 만한 곳을 찾으러 갔던 북풍대원들이 돌아오는 모습이 보였다.

그들이 금세 철군패 앞에 도착했다.

"다녀왔습니다."

"쉴 만한 곳은 찾았느냐?"

"찾았습니다. 그런데……."

북풍대원이 말끝을 흐렸다. 그에 철군패의 미간이 찌푸려졌다. 무언가 심상치 않음을 느꼈기 때문이다.

철군패가 물었다.

"왜 그러느냐?"

"이곳에서 십여 리 떨어진 곳에 위치한 조그만 마을을 찾았습니다. 그런데 마을이…… 텅 비었습니다."

"그게 무슨 말이냐?"

"마치 유령 마을처럼 마을 전체가 텅 비었습니다. 저희도 어떻게 된 영문인지 모르겠습니다. 일단 보고를 해야 했기에 돌아왔습니다."

"그곳으로 안내하라."

"알겠습니다."

정찰을 나갔던 세 명의 북풍대원들이 앞장서 전체를 이끌었다. 그들이 안내한 곳은 산기슭에 있는 한적한 시골마을이었다. 마을 입구에는 커다란 나무가 수호신처럼 서있었고, 나무 근처에는 마을 사람들이 공동으로 썼을 듯한 우물이 있었다. 하지만 북풍대원의 말처럼 어디에도 사람들의 인기척이 느껴지지 않았다.

정말 유령 마을이라도 된 것처럼 인기척이 전혀 느껴지지 않는 마을의 모습은 무척이나 기괴한 것이었다. 이때쯤 마을 골목을 뛰어다니며 놀고 있어야 할 아이의 모습조차 보이지 않았다.

마치 마을 사람들 전체가 갑자기 사라진 듯한 모습은 을씨년스럽기 그지없었다. 지독한 이질감에 철군패와 북풍대의 미간이 절로 찌푸려졌다.

철군패가 명령을 내렸다.

"모두 흩어져서 마을 사람들을 찾아 보거라. 그리고 반염은 우물에 혹시 이상이 있나 살펴 보거라."

"알겠습니다."

"예!"

곧 북풍대원 전체가 마을 곳곳으로 흩어졌다. 철군쾌의 명령을 들은 반염 역시 우물가로 걸어가 두레박으로 물을 퍼 올렸다. 은침으로 우선 독성 물질이 있는지 시험해보고, 다시 조심스럽게 물을 마신 후에야 안전함을 확신했다.

반염이 철군패에게 말했다.

"물은 이상이 없습니다."

"그럼 말에게 우선 물을 먹이도록."

"알겠습니다."

반염의 주도하에 남아있던 북풍대원들이 물을 길어 말에 먹이기 시작했다. 그러는 동안 마을 곳곳에 흩어졌던 북풍대원들이 하나둘씩 돌아오기 시작했다.

돌아오는 대원들마다 별반 이상한 점을 찾지 못했다고 했다. 마치 마을 사람들 전체가 갑자기 증발한 것처럼, 이상한 점을 전혀 찾지 못하겠다는 것이다. 대신 마을 전체에 다툰 것으로 보이는 흔적이 있었다.

그때 마을 안쪽에서 북풍대원의 목소리가 들렸다.

"여기에 아이들이 있습니다."

뜻밖의 소리에 철군패 등이 급히 목소리가 들린 곳으로 향했다. 목소리가 들린 곳은 마을 안쪽에 있는 조그만 오두막집이었다. 소리를 지른 북풍대원이 오두막 입구에 서있었다.

그가 오두막 밑을 가리키며 말했다.

"이 밑에 아이들이 있습니다. 그런데 겁을 먹어서 그런지 나오려고 하지 않습니다."

그의 말에 철군패 등이 허리를 숙이고 오두막 밑의 공간을 들여다보았다. 어두워서 잘 보이지는 않았지만, 그 안에 잔뜩 겁을 집어먹은 얼굴의 아이들이 몇 명 숨어서 오들오들 떨고 있었다.

북풍대원들이 나오라고 해도 아이들은 겁을 집어먹고 나오지 않았다. 아마도 너무 큰 충격을 받아서 공포가 쉽게 가시지 않는 모양이었다.

그런 아이들을 향해서 철군패가 먼저 큰 손을 내밀었다.

"내 손을 잡거라. 우리는 절대로 너희들을 헤치지도 않을 것이고, 겁을 먹게 하지도 않을 것이다. 우리들은 단지 너희들을 돕고 싶을 뿐이다. 우리에게 이 마을에서 어떤 일이 있었는지 알려주겠느냐?"

철군패의 음성은 투박하지만 따뜻했다. 그리고 사람의 마음을 움직이는 진솔함을 담고 있었다. 철군패의 말에 이제까지 요지부동이던 아이들의 눈동자가 흔들렸다.

철군패가 아이들을 향해 더욱 깊숙이 손을 내밀었다. 그러자 마침내 망설이던 아이 하나가 그의 손을 잡고 밖으로 나왔다. 안쓰러울 정도로 깡마른 예닐곱 살 가량의 여자아이였다.

철군패는 커다란 품에 여자아이를 안았다. 그러자 다른 아이들 또한 용기를 얻고 하나둘 오두막 밑 어둡고 컴컴한 공간을 빠져나와 북풍대원들의 손을 잡았다.

그렇게 나온 아이들은 모두 다섯 명이었다. 모두들 얼마나 오랫동안 오두막 밑에 숨어 있었는지 볼품없이 마르고 피폐해져 있었다. 북풍대원들은 급히 아이들을 위해 소지하고 있던 건량과 함께 물을 건네주었다. 그러자 아이들이 허겁지겁 건량과 물을 먹기 시작했다.

철군패의 품에 안긴 여아도 마찬가지였다. 아이들 중에서 가장 어린 것으로 보이는 여아는 철군패의 품에서 떨어지길 두려워했다. 음식을 먹고 물을 마실 때도 철군패에서 전혀 떨어지려하질 않았다.

철군패는 품안에서 아이의 떨림을 느꼈다. 이제껏 아이가 느꼈을 공포가 고스란히 느껴지는 듯했다.

철군패는 여아의 머리를 쓰다듬어주었다. 그러자 여아의 떨림이 한결 가라앉는 것이 느껴졌다.

음식과 물을 다 먹고 난 다음에야 여아가 철군패의 얼굴을 올려다봤다. 이이의 눈엔 아직도 사라지시 않은 공포와 함께 철군패를 향한 의문의 빛이 담겨 있었다.

철군패가 미소를 지으며 말했다.

"아저씨는 우연히 마을 근처를 지나가던 사람들이란다. 마을에 사람들이 하나도 없기에 뒤져보다가 너희들을 발견했단다. 이 마을에서 무슨 일이 있었는지 말해주겠느냐?"

"아저씨들은 구주천가 사람들이에요?"

"구주천가는 아니지만 그들과 어느 정도 연관은 있단다."

"정말요?"

그제야 여아의 얼굴이 조금은 펴졌다. 철군패가 여아의 머리를 다시 쓰다듬으며 말했다.

"우리는 너희를 충분히 보호해줄 수 있는 능력이 있단다. 그러니까 겁먹지 말고 이야기해 보거라. 이 마을에서 무슨 일이 있었던 것이냐? 어른들은 모두 어디로 간 것이냐?"

"저희도 몰라요. 그냥 산에서 도적들이 내려와서 어른들이 저희들을 오두막 밑에 숨겼어요. 저희는 너무 무서워서 며칠이 지났는데도 나오지 못했어요."

말을 하는 여아는 울고 있었다. 안심을 하자 자신도 모르게 눈물이 흘러내린 것이다. 철군패가 투박한 손으로 여아의 뺨으로 흘러내리는 눈물을 닦아주었다.

그러자 여아가 철군패의 품에 얼굴을 묻고 흐느꼈다. 여아가 울자 다른 아이들도 하나둘 훌쩍이기 시작했다. 울음은 마치 전염병처럼 퍼져나가, 이내 아이들 전체가 울었다.

그동안 아이들이 얼마나 마음고생을 할 수 있는지 여실히 느낄 수 있었다. 북풍대원들은 아이들을 다독이며 달래느라 진땀을 흘렸다. 차라리 목숨을 건 전장이라면 담담할 수 있을 텐데, 이렇게 한꺼번에 아이들이 울자 싸우는 것보다 더욱 힘이 들었다.

시간이 흐르면서 아이들은 하나둘 진정했다. 겨우 진정한 아이들 중 가장 나이 많은 아이가 자초지종을 설명하기 시작했다.

아이들의 말에 따르면 얼마 전부터 마을 인근의 산에 도적들이 모여들었다고 했다. 처음에는 하나둘 모여들기 시작했는데, 얼마 지나지 않아 커다란 세력을 형성해 관에서도 함부로 건드릴 수 없을 정도가 되었다고 했다.

세력이 커지자 도적들은 마을에 곡물을 요구했다. 마을 사람들은 곡물을 바치며 비위를 맞췄지만 도적들의 요구는 갈수록 심해져, 이제는 여자까지 원하는 지경에 이르렀다. 곡물은 어떻게 해서든 줄 수 있었지만, 여자까지 달라는 것은 들어줄 수 없는 요구였다.

당연히 마을 사람들은 거절을 했고, 자신들을 지키기 위한 조치를 취하기에 이르렀다. 스스로의 힘으로는 도적들로부터 마을을 지킬 수 없었던 사람들은 십시일반 돈을 모아서 자신들을 지켜줄 만한 무인들을 모았다.

모은 돈을 얼마 되지 않았지만, 그래도 의협심이 있는 무인이리면 자신들의 부딕을 들어줄 거라고 생각했던 것이다. 처음엔 불가능할 줄 알았는데, 기적적으로 다섯 명의 무인들이 딱한 그들의 사정을 듣고 흔쾌히 지켜주겠다고 했다.

"그렇게 그들이 우리 마을에 들어왔어요. 마을 사람들은 그들을 구세주라 여기고 극진히 대접했구요. 그런데 알고 보니 그들이…… 그들이……."

소년이 말을 끝까지 잇지 못하고 흐느껴 울었다. 그의 뺨으로 닭똥 같은 눈물이 흘러내렸다.

"말해 보거라. 설마 그들이 배신한 것이냐?"

"네! 처음엔 도적들을 물리치는 듯했어요. 하지만 그들의 우두머리를 제압하더니 도적단을 접수했어요. 그리고 마을의 어른들을 모조리 납치해서 산으로 올라갔어요."

"그런……."

소년의 말에 검운영과 양천의 등이 입을 벌리고 할 말을 찾지 못했다. 설마 마을을 도와주러 왔다는 자들이 오히려 도적들을 제압해 수괴가 될 줄은 생각지도 못했기 때문이다.

기사(奇事) 중의 기사였다. 소년의 이야기에 북풍대가 멍하니 서로의 얼굴만 바라보다가 이내 분통을 터트리기 시작했다.

"이런 빌어먹을! 세상이 도대체 어떻게 되려고?"

"그 새끼들은 도대체 뭐야? 도움을 주겠다면 어떻게 그런 짓을 벌일 수 있지? 도대체 그런 인간 말종 같은 새끼들 상판대기는 어떻게 생긴 거지?"

"절대 가만 놔두면 안 돼. 그런 새끼들은 모조리 잡아서 꼬치처럼 꿰어버려야 해."

자신들의 일도 아닌데 북풍대가 흥분했다.

본래부터 열화와 같은 기질을 가지고 있는 북풍대였다. 그들은 마치 자신의 가족들이 그런 일을 당한 것처럼 분노했다.

양천의가 속삭였다.

"저것들, 그냥 지나가겠다고 하면 폭동이라도 일으킬 것 같은 기센데."

철군패가 고개를 끄덕였다.

지금 북풍대의 분위기는 한껏 달아올라 있었다. 그들의 분노가 공기를 타고 전해지고 있었다.

철군패가 명령했다.

"북풍대, 오늘은 이곳에서 머문다."

"예!"

"천의는 일대를 데리고 산으로 올라가라."

"알았다. 잘됐군. 그렇지 않아도 몸이 근질근질해서 혼이 났는데."

양천의가 미소를 지었다. 아이들 때문에 최대한 인상 좋게 보이려고 했는데도 여전히 흉측한 미소였다. 그래도 아이들은 그런 양천의를 싫어하거나 무서워하지 않았다.

아이들은 본능적으로 본질을 꿰뚫어보는 힘이 있었다. 비록 양천의가 험하게 보이더라도 실제 마음은 그렇지 않다는 것을 읽은 것이다.

철군패의 품에 안긴 여아가 양천의에게 손짓을 했다. 양천

의가 의아한 표정을 지으며 여아에게 다가갔다. 그러자 여아
가 양천의의 귀에 속삭였다.

"아저씨, 울 아빠하고 엄마 좀 꼭 구해줘요. 신이가 기다리
고 있다고 꼭 말해줘요."

"오냐. 신이야, 걱정하지 말거라. 이 아저씨가 엄마랑 아빠
를 무사히 데려올 테니까."

신이의 말에 양천의가 눈시울을 붉히며 자신의 가슴을 쾅쾅
쳤다. 그가 북풍대를 돌아보며 목소리를 높였다.

"뭐하고 있느냐? 어서 출발할 준비를 하지 않고. 개만도 못
한 자식들을 모조리 잡아서 족쳐야지."

"옛!"

"우리는 이미 준비되었습니다, 부대주."

양천의처럼 독이 오른 북풍대원들이 큰 목소리로 대답했다.

"오늘밤 안에 놈들의 근거지를 박살내고, 잡혀간 사람들을
구출해온다."

"옛!"

"가자!"

"옛!"

일대가 양천의를 따라 길을 나섰다. 그들의 얼굴에 어린 살
기가 섬뜩했다.

비록 길잡이가 없었지만 걱정하지 않았다. 북풍대에는 추적
에 능한 대원들이 다수 존재하기 때문이다. 그들은 아무것도

없는 대막에서도 사람들을 추적할 수 있는 능력을 갖춘 사람들이었다. 아무리 수풀이 무성하다고 하더라도 도적들의 흔적을 찾아낼 수 있을 것이다.

멀어지는 양천의와 대원들의 모습을 보면서 검운영이 탄식을 토했다.

"세상이 어지러워지니 도적들이 판을 치는구나. 먹고살기 힘드니 도적이 날뛰는 것은 이해하겠는데, 설마 그런 도적들을 이용하는 무인들까지 속출할 줄이야."

다른 북풍대원들도 검운영과 같은 기분이었다. 마치 봐서는 안 될 것을 본 것처럼 더러운 기분이었다.

철군패가 축 처져 있는 검운영을 질책했다.

"그렇게 처져 있을 시간이 어딨어? 애들부터 씻기고, 오늘 밤 이곳에서 머물 준비를 해. 천의가 돌아올 때까지 기다려야 하니까."

"알겠습니다, 형님."

철군패의 말에 검운영이 다시 기운을 차렸다.

"도대체 어떤 놈들일까요? 도와주러온 마을을 턴 빌어먹을 개새끼들이."

"곧 알게 되겠지. 기다려보자."

"옛!"

검운영은 제자리로 돌아갔고, 곧 북풍대원들과 함께 아이들을 씻기기 시작했다.

철군패의 표정은 더할 수 없이 어두웠다.

"난세가 시작되니 도적이 먼저 창궐하는구나. 앞으로도 수 없이 이런 일들이 일어나리라."

그 모든 일에 일일이 개입할 수도 없는 노릇이었다. 차라리 난세를 하루라도 빨리 끝내는 게 세상을 위하는 일일 것이다.

*   *   *

양천의는 일대와 함께 산을 올랐다. 북풍대원들 중 추적에 능한 이들이 앞장서 산길을 개척했다.

얼마나 올랐을까? 앞서가던 대원들이 갑자기 손을 들었다. 그에 북풍대가 걸음을 멈췄다.

"무슨 일이냐?"

"사람의 흔적입니다. 한두 명이 아니라 최소 수십 명이 지나간 흔적입니다."

"그래?"

양천의의 눈이 빛났다.

이런 깊은 산중에 수십 명이 한꺼번에 지날 일이 있을 리 만무했다. 있다면 산속을 근거지로 삼는 도적들밖에 없으리라.

"추적해."

"옛!"

다시 일행이 움직이기 시작했다.

그들의 움직임이 한층 신중해졌다. 도적들에게 들키는 것은 두렵지 않았으나, 그로 인해 납치당한 마을 사람들이 해를 입을까 우려한 것이다.

사람이 지나간 흔적은 시간이 갈수록 선명해졌다. 그들이 지나간 지 얼마 되지 않았다는 뜻이었다. 흔적은 갈수록 더욱 뚜렷해졌다. 그리고 마침내 적들의 근거지를 발견했다.

"전방 오십 장 너머에 적들의 근거지로 보이는 목책이 있습니다."

선두에 있는 대원의 말에 양천의와 다른 대원들이 멈춰 서서 전방을 주시했다. 안력을 끌어올리자 넝쿨 식물이 덮고 있는 목책이 보였다. 어른 키보다 두 배는 높음 직한 목책 곳곳에는 망루까지 설치되어 있었다.

요새를 방불케 하는 모습에 양천의조차 혀를 내두를 지경이었다.

"한낱 도적놈들이 별짓을 다하는구나."

"어떻게 할까요? 부대주."

"우선 망루에서 망을 보고 있는 놈들부터 제거해."

"알겠습니다."

양천의의 말에 북풍대원들 중 제일의 궁술을 지닌 원경의가 어슬렁거리며 나섰다.

그가 등 뒤에 차고 있던 활을 꺼내들었다.

지금 북풍대가 있는 곳에서 망루까지의 거리는 어림잡아 오

십 장이 넘었다. 사람의 걸음으로 따져도 최소 이백 걸음 이상
이 넘는 엄청난 거리였다. 그런데도 원경의는 전혀 고민하는
표정 없이 화살을 꺼내 시위에 걸었다.

잠시 숨을 멈춘다 싶은 순간, 곧 날카로운 파공음이 허공에
울려 퍼졌다.

쐐애액!

포물선을 그리며 날아간 화살은 정확히 망루를 지키고 있던
도적의 목에 박혔다. 도적은 비명도 지르지 못하고 그대로 절
명했다. 이어 다른 망루에도 원경의의 화살이 날아갔다.

퍼퍽!

연달아 도적들이 쓰러졌다. 그런데도 망루 밑에 있는 도적
들은 그들의 죽음을 전혀 눈치채지 못했다.

일단 망루 위에 있던 감시자들을 쓰러트리자 북풍대의 움직
임엔 거침이 없었다.

스스스!

그들은 소리도 없이 수풀을 헤치며 목책으로 다가갔다. 백
명이나 되는 사내들이 한꺼번에 움직이고 있었지만, 도적들
중 누구도 그들의 존재를 눈치챈 자는 없었다. 북풍대는 별도
의 명령 없이도 움직이는 데 아무런 무리가 없었다. 강력한 유
대감으로 무장한 북풍대원들은 눈빛과 몸짓만으로도 서로의
의중을 읽고 움직였다. 그 때문에 도적들은 그들이 목책 근처
로 접근한다는 사실을 알지 못했다.

일각도 지나지 않아 북풍대원들이 전원 목책 아래 무사히 모였다.

양천의가 각자에게 역할을 분담시켰다.

"경의 너는 활 잘 쏘는 놈들과 함께 목책 위에서 마을 사람들을 위협하는 자가 있으면 저격해."

"알겠습니다."

"문유는 마을 사람들의 안전을 먼저 확보해라. 도적들의 토벌은 마을 사람들의 안전을 확보하는 즉시 시작한다. 움직여라."

"예!"

북풍대원들이 즉시 흩어졌다. 원경의는 활 잘 쏘는 동료들과 함께 목책과 망루 위로 올라갔고, 문유는 동료들과 마을 사람들이 감금되어 있는 곳을 찾아갔다.

목책 안은 마치 요새와도 같았다. 높다란 목책 안에 나무로 지은 커다란 산채들이 십여 채나 있었다. 산채와 길가엔 도적들이 널브러져 앉아 술을 마시거나 자기들끼리 열을 올리며 떠들고 있었다. 그들은 자신들이 아닌 다른 누군가 은밀히 목책으로 숨어들어올 거라고는 생각지도 못했다.

"흐흐! 며칠 전에 잡아온 계집들이 제법 실하던데. 어서 두목들이 맛을 봐야 우리에게도 차례가 올 텐데."

"흐흐! 누가 아니라는가? 나는 그 계집들을 생각만 해도 오금이 다 저리네그려."

도적들은 자기들끼리 음담패설을 나누고 있었다.

은밀히 산채를 뒤지던 문유의 눈에 살기가 감돌았다.

'쓰레기 같은 것들.'

생각 같아서는 단숨에 저들의 숨통을 끊어놓고 싶었지만, 그보다는 마을 사람들의 안전을 확보하는 것이 우선이었다. 그래도 한 가지 좋은 점이 있다면 도적들의 대화를 통해 마을 사람들이 잡혀있는 곳을 알아낼 수 있었다는 것이다.

마을 사람들은 산채 가장 안쪽에 있는 나무 건물에 갇혀 있었다. 도적들에게 마을 사람들은 재물이나 마찬가지였다. 후에 노비로 팔거나, 아니면 산채의 허드렛일을 시킬 수도 있었다. 하지만 그전에 먼저 기를 꺾어 고분고분하게 만들어놓을 필요가 있기에 아직까지 가둬둔 것이었다.

마을 사람들이 잡혀있는 나무 건물 근처까지 접근하는 것은 어렵지 않았다. 문제는 입구를 지키고 있는 도적들이었다. 두 명의 도적은 다른 이들과 마찬가지로 음담패설을 하고 있었는데, 문유가 숨어있는 곳에서 거리가 멀고 시야가 확 트여 있어 은밀히 접근하기가 어렵다는 단점이 있었다.

잠시 생각을 하던 문유는 곧 동료들과 눈빛을 주고받은 후 행동으로 옮기기 시작했다.

타탁!

나무 건물을 향하는 문유의 걸음이 빨라졌다. 자기들끼리 음담패설을 나누던 도적들도 문유의 등장에 의아함을 느끼고 바라보았다. 이곳에 있는 도적들과 문유의 복장이 너무나 달

랐기 때문이다. 잠시 의아한 표정을 짓던 도적들은 이내 무언
가 잘못되었다는 사실을 깨닫고 소리 지르려 했다.

그 순간, 문유의 손이 허공을 갈랐다.

쐐액!

"컥!"

날카로운 파공성과 함께 나지막한 비명 소리가 울려 퍼졌다.

무너져 내리는 도적의 이마에는 어느새 비수가 꽂혀 있었
다. 다른 도적의 어깨에도 비수가 꽂혀 있었다. 그 역시 이마
를 노렸지만, 막판에 몸을 비틀어 간신히 절명하는 것을 피한
것이다. 도적은 혼신의 힘을 다해 호각을 불었다.

삑! 삐비빅!

호각 소리가 요란하게 산채 사이사이로 울려 퍼졌다. 문유
가 뒤늦게 도적을 처단했지만 이미 늦은 후였다. 호각이 울리
고 얼마 지나지 않아 도적들이 한꺼번에 쏟아져 나오기 시작
했다.

곧 문유와 동료들은 산적 등에게 포위됐다. 하지만 그들 중
누구도 두렵다는 표정을 짓는 이는 없었다.

그때, 산적들 사이에서 범상치 않은 기세를 풍기는 무인들
이 나왔다. 모두 다섯 명, 마을 사람들이 초빙했다던 무인들
같았다.

그들 중 양 길래로 수염을 밋스럽게 기른 중년인이 밀했다.

"네놈들은 누구냐? 누구기에 감히 북호채(北虎砦)에 침입한

거냐?”

“북호채? 이름 한번 거창하군. 도와달라고 부탁한 마을 사람들을 오히려 납치한 자가 쓰기엔 너무나 거창한 이름이야.”

“네놈은 누구냐?”

문유의 말에 중년인의 안색이 싹 변했다. 그의 주위에 있던 무인들 역시 마찬가지였다.

“흥! 너희들처럼 배은망덕한 자들에게 알려줄 이름 따윈 없다.”

“그 마을에 남겨진 사람이 있었던 모양이구나. 그들이 또 자기들을 구해줄 무인을 찾아 나선 거겠지? 자신은 있느냐? 이곳에서 무사히 빠져나갈 자신이.”

“자신? 흥! 자신의 목숨이나 걱정하시지.”

“뭣이?”

문유의 도발에 중년인이 크게 노했다. 그의 눈치를 살피던 도적들이 곧 슬금슬금 마을 사람들이 갇힌 건물로 접근하기 시작했다.

그 순간이었다.

퍽!

“켁!”

갑자기 은밀히 접근하던 도적이 소성과 함께 고꾸라졌다. 바닥에 쓰러진 그의 머리에는 화살 한 대가 관통해 있었다.

퍼퍽!

도적과 함께 접근하던 동료들 두 명이 연이어 나직한 소성과 함께 쓰러졌다. 비명조차 지르지 못하고 절명한 도적들의 머리에는 마찬가지로 화살이 꽂혀 있었다.

중년인의 안색이 크게 변했다. 그제야 문유와 동료들에게 방조자가 있다는 사실을 깨달은 것이다.

"네놈들은 누구냐? 감히 나 흑풍염마(黑風炎魔) 갈채홍의 행사에 방해를 하다니."

"오호라! 네놈이 강호의 빌어먹을 잡놈이라는 흑풍염마라는 놈이구나. 그럼 네 뒤에 있는 년놈들이 바로 스스로를 흑풍오마(黑風五魔)라는 잡것들이겠구나."

문유의 얼굴에 노골적인 비웃음이 떠올랐다.

흑풍오마는 마도의 고수들이었다. 본래 그들은 서로 간에 어떠한 연고나 혈연관계도 없었지만, 구주천가의 마도탄압정책을 피해 천하를 떠돌다 만나 서로 의기투합해 갖은 악행을 저지르고 다녔다.

정인군자처럼 탈속한 풍모를 자랑하지만, 그것은 어디까지나 겉으로 보이는 모습일 뿐이다. 마치 아귀처럼, 그들은 이익이 되는 일이라면 어떤 일이라도 개입했다.

마을 사람들을 도와주는 것도 좋지만, 도적들을 제압하면 수하로 부리기도 좋고 편하게 살 수도 있을 것 같았다. 그들은 오랜 경험으로 지금 같은 난세에는 이런 산속에 처박혀 있는 것이 건강에 좋다는 사실을 알고 있었다.

갈채홍을 비롯한 흑풍오마 눈에 살기가 감돌았다.

"결코 살려둘 수 없는 놈들이구나. 마을 사람들을 구하려는 의기는 인정해주겠다만, 네놈들은 여기 들어오는 게 아니었다. 이제부터 흑풍오마의 무서움을 알려주마."

"아아! 살기를 풀풀 흘리는 것은 좋지만, 조금쯤은 깊이 생각해보라구."

"뭣이?"

쐐액!

그 순간 날카로운 파공성이 허공을 갈랐다. 그에 흑풍오마가 급히 바닥을 나뒹굴었다. 그들이 피한 자리에 화살대가 박혀 파르르 떨리고 있었다. 원경의가 망루에서 화살을 날린 것이다.

콰앙!

그 순간, 북호채의 정문에서 벽력탄이 터지는 듯한 굉음이 터져 나왔다.

"뭐, 뭐냐?"

"도대체 무슨 일이야?"

놀란 도적들이 웅성거렸고 흑풍오마의 안색은 싹 변했다. 그런 흑풍오마를 바라보는 문유의 얼굴엔 여유가 넘쳐흘렀다.

"겨우 이 정도 숫자만 왔다고 생각했으면 오산이야. 이 빌어먹을 개새끼들아, 오늘 네놈들 죽었다고 복창하는 게 좋을 거다."

“젠장! 쳐랏!”

본능적으로 응원군이 왔음을 직감한 갈채홍이 소리쳤다. 그에 흑풍오마가 문유 등을 향해 밀어닥쳤다. 일단 문유와 동료들을 제압한 후 마을 사람들을 인질로 삼아 방패막이로 쓰려는 것이다.

“어딜?”

그러나 그들이 한 가지 알지 못하는 사실이 있었다. 바로 문유와 동료들이 북풍대라는 것이다. 그들은 백병도라는 상고의 절기로 무장하고 있었다.

쿠쿠쿠!

마치 한 덩어리의 생명체처럼 유기적으로 움직이는 문유와 동료들의 움직임에 선두에서 달려들던 도적들이 휩쓸려 버렸다. 와류에 휩쓸린 조각배처럼 순식간에 부서지고 짓이겨지는 도적들의 시신.

“어림없다. 우리가 있는 이상 마을 사람들에게 이 이상 위협을 줄 순 없다.”

“이놈들! 감히 우리들 흑풍오마의 행사를 방해하다니, 용서하지 않겠다.”

“후후! 용서는 뒤를 돌아보고 결정하시지.”

“뭣이?”

문유의 이죽서림에 갈재홍이 자신도 모르게 뒤돌아봤다. 그 순간, 그는 볼 수 있었다. 어깨에 거대한 대부를 턱하니 걸치고 건들거리는 양천의의 모습을. 그의 주위에는 북풍대가 도열해 있었다.

"어, 어느새?"

갈채홍의 얼굴에 경악의 빛이 떠올랐다. 정문에서 굉음이 들린 것이 불과 촌각 전이었다. 촌각 만에 이곳에 도착했다는 사실이 시사하는 바는 결코 작은 것이 아니었다.

양천의가 문유를 향해 말했다.

"수고했다. 마을 사람들은?"

"몇 명이 다치긴 했지만, 그래도 제법 괜찮은 편입니다."

"잘됐군. 하지만 이놈들은 도저히 용서할 수 없다."

"물론입니다. 그들은 스스로를 흑풍오마라고 하더군요."

"흑풍오마든 흑풍지랄이든 내 알 바가 아니야. 오늘은 나 상당히 열 받았거든."

양천의의 얼굴이 벌겋게 달아올랐다. 그 모습이 마치 흉신악살과도 같았다.

꿀꺽!

도적들 중 누군가가 마른침을 삼키는 소리가 울려 퍼졌다.

양천의가 북풍대에게 명령했다.

"저 개새끼들 모조리 무릎 꿇려. 반항하는 새끼들은 하나도 남김없이 살려두지 마."

"옛!"

북풍대의 힘찬 대답과 함께 가공할 살기가 도적들을 압박했다. 그에 도적들의 얼굴이 새하얗게 질려갔다. 그들은 단 한 번도 이런 종류의 살기를 경험해 본 적이 없었다. 도적들이라고 해봐야 남들보다 체격이 좋고 근성이 있다뿐이지, 특별한 무공을 익힌 것이 아니었다.

양천의의 살기어린 음성에 도적들은 모두 무릎을 꿇고 항복하고, 흑풍오마만이 남았다. 자존심 때문에라도 흑풍오마는 무릎을 꿇을 수 없었다. 설령 무릎을 꿇는다고 하더라도 양천의나 북풍대가 용서해줄 것 같지 않았다. 결국 그들에게 남은 방법은 끝까지 대항하는 것밖에 없었다.

"젠장! 좀 편하게 사나 했더니."

"큭! 그러게 말이오. 빌어먹을 대사조란 자를 피해서 남하했더니, 이런 곳에 괴물 같은 자들이 나타나다니."

그들이 무기를 꼬나 잡았다.

잠시 서로를 바라보던 그들이 이내 사방으로 흩어지며 탈출을 시도했다. 하지만 흑풍오마 중 대형 격인 갈채홍은 도주하지 않고 양천의를 향해 정면으로 부딪쳐갔다. 그가 제아무리 인간 말종이라고는 하지만 동생들을 생각하는 마음은 결코 남 못지않았다. 비록 동생들이 피 한 방울 섞이지 않은 남이라 할지라도 말이다.

부웅!

양천의가 갈채홍을 향해 거대한 대부를 휘둘렀다. 어찌나 맹렬한 속도로 휘둘렀는지, 대부가 닿기도 전에 먼저 엄청난 풍압이 느껴졌다. 피부 위로 느껴지는 풍압에 갈채홍이 미간을 찌푸리면서도 피하지 않았다. 어느새 그의 양손이 푸르스름한 빛을 내뿜고 있었다.

철마수(鐵魔手).

갈채홍이 익힌 수공의 이름이었다. 대성하면 두 손바닥이 철판보다 단단해지며 부수지 못할 것이 없다는 상승절기였다.

갈채홍은 철마수라면 양천의의 대부를 막을 수 있을 거라고 생각했다. 실제로 그는 철마수를 이용해 수많은 무인들과의 접전을 승리로 이끈 전적이 있었다.

서걱!

그러나 현실은 그가 예상한 것과 전혀 달랐다. 그의 양손이 손목 어림에서 그대로 잘려나가며 허공으로 떠오른 것이다. 고통이 채 느껴지기도 전에 양천의의 대부는 갈채홍의 머리마저 날려버렸다.

툭! 데구르르!

바닥에 떨어진 갈채홍의 머리통이 한참을 굴러 도적의 발치에 멈춰섰다.

"히, 히익!"

갈채홍의 머리를 본 한 도적이 기괴한 비명성을 내질렀다.

다른 흑풍오마도 마찬가지였다. 그들은 북풍대의 포위망을 뚫으려고 했지만, 대부분이 백병도의 제물이 되고 말았다. 그중 몇 명의 몸통에는 원경의와 궁수들이 쏜 화살이 박혀 있었다.

"카악! 퉤!"

양천의가 갈채홍의 머리에 가래침을 뱉었다.

그가 수하들에게 명령을 내렸다.

"마을 사람들 모두 풀어주고, 도적놈들은 모조리 묶어놔. 어떻게 처분할지는 좀 더 생각해보지."

"제발 살려만 주십시오."

"저희는 두목의 뜻에 따라 움직인 죄밖에 없습니다. 죄라면 두목들이 지은 것이지, 저희는 아무 죄도 없습니다."

도적들이 변명을 하며 목숨을 살려줄 것을 애원했다. 그러나 그들을 바라보는 양천의의 표정은 서늘하기만 했다.

"죄가 없어? 두목이 모든 죄를 다 지었어? 지랄하고 있네. 이 새끼들아, 너희들도 좋아서 도적질 한 거잖아. 그래놓고서 책임을 미뤄? 정말 상종 못할 개새끼들이구나."

양천의의 살기어린 음성에 도적들은 찍소리 하나 내지 못했다. 양천의는 도적들을 뒤로하고 상황을 파악하지 못해 어리둥절해 하고 있는 마을 사람들에게 다가갔다.

"거 너무 겁먹지 마쇼. 여러분의 아이들이 부탁해서 찾으러 온 거니까."

"나, 나으리. 그럼 저희 아이들은 무사한 겁니까?"

"물론이오. 다 쌩쌩한 모습으로 여러분들이 돌아오길 기다리고 있으니 마을로 내려가면 금방 볼 수 있을 것이오."

"아이쿠. 고맙습니다, 나리. 이 은혜를 어찌 갚아야 할지."

마을 사람들이 눈물을 글썽였다. 그 모습에 양천의는 코끝이 괜히 찡해지며 어깨가 으쓱해지는 것을 느꼈다. 그리고 이 마을 사람들을 도와주길 정말 잘했다는 생각이 들었다.

"이러고 있을게 아니라 어서 내려갑시다. 내려가는 김에 이 산채에 있는 약탈품들을 모조리 가지고 내려갑시다."

"예! 나으리."

마을 사람들은 양천의의 말을 따라 창고를 뒤졌다. 북호채의 창고에는 그간 그들이 약탈한 수많은 곡물들이 있었다. 그 양이 실로 엄청나서 보는 이의 입을 떡 벌어지게 할 정도였다.

"정말 엄청나구나. 도대체 얼마나 수탈을 했기에 이 정도의 곡물을 비축해놓을 수 있는 거야?"

양천의조차 말을 잇지 못했을 정도였다.

그날 북풍대는 도적들의 창고를 모조리 털어서 마을로 내려왔다. 마을에서는 북풍대를 위한 잔치가 열렸다.

*　　*　　*

"그러니까, 대사조의 남하를 피해 이곳까지 들어온 거란 말이지?"

"그래! 분명 그놈이 그렇게 말했다니까."

"결국 대사조와 마해로 인해 천하의 모든 무인들의 연쇄 대이동이 일어났다는 뜻이군."

철군패가 자리에서 일어났다. 양천의가 그 모습을 빤히 바라보았다.

짐승들도 자리 이동을 한다. 호랑이가 산에 들어오면 늑대와 여우 등이 다른 곳으로 자리를 옮기고, 늑대와 여우가 자리를 잡은 곳에 있는 멧돼지와 오소리 같은 작은 짐승들이 또 자리를 옮긴다. 그렇게 먹이의 연쇄 이동이 발생하는 것처럼, 현 강호에도 무인들의 연쇄 이동이 일어나고 있었다.

그렇게 일어난 연쇄 이동은 필연적으로 문제를 일으켜 이 마을 사람들과 같은 피해자를 양산했다. 이번에는 다행히 무사히 넘어갔지만, 후에도 이렇게 운이 좋을 거라고는 장담할 수 없었다.

"결국 이 문제를 해결하려면 마해와 대사조 양측을 물리칠 수밖에 없다."

"어차피 그게 우리가 하려는 일 아니냐?"

"그래!"

철군패가 고개를 끄덕였다.

전쟁이란 본래 이런 것이다. 전쟁의 당사자인 무인들이나 군인들보다 아무런 상관이 없는 힘없는 백성들이 더 큰 피해를 입는다. 그들 모두를 책임질 필요는 없었지만, 그래도 마음이 편치만은 않은 것이 사실이었다.

지금 밖에서는 마을 사람들이 연 북풍대를 위한 잔치가 한창이었다. 그들은 북호채에서 가지고 내려온 곡식들을 이용해

떡을 만들고 음식을 만들어 북풍대를 대접하고 있었다.

공포에 질려있던 아이들은 웃음을 되찾았고, 그 때문에 마을엔 오랜만에 활기가 넘쳐흘렀다. 그 덕에 북풍대도 자신들이 한 일에 자부심을 가질 수 있었다.

아이들은 북풍대원들의 곁에서 떨어지질 않았고, 호기심 가득한 눈으로 이것저것 물어보았다. 귀찮을 법도 하건만 북풍대원들은 싫은 기색 하나 없이 성심성의껏 대답해주었다.

마을 사람들에게도 북풍대에게도 뜻깊은 하루였다.

밤은 깊어갔지만 사람들은 잠들 줄 몰랐다. 그렇게 하루가 지나가고 있었다.

*　　*　　*

화진천이 전면을 바라보았다.

혈야평 남쪽에 마해의 군진이 보인다. 이미 한 번 격돌한 상대지만 아직 그 역량을 완전히 파악하지 못했다. 이쪽이나 저쪽 모두 아직 전력을 다한 것이 아니다.

아직까지는 탐색전에 불과했다. 아직 진정한 고수들은 모습을 드러내지 않고, 끊임없이 서로를 자극하며 기회만 노리고 있다.

화진천은 문득 가슴이 답답해져 옴을 느꼈다. 이제까지 한 번도 느껴보지 못한 묵직한 느낌이, 꼭 가슴속에 커다란 바위가 들어앉은 것 같았다.

"천마."

화진천이 나직하게 중얼거렸다.

그는 자신이 느끼는 답답함의 근원이 바로 천마 소운천임을 알고 있었다. 혈야평 너머 마해의 군진 어딘가에 천마가 있다는 사실이 그의 가슴을 답답하게 만들고 있었다. 하지만 한편으로는 그와 싸우고 싶다는 생각이 강하게 들었다.

무인으로 태어나 자신보다 강한 적과 싸워 이기고 싶은 것은 당연한 욕망이었다.

본래 사내란 족속이 그랬다. 일단 사내로 세상에 태어난 이상 끝없이 남들과 경쟁하는 운명을 가질 수밖에 없었다. 타인을 누르고 정상에 서는 것. 비록 그 끝이 파국일지라도 남자라면 누구나 정상을 꿈꾼다.

화진천 역시 그랬다. 비록 예기치 않게 철군패에게 불의의 패배를 당했지만, 그렇다고 그의 기질이 꺾인 것은 아니었다. 오히려 와신상담하여 더욱 뛰어난 성취를 이뤘다. 그렇게 패배를 딛고 일어난 화진천은 이번엔 천마를 상대로 자신의 성취를 가늠해보고 싶었다. 비록 그 끝이 자신의 죽음일지라도 말이다.

화진천은 그렇게 생각하며 걸음을 옮겼다.

그때였다. 걸음을 옮기던 화진천의 움직임이 갑자기 멈췄다. 거의 동시에 그의 눈이 예리하게 빛나기 시작했다.

현재 그가 있는 곳은 구주천가의 군진이 설치된 외곽선이었다. 곳곳에 구주천가의 무인들이 횃불을 밝히고 번을 서고 있는 곳이었다. 당연히 구주천가의 무인들 외에는 누구도 존재해서는 안 되는 곳이다. 그런데 낯선 인기척이 느껴지고 있었다.

주위를 돌아보니 번을 서고 있는 구주천가의 무인들은 아무런 이상도 느끼지 못한 듯했다.

"그 정도로 은밀하단 말인가?"

그의 감각에 분명 수상한 움직임이 포착됐다. 눈으로 보이지는 않았지만, 분명 은밀히 움직이는 자들이 있었다.

화진천을 눈을 감고 전신의 감각을 최대한 끌어올렸다. 시야를 차단하자 다른 감각들이 더욱 예리하게 활성화되었다. 그중에서도 청력이 극도록 예민해졌다.

츠츠츠!

분명 무언가가 예민하게 움직였다.

화진천이 번을 서고 있던 무인들에게 손짓을 했다. 그렇지 않아도 화진천의 태도에 의아한 표정을 짓고 있던 무인들이 다가왔다. 그들이 근처까지 다가오자 화진천이 공력을 끌어올려 바닥을 향해 진각을 펼쳤다.

쿠와앙!

굉음과 함께 바닥에서 누런 먼지가 피어올랐다. 화진천의 강렬한 진각이 대지를 울린 것이다.

"큭!"

"커헉!"

그런데 바닥에서 답답한 신음성과 함께 몇 명의 무인들이 뛰어나왔다. 화진천의 진각에 내부가 진탕된 듯 그들은 피를 토하고 있었다. 그 모습에 번을 서고 있던 무인들이 크게 놀라 소리쳤다.

"적이다."

"적이 땅을 파고 접근해왔다."

이어 화진천이 그들이 들고 있던 창으로 바닥을 푹푹 내리찍기 시작했다. 바닥 곳곳이 붉은 선혈로 물들었다. 그들의 외침처럼 적들이 땅 밑으로 접근해오고 있었던 것이다.

만일 화진천이 먼저 알아차리지 못했다면 마해의 기습작전에 엄청난 피해를 입었을 것이 분명했다.

"젠장! 들켰다. 모두 밖으로 나와라."

습격을 주도한 지둔조(地遁組)의 조장 곽태월이 소리치며 밖으로 뛰어나왔다.

지둔조는 마해가 특수임무를 맡기기 위해 특별히 키운 조직이었다. 지둔조의 오십 명은 모두 지둔술(地遁術)을 익히고 있어, 땅 밑으로 움직이는 데 탁월한 능력을 가지고 있었다.

그들의 임무는 지둔술로 구주천가의 군영에 침투해 요인들을 암살하는 것이었다. 그런데 천만뜻밖에도 본영에 숨어들기도 전에 회진천에 의해서 들통 나고 민 깃이다. 민일 화진천이 아니었으면 그들은 구주천가의 본진에 큰 혼란을 줄 수도 있었을 것이다.

밖으로 빠져나온 곽태월과 지둔조는 특별하게 만든 옷을 입고 있었다. 머리부터 발끝까지 가리는 전신복에는 강철 비늘이 달려 있어 땅을 뚫고 다니는데 탁월한 도움을 줬다.

화진천이 곽태월 앞을 막아섰다.

"누구냐? 역시 마해의 주구겠지?"

"그러는 네놈은 구주천가의 잡졸이겠구나."

"화진천, 그게 내 이름이다."

"천둔검? 뜻밖이구나. 이곳에서 너 같은 거물을 만나다니."

곽태월의 눈에 뜻밖이라는 표정이 떠올랐다. 하지만 그는 이내 수긍했다. 하긴 화진천 정도의 인물이 아니라면 자신들의 기척을 눈치채지 못했을 것이다.

어찌 보면 화진천에게 지둔조가 존재를 들킨 것은 매우 당연한 일이라 할 수도 있었다.

곽태월의 표정이 이내 단호해졌다.

우선은 화진천을 물리치고 빠져나가야 했다. 이미 임무는 실패한 것이나 다름없었다. 지금 이 순간에도 구주천가의 무인들이 몰려오고 있었고, 조금만 시간이 더 지나면 고립되어 빠져나갈 기회조차 얻지 못할 것이다.

결국 화진천을 쓰러트려야만 이곳을 빠져나갈 수 있다는 결론이 나왔다. 일단 결론을 내리자 곽태월은 전혀 망설이지 않았다.

"챠핫!"

그가 기합을 내지르며 화진천을 향해 달려들었다.

화진천이 그를 향해 느리게 검을 휘둘렀다. 그에게 천둔검(天鈍劍)이란 별호를 얻게 만든 절학이었다.

따다당!

그러나 그의 검은 곽태월이 입고 있는 기괴한 옷에 막혀 통하지 않았다. 수많은 강철비늘이 빼곡히 덮고 있는 옷은 일단 기를 주입하면 그 어떤 갑옷보다 단단하게 변했다. 그 덕분에 화진천의 검 앞에서도 무사할 수 있었다.

곽태월이 화진천의 가슴을 향해 손을 뻗었다. 암반으로 뒤덮인 대지를 두부처럼 헤집고 다니는 손이다. 그의 양손은 이미 천하에서 가장 무서운 흉기나 다름없었다.

곽태월은 화진천의 가슴을 잡아 그대로 뜯어내려고 했다. 하지만 화진천의 반응이 그보다 빨랐다. 어느새 화진천의 검이 돌아와 그의 손을 튕겨내고 있었다.

그러나 이번에도 곽태월의 손에는 생채기 하나 남지 않았다.

"흐흐! 소용없다. 이 몸이 익힌 만금산수(萬金散手)는 어떤 신병이기에도 상처하나 나지 않는다. 너의 무공이 비록 대단하다고 하지만 이 몸을 어찌할 수는 없을 것이다."

곽태월의 자부심을 어쩌면 당연한 것일지도 몰랐다.

그의 오만한 웃음에 화진천의 눈빛이 치가위졌다. 하지만 곽태월은 그런 사실을 전혀 눈치채지 못하고 자아도취를 하고 있었다.

　그 순간 화진천이 다시 검을 휘둘러왔다. 좀 전과 달리 검기나 어떤 기세도 느껴지지 않는 평범한 초식이었다. 그에 곽태월이 '옳다구나' 하고 맨손으로 검을 잡아왔다. 아예 검을 부러트리고 화진천을 제압할 생각이었다. 이미 화진천의 검이 자신의 만금산수에 통하지 않는단 사실을 확인했기에 자신이 있었다.

　순간 곽태월은 눈앞이 갑자기 번쩍인다고 생각했다. 그리고 머릿속에 화려하게 폭죽이 터지는 듯한 느낌을 받았다.

　쿠쿠쿠!

　모두가 보는 앞에서 곽태월의 몸이 무너지고 있었다. 양손과 머리에서 피분수가 치솟고 있었다.

　지둔조뿐만 아니라 구주천가의 무인들 역시 눈을 부릅떴다. 도대체 화진천이 어떻게 해서 곽태월을 쓰러트렸는지 보지 못했기 때문이다.

　화진천이 무너지는 곽태월을 뒤로 하고 몸을 돌렸다.

　면벽수련 끝에 그가 얻은 심득의 일부였다.

　"인간의 상상보다 빠르게 검을 움직일 수 있다면 공간을 뛰어넘을 수도 있다. 나는 분명 그런 사실을 확인했다."

　화진천의 등 뒤로 구주천가의 무인들이 지둔조를 토벌하고 있었지만, 이미 그는 신경 쓰고 있지 않았다.

제 6 장

비인비천(非人非天)

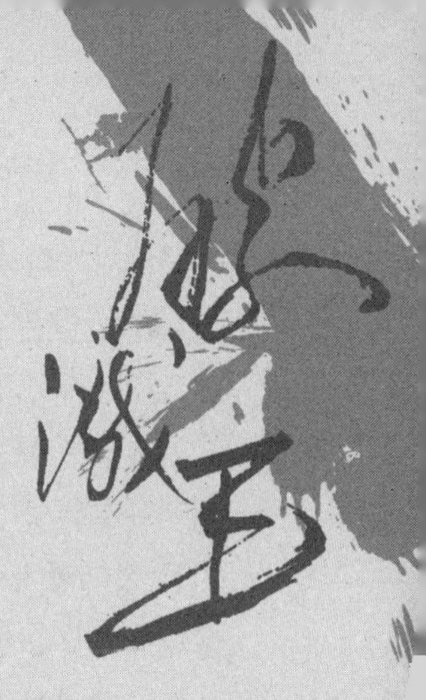

“꼭 직접 가셔야 하나요?”

“가문의 무인들이 모두 혈야평에서 목숨을 걸고 싸우고 있소. 그런데 가주란 자가 안전한 성에 틀어박혀 있다면 누가 따르겠소?”

“하지만…….”

“형님이라면 절대 그러지 않았을 것이오.”

천우진을 거론하는 천우경의 말에 온유하는 할 말을 잃었다.

이십 년 전의 천우진은 결코 조직을 움직이는 남자가 아니었다. 마치 거대한 폭풍처럼 그 자신의 힘으로 거슬리는 모든 것을 박살내버렸다.

　구주천가의 무인들이 기억하고 있는 십전제란 그런 존재였다. 남을 앞세우기보다 자신이 앞장서서 모든 위험을 감수하는 남자. 폭풍 같은 파괴력으로 자신의 적을 말살시키는 남자.

　천우경은 분명 천우진이 아니었지만, 천하의 운명을 건 대회전에서는 천우진과 같은 모습을 보일 필요가 분명 있었다. 지금 혈야평에서 목숨을 걸고 싸우는 구주천가의 무인들도 천우경에게서 그런 모습을 기대하고 있을 것이다.

　결국 온유하는 수긍할 수밖에 없었다.

　"알겠어요. 상공의 뜻이 정 그러시다면."

　"걱정하지 마시오. 내가 비록 형님은 아니나, 예전의 형님 못지않은 무력을 지녔으니까."

　천우경이 온유하를 향해 웃어주었다. 보는 이로 하여금 안온함을 주는 신뢰가 담긴 미소에 그나마 온유하의 굳었던 인상이 풀어졌다.

　'그래! 상공이라면 이 난세를 끝내고 구주천가를 반석 위에 올려놓을 수 있을 것이다. 내가 너무 앞서서 걱정을 하는 것이 아닌지 모르겠구나.'

　온유하도 천우경을 향해 미소를 보여주었다. 그러자 천우경이 그녀의 손을 잡으며 말했다.

　"걱정하지 마시오. 이십 년 전에 형님이 난세를 일시적으로 끝냈다면, 나는 영원히 종식시킬 테니까."

　"믿고 있어요."

"고맙소. 당신이 나의 여자인 것이 나에겐 큰 행운이오."

"별말씀을 다 하시네요."

"아니오. 항상 당신이 나에겐 과분한 여자라고 생각했소. 고맙소. 이제까지 나를 그렇게 도와줘서. 그리고 부탁하겠소. 이제까지 그랬듯, 앞으로도 나를 보필해주시오."

"물론이에요. 저는 상공의 여자에요. 언제나 상공과 운명을 함께할 거예요."

"고맙소. 항상 든든하오."

온유하의 손을 잡은 천우경의 손에 힘이 들어갔다. 온유하 역시 천우경의 손을 힘주어 잡았다.

두 사람은 한동안 그렇게 손을 맞잡고 서로의 온기를 느꼈다.

그때였다. 밖에서 사람의 인기척이 들려왔다.

"들어가도 되겠습니까?"

혁련청화의 목소리였다.

"들어오도록."

말이 끝나자마자 문이 열리고 혁련청화가 안으로 들어왔다. 혁련청화 역시 출진할 만반의 준비를 다 끝낸 상태였다. 가벼운 차림의 무복에 이마엔 영웅건을 질끈 동여맨 모습이 엄청난 박력을 자아내고 있었다.

"오군은 이미 전장에 도착했고, 구주천가의 나머지 무인들 출진준비를 모두 끝냈습니다."

"수고했소, 무상."

“아닙니다, 가주.”

“구주천가를 지킬 병력은?”

“평소처럼 내당과 총관부의 무인들은 남겨두었습니다. 그들만 해도 어지간한 대문파를 상대할 수 있을 정도니 별문제는 없을 겁니다.”

“수고했소.”

“아닙니다.”

“그럼 나가볼까?”

“예!”

혁련청화가 앞장섰다.

구주천가의 무상과 문상에 가주까지 한꺼번에 움직이자 엄청난 존재감이 느껴졌다. 천원각 밖의 대연무장에서 세 사람을 기다리던 무인들은 그들의 등장에 자신도 모르게 고개를 돌려 바라보았다. 그들의 존재감을 무의식중에 느끼고 바라본 것이다.

“와아아!”

세 사람의 등장에 구주천가의 무인들이 일제히 함성을 내질렀다. 그들의 함성에 구주천가가 떠나갈 듯 들썩였다.

천우경이 그들을 향해 손을 들어보였다. 그러자 함성이 더욱 커졌다. 천우경의 존재감만으로도 그들은 용기백배했다. 그만큼 구주천가에서 천우경이 차지하는 비중은 엄청난 것이었다.

무인들은 천우경이 함께하는 것만으로도 승리를 눈앞에 두고 있는 것 같은 착각을 했다. 그만큼 구주천가의 무인들은 절대적으로 천우경에게 신뢰를 보내고 있었다.

온유하는 천우경의 등을 바라보았다.

굳건하기 이를 데 없는 등이다. 수천 년의 세월 동안 풍우를 견뎌온 화강암처럼 절대 깨질 것 같지 않은 단단한 뒷모습에 든든함을 느끼면서도 왠지 불안한 마음이 쉽게 가시지 않는 온유하였다.

그때 곁에 서있던 혁련청화가 조용히 속삭였다.

"너무 걱정하지 말아요. 모든 게 다 잘 될 테니까."

"그래요."

온유하가 고개를 끄덕였다.

그날 천우경은 온유하와 혁련청화를 대동하고 구주천가를 나서 혈야평으로 향했다.

"드디어 나갔구나."

천우경이 구주천가를 출진했다는 소식은 서문화영의 귀에 들어갔다. 외성의 안가에서 숨을 죽이고 있던 서문화영의 얼굴에 드디어 화색이 돌았다.

이제까지 그녀는 숨을 죽이고 숨어 있었다. 반천련에 가입했던 문파들이 색출당할 때도 미동조차 하지 않고 은신해 있었다. 이제야 지루한 기다림의 보답을 받게 된 것이다.

서문화영이 자리에서 일어나며 말했다.

"호호! 그럼 이제 슬슬 시작해볼까?"

그녀의 말에 임관설도 자리에서 일어났다.

임관설의 표정은 서문화영과 달리 어두웠다.

천우경과 온유하는 모를 것이다. 이날을 위해 반천련에 가입했던 문파들이 색출당할 때도 나서지 않고 기다리고 있었단 것을. 그들은 서문화영과 임관설 등의 존재를 숨기기 위한 버리는 패에 불과했다는 사실을.

적들은 미끼를 덥석 물었고, 그들의 낚시는 훌륭히 성공했다. 이제 진짜 패를 꺼내 승리를 거둘 때가 된 것이다.

*　　*　　*

해여령은 참담한 표정으로 전방을 바라봤다.

구주천가와 마해가 곳곳에서 전투를 벌이고 있었다. 아직은 국지전 수준에 불과했지만 얼마 후면 전면전으로 치달을 것이 분명했다.

국지전에 불과한데도 수많은 이들이 죽어가고 있었다.

구주천가와 마해 모두 혈야평의 전투에 사활을 걸었다. 그 때문에 총력을 기울일 수밖에 없는 입장이었다. 이곳에서 밀리는 쪽은 쇠락의 길을 걷다 멸망의 수순을 밟을 수밖에 없었다.

"사부님."

혈야평 저 너머 구주천가의 군진 어딘가에 그녀의 사부 금정태태가 있을 것이다. 아니, 어쩌면 지금쯤 마해의 무인들과 싸우고 있을지도 몰랐다.

그녀의 얼굴엔 짙은 그늘이 드리워져 있었다.

정상대로라면 구주천가의 편에 서서 싸웠어야 할 그녀였지만, 운명의 장난인지 그녀는 지금 마해의 진영에 있었다. 그것도 소운천의 바로 지척에 말이다.

그녀가 다시 한 번 한숨을 내쉬었다.

해여령은 아직까지 자신이 어찌해야 할지 결정을 내리지 못했다. 그녀의 마음과 몸은 이곳에 있는데, 그녀의 사부와 사형제들은 반대편에 있다.

'과연 나의 선택이 옳은 것일까? 사부님과 사형제를 두고 이렇게 있는 것이 과연 잘하는 일일까?'

머리로는 분명 잘못된 일이란 것을 알고 있었다. 하지만 그녀의 마음은 이곳에 있길 원하고 있었다.

그때였다.

"아직도 갈등하는 것인가?"

등 뒤에서 나직한 울림이 있는 목소리가 들려왔다.

해여령의 어깨가 흠칫 떨렸다. 그녀는 굳이 뒤돌아보지 않아도 목소리의 주인을 알 수 있었다. 자신의 영혼과 몸은 온통 그에게 묶여있기에.

해여령이 조심스럽게 뒤를 돌아봤다. 그녀의 시선이 향한 곳에 소운천이 서있었다.

뒷짐을 쥐고 서있는 소운천의 모습은 도저히 천하를 피에 잠기게 한 마인 같아 보이지 않았다. 그의 깊은 눈동자를 볼 때면 그녀는 한없이 그에게 빠져드는 느낌을 받았다. 그래서 그의 눈동자를 외면하고 싶었지만, 이렇게 얼굴을 마주할 때면 그녀의 시선은 어김없이 그의 눈으로 향했다.

천하를 향한 야망보다는 짙은 슬픔이 담겨 있는 눈빛은 그녀의 가슴을 온통 뒤흔들어 놨다. 때문에 그녀의 영혼은 그의 곁에 묶이고 말았다.

소운천이 다시 한 번 물었다.

"아직도 갈등하는가?"

"그건……."

"네가 원한다면 언제든 이곳을 떠나도 좋다. 어차피 네가 있어야 할 곳은 이곳이 아니니까. 너는 이곳에 어울리지 않는다. 아직 늦지 않았다. 지금이라면 그들 역시 너를 받아줄 것이다."

소운천의 음성은 냉정했다. 인간의 감성이라곤 하나도 담기지 않은 그의 음성에 해여령은 상처를 입었지만, 내색하지 않았다.

"나는 당신을 떠나지 않아요."

"왜냐? 나는 너에게 나눠줄 마음이 없다."

"나는 구걸을 하는 것이 아니에요."

해여령이 입술을 질겅 깨물었다. 소운천의 곁에 있으면서 좋을 때보다 마음의 상처를 입을 때가 더욱 많았지만, 그녀는 떠날 생각이 전혀 없었다.

간혹 갈등을 하고 번민도 하지만, 그녀의 영혼은 자신이 있을 곳은 소운천 곁이라고 말하고 있었다.

"이대로라면 너는 사문의 역적이 되고 말 것이다. 그래도 좋다는 것이냐?"

"사부님은 분명 나를 이해해주실 거예요. 나의 결정을, 내가 선택한 길을. 나는 그렇게 믿어요."

"후후! 세상일이란 것이 그렇게 간단하면 얼마나 좋겠느냐? 아무리 피보다 가까운 사이라고 하더라도 결국은 남에 불과한 것을."

소운천이 나직이 웃음을 흘렸다.

그의 비웃음은 해여령을 향한 것이 아니었다. 바로 세상 그 자체를 향한 것이었다.

소운천은 기본적으로 인간이란 존재를 믿지 않는다. 세상의 그 어떤 인간에게도 정을 주지 않는다. 이미 칠백 년 전에 가슴이 찢어지도록 아픈 상처를 겪었기에 감성은 무뎌질 대로 무뎌진 상태였다. 그의 가슴에 인간의 감성이 다시 생겨난다는 것은 말 그대로 무리였다.

해여령이 말했다.

"나는 기필코 사부님을 설득해 보이겠어요. 이 무모한 싸움을 끝내자고."

"너는 착각을 하고 있구나. 네 사부가 이 전쟁을 끝내고 싶어도, 내가 끝내지 않을 것이다. 나는 이미 끝까지 가기로 결정했으니까."

"그럼 뭘 망설이는 건가요?"

"무슨 말이냐?"

"끝까지 가기로 결정하셨다는 분이 어째서 나 같은 계집을 옆에 두고 있는 건가요? 손가락 하나만 움직이면 언제든 죽일 수 있는 나를 왜 옆에 두고 있냔 말이에요. 당신이 정말 피도 눈물도 없는 악마라면 제일 먼저 나를 죽였겠죠? 하지만 당신은 그리하지 않았어요. 당신의 가슴속에도 인간의 감성과 피가 흐르고 있단 증거에요."

해여령은 한 번도 쉬지 않고 그 많은 말을 내뱉었다. 그런 그녀의 얼굴은 벌겋게 상기되어 있었다.

해여령의 모습에 소운천은 일시적으로 대답하지 못했다. 대답할 말을 찾지 못한 것이 아니라, 그녀의 모습에서 오래전 죽은 옛 연인의 모습을 보았기 때문이다. 이제는 기억조차 희미해져 얼굴의 윤곽조차 떠오르지 않았지만, 그녀 역시 해여령처럼 완전한 믿음으로 자신을 대했던 모습이 떠올랐다.

자신을 무한한 신뢰가 담긴 시선으로 바라보는 해여령의 눈빛이 갑자기 부담스러워졌다.

소운천이 그녀에게서 몸을 돌리며 일부러 무뚝뚝한 목소리로 말했다.

"내일까지 시간을 주겠다. 그 이후가 되면 가고 싶어도 절대 갈 수 없을 것이다. 네가 결정할 때까지 구주천가와 전면전은 잠시 보류하겠다."

소운천은 곧 사라졌고, 해여령 혼자만이 남았다.

그녀가 입술을 지그시 깨물었다.

"당신도 나를 의식하고 있군요."

해여령이 조그만 두 주먹을 꽉 쥐었다.

*　　　*　　　*

철군패는 하룻밤 묵었던 마을을 떠났다.

비록 하룻밤이긴 해도 아이들과 정도 많이 들어서 발이 쉽게 떨어지진 않았지만, 이미 일정이 많이 늦었기에 걸음을 재촉할 수밖에 없었다. 사로잡은 도적들을 인근 관아에 넘긴 후, 그들은 걸음을 빨리했다.

비록 일정이 늦어졌지만 북풍대원들의 얼굴에는 미소가 떠올라 있었다. 그들은 지난밤 아이들과 마을 사람들이 보여줬던 우호적인 모습을 결코 잊을 수가 없었다.

"흐흐!"

그중에서도 양천의는 시시때때로 웃음을 터트리면서 당시의 기억을 회상하고 있었다. 험상궂은 외모 때문에 아이들과는 별반 인연이 없었던 그였지만, 어젯밤만큼은 달랐다. 아이들은 양천의의 곁에서 뛰어놀면서 떠날 줄 몰랐다. 생전 처음 아이들로부터 관심을 받아봤기에 그의 기분은 최고조에 이른 상태였다.

지금 기분이라면 하루 사이에 천리를 가도 지치지 않을 것 같았다.

양천의가 연신 웃음을 흘리는 모습을 보며, 검운영이 한숨을 내쉬며 고개를 저었다. 아무래도 익숙한 모습이 아니었기 때문이다.

검운영이 나직한 목소리로 철군패에게 말했다.

"저러다 마음에 드는 아이가 있으면 납치할 기센데요."

"그러게 말이다. 천의가 아이들을 저렇게 좋아하는지는 처음 알았구나."

"저도 그렇습니다. 아무래도 천의 형님은 대막에 돌아가면 제일 먼저 형수를 구해 아이를 만들 것 같습니다."

검운영의 말에 철군패가 고개를 끄덕였다.

문제는 누가 양천의의 부인이 되느냐 하는 것이었지만, 그렇게 깊이까지는 생각하지 않기로 했다. 짚신도 제짝이 있다는데 설마 양천의에게 짝이 없겠는가?

그래도 오랜만에 양천의를 비롯해 북풍대의 얼굴에 활기가 넘쳐흐르는 모습을 보니 보기가 좋았다. 앞으로도 이런 일이 계속 있었으면 좋겠다는 생각이 들었다.

그렇게 조금은 들뜬 분위기 속에서 철군패와 북풍대는 북쪽으로 이동을 했다.

북쪽으로 이동을 하면서 그들이 제일 많이 본 광경은 남쪽으로 피난을 떠나는 많은 사람들이었다. 사람들의 얼굴은 공포에 질려 있었고, 발걸음은 다급하기 이를 데 없었다. 마치 거대한 짐승에 쫓기듯, 사람들은 그렇게 뒤도 돌아보지 않고 남쪽으로 향하고 있었다.

북쪽에서부터 남하를 하고 있는 대사조의 엄청난 존재감이 사람들을 겁먹게 만든 것이다.

소문은 또다시 소문을 부르고, 공포는 더 큰 공포를 부르면서 눈덩이처럼 몸집을 불려갔다. 그것이 사람들이 남쪽으로 피난하는 이유였다.

피난하는 사람들의 물결을 확인하면서, 철군패는 대사조가 그리 멀지 않은 곳에 도착했음을 직감했다.

"대사조 신도제원. 도대체 얼마나 엄청난 공포를 몰고 오기에 이토록 많은 사람들이 쫓기듯 피난을 간단 말인가?"

검운영이 망연히 중얼거렸다.

스스로 꽤나 낙천적인 성격이라 자부하는 그였지만, 눈앞에 펼쳐진 피난민들의 행렬에는 웃을 수가 없었다.

북풍대원들 몇 명이 피난민들에게 다가가서 이야기를 나누려고 했지만, 피난민들은 북풍대원들을 경계의 눈초리로 바라볼 뿐, 쉽게 입을 열지 않았다. 그들 입장에서 보자면 똑같은 무인일 뿐이었다. 무인들은 항상 민초들의 삶을 피폐하게 만들 뿐이었다. 그 때문에 무인들을 바라보는 민초들의 시선은 항상 겁에 질려 있었다.

피난민들에게선 일정 이상의 정보를 얻을 수 없음을 확인한 철군패와 북풍대는 다시 북쪽으로 행군했다. 평생 전장을 전전한 북풍대는 북쪽으로 올라갈수록 짙은 전운의 기운을 느낄 수 있었다.

푸르르!

말들 역시 마찬가지인 듯 유난히 투레질을 많이 했다. 철군패가 타고 있는 화왕 역시 전운을 느낀 듯 투레질을 하며 흥분하곤 했다.

철군패가 그런 화왕의 목덜미를 두들겨주며 주위를 둘러봤다. 북풍대와 그가 서있는 곳은 바로 산어귀에 있는 조그만 마을의 입구였다. 마을 사람들 중 상당수는 피난을 떠난 상태로, 한산하기 그지없었다. 남아있는 자들은 갑자기 나타난 철군패와 북풍대를 공포어린 눈으로 바라보았다.

말을 탄 삼백 명의 사내. 그것도 온갖 무기로 중무장을 한 사내들의 등장은 마을 사람들에게 충분히 공포란 감정을 줄 만했다.

"사람들이 저희들을 경계하고 있습니다."

"그렇겠지. 할 수 없구나. 오늘은 마을에 들어가지 말고 인근에서 야영을 한다."

"알겠습니다."

"그리고 누구 한 명 마을에 보내 무영문도가 있는지 찾아보
도록."

"그렇게 지시하겠습니다."

그렇게 마을 인근에서 야영이 결정되자 북풍대가 분주히 움
직이기 시작했다. 평평한 곳을 골라 야영할 준비를 하고 번을
서는 등, 그들의 동작은 일사불란하기 그지없었다.

야영준비를 모두 끝마칠 때까지 반 시진이 채 걸리지 않았
다. 순식간에 삼백 명의 사내들이 머물 만한 공간이 완성된 것
이다.

일단 야영할 준비를 끝마치자 북풍대원들 중 몇 명이 활을
들고 산으로 올라갔다. 그들이 다시 모습을 드러냈을 때는 멧
돼지 두 마리와 사슴 한 마리가 어깨에 들려 있었다. 오늘밤
북풍대가 먹을 식량을 즉석에서 공수해온 것이다.

몇몇 대원들이 멧돼지와 사슴을 받아 바로 해체에 들어갔
다. 피를 빼내고, 가죽을 벗기고, 부위별로 잘라내어 요리를
하는 모습이 무척이나 능숙했다.

북풍대는 기본적으로 보급품을 많이 가지고 다니지 않는다.
마른 곡물을 포함한 건량을 기본적으로 구비하고 다니긴 하지
만 그 양이 많지는 않다. 고기가 필요할 때면 이렇듯 사냥을
해서 마련을 하고, 다 같이 나눠먹었다.

커다란 솥이 곳곳에 걸리고 불이 피어올랐다. 야영지에는

금세 고기 냄새가 퍼졌다.

철군패는 그동안 보관만 해오던 술을 내놓았다.

고기에 술까지 더해지니 금세 잔치 분위기가 살아났다. 북풍대는 시끌벅적 떠들면서 잔치 분위기를 즐겼다.

격전을 앞두고 술과 고기를 내놔서 분위기를 살리는 것은 북풍대의 전통이었다. 잔치가 거하면 거할수록 더욱 큰 전투가 기다리고 있는 것이나 마찬가지였다.

그래서일까? 북풍대원들은 더욱 큰 목소리로 떠들며 웃고 즐겼다. 물론 그 한가운데 철군패가 있었다.

철군패 역시 오늘만큼은 북풍대와 어울려 술을 마셨다. 멧돼지의 다리를 통째로 질겅질겅 뜯으며 술을 마시는 그의 모습은 무척이나 자유로워 보였다.

북풍대 역시 그런 철군패를 이상하다 생각하지 않고 같이 앉아 술을 마시고 스스럼없이 농담을 했다. 그들은 무인이기 전에 같은 삶을 살아온 동료였다. 그 때문에 깊은 유대감을 나눌 수 있었다.

그렇게 시간을 보내고 있을 때, 마을로 보냈던 대원이 무영문도와 함께 귀환했다.

돌아온 북풍대원이 철군패에게 말했다.

"이 마을에 있는 무영문도입니다. 그렇지 않아도 저희들을 기다리고 있었답니다."

"철 대협을 뵙습니다. 무영문의 조충입니다. 그렇지 않아도

아가씨에게 연락을 받고 이제나저제나 기다리고 있었습니다."

　무영문도는 스스로를 조충이라고 밝혔다.

　조충은 무척이나 평범하게 생겨서 어디서나 볼 수 있을 것 같은 외모를 하고 있었다. 그 때문에 마을 사람들도 그가 무영문도라곤 생각도 못했다.

　철군패는 자신의 맞은편 자리를 조충에게 권했다.

　"자리에 앉으시오."

　"감사합니다, 철 대협."

　조충은 사양하지 않고 자리에 앉았다. 자리라고 해봐야 근처에 굴러다니는 통나무를 갖다놓은 것에 불과했지만, 그래도 앉는 덴 불편함이 없었다.

　조충은 허리를 편 채 꼿꼿이 앉았다. 아무리 편하게 앉으라고 해도 철군패 앞에서 긴장을 풀 수는 없었다.

　철군패가 모닥불에 올려져 있던 멧돼지 고기 한 덩어리를 조충에게 건넸다. 갑자기 뜨거운 고기를 잡게 된 조충은 어리둥절했지만, 이내 정신을 수습하고 고기를 뜯어먹었다. 거기에 철군패가 술병을 건네주자 맛있게 마셨다.

　정말 근자 들어 가장 맛있는 술 같았다.

　조충이 주위를 둘러보았다. 군기가 풀어질 대로 풀어진 모습이 꼭 오합지졸들 같았다. 일반 군대였다면 벌써 침수형을 당했어도 이상하지 않을 정도로 해이한 모습이었다.

일반 사람이었다면 그런 북풍대의 모습을 보고 욕을 했을지도 모르지만, 조충은 그리하지 않았다. 대신 그는 북풍대의 강함을 피부로 느꼈다.

겉으로 보기엔 군기도 없이 이곳저곳에 널브러진 모습이었지만, 기실 그들의 위치나 자세가 비상시에 움직이기에 가장 최적의 상태라는 것을 알아보았기 때문이다.

'천하에 이런 군대가 있다니. 소문주님이 멸제를 따르는 것도 무리가 아니었구나. 휴식 시간에도 방심을 하지 않다니. 누군가 겉으로 보이는 이들의 모습을 보고 습격해온다면 그 순간이 마지막이리라. 정말 대단하구나.'

조충은 더욱 공손한 표정이 되었다.

"저 피난민들은 어떻게 된 것이오?"

"그게, 누군가 의도적으로 대사조에 대한 소문을 퍼트리고 있습니다."

"의도적으로?"

"그렇습니다. 어느 날 갑자기 대사조에 대한 소문이 들불처럼 휩쓸더군요. 그가 피도 눈물도 없는 악마라느니, 그가 지나간 곳에는 한 명도 살아남은 사람이 없다느니 하면서 말입니다."

"누가 그런 소문을 냈는지 알아냈소?"

"현재 백방으로 수소문해서 알아보고 있습니다."

"으음!"

"피난을 떠나는 백성들은 대부분이 대사조가 남하하는 경로

에 위치한 마을 사람들입니다. 그가 어떤 마을들을 거쳐 내려
올 거라는 구체적인 소문이 퍼진 상태입니다.”

“심각하군.”

“그렇습니다. 누가 혼란을 노린 것인지 모르지만, 제대로
노림수가 먹혀들어갔다고 봐야 할 겁니다. 덕분에 위쪽의 마
을들은 거의 무주공산이 되었습니다. 제가 있는 마을 사람들
도 언제 다 떠날지 모릅니다.”

“피난민들은 남쪽으로 향하고 있고?”

“그렇습니다. 개중에는 구주천가로 향하는 자들도 있고, 무
작정 남쪽으로 피하는 사람들도 있습니다. 그들 대부분은 오
직 남하하는 것에만 정신이 팔려 온전히 판단을 하지 못하고
있습니다. 다들 공포에 이성이 마비되었기 때문입니다.”

조충의 말에 철군패가 심각한 표정이 되었다. 조충의 말이
사실이라면 천하의 혼란이 극에 달한 것이 분명했다.

“무엇보다 급선무는 의도적으로 혼란을 조장하는 소문을 퍼
트리는 자들을 찾아내는 것이겠군.”

“그렇습니다. 그 때문에 인근의 무영문도들이 혼신의 힘을 다
해 소문의 근원지를 찾고 있으니 곧 좋은 소식이 있을 겁니다.”

“무영문만 믿겠소.”

“맡겨만 주십시오. 절대로 대협의 믿음을 헛되이 하지 않겠
습니다.”

“알겠소. 이왕 왔으니 조금 더 즐기다 가시오. 아직 술과 고

기는 많이 남아 있으니까.”

“고, 고맙습니다.”

조충이 얼떨결에 대답했다.

그는 곧 북풍대원들에게 끌려 사라졌다. 아마 아침 해가 밝기 전까지는 풀려나지 못할 것이다. 혹은 인사불성이 되어서 중간에 쓰러지든지 말이다.

검운영이 심각한 표정으로 말했다.

“누굴까요? 대사조 측근의 인물들일까요?”

“그럴 가능성도 없지 않지. 대사조 신도제원 외에도 아직 삼사조와 십사조가 건재하니까.”

“과연 그들이 무엇을 노리는 걸까요?”

“글쎄!”

철군패의 표정이 심각해졌다. 하지만 그도 쉽게 이런 소문을 조장한 이유를 생각해내지 못했다.

“일단 이 문제는 무영문을 믿어보자. 단월도 이 소식을 들었다면 분명 사실을 알아내기 위해 움직일 테니까.”

“알겠습니다.”

대답을 하는 검운영의 얼굴은 쉽게 펴지지 않았다.

*   *   *

“그들의 움직임이 포착되었습니다.”

“경로는?”

“예상한 대롭니다.”

“그런가?”

자청의 대답에 기무외가 미소를 지었다.

자청은 십사조였고, 기무외는 삼사조였다. 그들은 모두 신도제원의 최측근들이었다. 다른 사조들이 각자의 야망을 가지고 있었다면, 그들은 오직 신도제원을 위해 충성을 바치는 존재들이었다.

그 때문에 신도제원 역시 그들을 함부로 내돌리지 않고 소중히 아꼈다. 마지막까지 숨겨두었던 기무외와 자청이 움직인다는 것은 대사조가 더 이상 전력을 아끼지 않겠다는 뜻이었다.

기무외와 자청은 대사조 신도제원과 함께 하지 않았다. 그들은 신도제원의 명을 받아 독자적으로 움직이고 있었다. 그 때문에 반천련과 마해에서도 그들의 움직임을 파악하지 못했다.

기무외가 말했다.

“그럼 슬슬 시작해보도록 하지.”

“알겠습니다. 그럼 제가 먼저 움직이도록 하지요. 사형께서는 제가 연락을 드리면 움직이십시오.”

“알겠다.”

“그럼……”

자청이 포권을 취하고 뒤로 물러났다.

기무외가 자청이 멀어져가는 모습을 물끄러미 바라보았다.

자청은 혼자가 아니었다. 어느새 그의 뒤로 수백 명의 무인들이 뒤따르고 있었다. 이제까지 꼭꼭 숨겨두었던 십이사조의 전력이었다.

그들의 이름은 청월단(靑月團)이었다. 중원에 들어온 이후로 모습을 감췄던 그들이 다시금 몸을 드러낸 것이다. 청월단주 곽포 이하 수백 명이 자청을 따라 어디론가 이동을 했다.

그들의 모습이 사라지자 기무외가 나직한 목소리로 말했다.

"그럼 우리도 준비하자."

"옛!"

모습은 보이지 않는데 누군가 대답을 했다.

기무외가 움직이는 비밀 조직의 이름은 혈월단(血月團)이었다. 어느새 기무외 주위에는 혈월단의 수백 고수들이 모습을 드러내고 있었다.

기무외가 서있는 곳은 특이한 지형을 가진 계곡이었다. 계곡 입구 쪽은 마치 항아리처럼 비좁고, 안쪽은 둥글면서도 넓었다. 입구 쪽으로는 한두 명씩 밖에 들어올 수 없지만, 일단 들어오면 천 명 이상이 머물 수 있는 기형적인 구조인 것이다.

기무외는 자신이 서있는 기형의 계곡을 가리켜 살곡(殺谷)이라는 이름을 붙였다. 이제 자신들이 발견한 이 살곡에는 수많은 사람들이 빼곡하게 들어차리라.

"후후! 북풍대."

기무외가 나직한 웃음을 터트렸다. 그의 웃음소리가 불길하게 살곡에 울려 퍼졌다.

*　　　*　　　*

마해의 공세가 잠시 멈춘 틈을 타고 구주천가의 진영에서는 수뇌부들의 회의가 이뤄지고 있었다. 아직 천우경과 혁련청화, 온유하 등이 도착하지 않았기에 회의는 태상장로인 남무해가 주재하고 있었다.

남무해를 필두로 구주천가의 수뇌부들, 그리고 새로이 합류한 신주십대고수들이 거대한 탁자를 꽉 채우고 있었다. 가히 천하 그 자체라고 해도 좋을 만큼 엄청난 힘을 가진 이들이 한자리에 모여 있는 것이다.

이미 구주천가와 마해는 국지전을 벌이고 있었다. 서로에게 암살조를 보내기도 하고, 서로의 경계선 너머로 무력을 파견하기도 하면서 충돌이 일어나고 있었다.

마해는 지치지도 않는지 끊임없이 전력을 구주천가 진영으로 보내왔다. 그 때문에 제대로 된 대책을 세우기도 전에 구주천가는 마해의 전력을 막아내기 급급했었다. 그러다가 갑자기 오늘 마해의 공세가 거짓말처럼 멈췄다.

이유는 알 수 없었지만, 일단 마해의 공세가 멈췄다는 사실이 중요했다. 그들의 공세가 멈춘 틈을 타서 효율적인 대책을 마련해야 했다. 문상 온유하가 도착하면 기존의 전략들은 쓸

모가 없어지겠지만, 그래도 그전까지는 이곳에서 전략을 수립하여 운용해야 했다.

남무해가 검호천주(劍護天主) 막문천에게 물었다.

"저들이 갑자기 공세를 멈춘 이유를 알아냈소?"

"아직입니다. 하지만 간자들을 마해의 군영에 파견했으니 곧 좋은 소식이 있을 겁니다."

"서두르시오. 혹여 그들의 내부에 문제가 있어 공세를 멈춘 것이라면 우리에겐 절호의 기회요."

"알겠습니다."

막문천이 힘차게 대답했다.

남무해의 시선이 이번엔 혈룡대주(血龍隊主) 종리광에게 향했다.

"가주님께서는 언제 이곳에 도착하실 예정인가?"

"하루 이틀 정도는 더 걸릴 듯합니다."

"으음! 그때까지 천마가 움직이면 안 될 텐데."

대답은 하지 않았지만 이 자리에 모인 대부분의 무인들이 남무해와 같은 생각을 하고 있었다.

구주천가와 마해의 전력은 호각이었다. 그들에게 십대장로가 있지만, 마해에는 신주십대고수가 합류했다. 능히 자웅을 겨뤄볼 만한 전력이었다. 하지만 그런 엄청난 전력도 천마가 직접 움직이는 순간 무의미해진다.

이십 년 전, 그들은 자신들의 눈으로 똑똑히 확인했다.

그의 가공할 존재감과 위용을.

만일 제때 십전제가 나서지 않았다면 지금의 구주천가는 존재하지도 못했으리라.

전력이 무의미해지는 존재.

오직 그 혼자서 오롯이 완성된 존재로 남아있는 자.

그가 바로 천마 소운천이었다.

남무해를 비롯한 구주천가의 수뇌부들은 천우경이 올 때까지 천마가 직접 움직이지 않길 빌었다.

"우리가 할 일은 천마가 움직이기 전까지 마해의 발을 이곳에 효율적으로 붙잡아놓는 것이오. 적의 의도를 파악하기 전까지는 우리 역시 신중해야 하오."

"크크! 뭘 그렇게 재는 건가? 어차피 강호란 힘이 모든 것을 증명해주는 곳. 그렇게들 천마가 겁이 난다면 내가 그를 막겠다. 나는 천마가 그렇게 두려운 존재라고 생각하지 않는다."

광오한 목소리로 그렇게 떠드는 자는 바로 무적혈괴 척발상이었다. 모두의 시선이 척발상을 향하자 그가 자신 있는 목소리로 떠들었다.

"흐흐! 천마가 두려운가? 나는 그의 공포가 과대 포장되었을 거라고 생각한다. 신주십대고수의 대부분이 이 자리에 모였다. 그런데도 천마가 두렵단 말인가?"

그가 양손을 펼쳐보였다. 자신감 넘치는 그의 몸짓에 신주십대고수들이 동조했다. 그들은 신주십대고수라는 이름에 커다란 자부심을 가지고 있었다.

그에 반해 구주천가의 무인들은 딱딱하게 굳은 표정을 하고 있었다. 척발상과 신주십대고수의 자신감을 이해할 수도 있었지만, 이십 년 전에 직접 천마의 무서움을 경험한 그들은 그렇게 낙관적으로만 생각할 수 없었다.

천마의 위용을 단 한 번이라도 견식한 사람들은 절대 그의 잔향에서 벗어날 수 없다. 그것이 구주천가의 수뇌부들과 신주십대고수의 차이였다.

그렇다고 척발상에게 천마를 상대해보라고 내보낼 수도 없는 상황이었다. 결과가 뻔히 보이는데 척발상과 같은 고수를 낭비할 수는 없는 노릇이었다.

결국 남무해는 좋은 말로 척발상을 타이를 수밖에 없었다.

"척 대협의 뜻은 잘 알지만, 그래도 만전을 기하기 위해선 본가의 가주님이 오실 때까지 기다리는 게 좋을 듯합니다. 혹시나 이번에도 그의 숨통을 완벽하게 끊지 못하면 언제 다시 부활할지 모르니까요. 이십 년 전에도 그를 죽였다고 생각했지만 그는 다시 살아났습니다. 이번에는 그때와 같은 우를 범해선 안 됩니다."

"흐흐! 정 그렇다면 어쩔 수 없지. 하지만 명심하거라. 지금 당장은 구주천가와 보조를 맞추지만, 천마가 움직인다면 나 역시 움직일 거란 사실을."

"알겠습니다."

결국 남무해는 적당한 선에서 물러날 수밖에 없었다. 이 자리에서 척발상의 자존심을 깎아내릴 필요는 없었기 때문이다. 비록 그가 천마에 비할 수는 없다지만, 그래도 천하를 쩌렁쩌렁 울리는 고수는 분명했기 때문이다.

그때였다.

"천마를 암살할 방도가 있을 것도 같소."

순간 모두의 시선이 목소리가 들려온 방향으로 향했다. 모두의 시선이 향한 곳에 음침한 분위기를 잔뜩 풍기는 노파가 있었다. 바로 봉황문의 문주인 금정태태였다.

모두의 주목 속에서 금정태태가 서서히 몸을 일으켰다. 그렇지 않아도 음침했었지만, 최근 들어 더욱 음습한 분위기를 물씬 풍기는 금정태태였다. 그 이유가 그녀의 제자인 해여령 때문이란 사실을 모르는 사람은 없었다.

금정태태가 있는 앞에서 해여령을 거론하는 것은 일종의 금기였다. 금정태태를 만나는 사람들은 무의식적으로라도 해여령이라는 이름을 거론하지 않기 위해 노력해야 했다.

해여령이 천마의 곁에 있다는 사실이 확인된 이후에는 금정태태에게 말을 붙이는 게 더욱 어려워졌다. 어떤 이유에서든 정도를 표방하는 문파의 제자가 천마와 같은 마인과 함께 있는 사실은 용납하기 어려웠다.

모두의 의문을 남무해가 대표로 물었다.

"그게 무슨 말씀이시오? 천마를 어찌 암살할 수 있단 말이오?"

“본녀의 제자가 지금 어디에 있는지 잊었소?”

“하지만 그녀는…….”

남무해가 말을 멈췄다. 그래도 이 자리에 있는 사람들은 남무해가 어떤 이야기를 하려했는지 알아들었다.

금정태태의 볼 근육이 씰룩였다. 아마도 어금니를 꽉 깨물고 있는 모양이었다. 하지만 그것도 잠시, 이내 그녀가 평정을 회복한 표정으로 말을 이었다.

“그 아이는 이날을 위해 스스로를 희생한 것이오. 바꿔 말하면 천마를 암살하기 위해 스스로 여자임을 포기하고 그에게 접근한 것이오.”

“그러면 그 모든 것이 의도적이었다는 것이오?”

“그렇소! 이제까지 비밀을 지키기 위해 입을 다물고 있었지만, 분명 처음부터 그런 의도였소.”

금정태태의 목소리에 힘이 담겼다. 그녀가 그렇게까지 확고히 말하자 사정을 모르는 사람들은 그러려니 할 정도였다. 하지만 남무해와 몇몇 사람들은 금정태태의 말이 억지라는 사실을 알고 있었다.

해여령은 분명 스스로의 의지로 천마의 곁에 남아 있었다. 이제까지 파악된 그녀의 행보가 그 사실을 증명해주고 있었다. 분명 해여령은 몇 번이나 천마를 떠날 기회가 있었다. 그런데도 그렇게 하지 않았다는 것은 그녀가 스스로의 의지로 천마의 곁에 남아있다는 사실을 의미했다.

하지만 지금 이 순간 금정태태의 태도와 목소리는 그 모든 것이 마치 천마를 암살하기 위해 미리 준비한 것이라고 이야기하고 있었다. 너무나 당당한 그녀의 태도에 남무해 등도 헷갈릴 정도였다.

잠시 생각을 정리한 남무해가 말했다.

"좋소! 그 모든 것이 의도적이었다고 칩시다. 그래서 천마의 곁에 접근할 수 있다고 칩시다. 하지만 무슨 수로 천마를 죽인단 말이오? 이십 년 전 본가의 가주께서도 죽이지 못한 천마를 해 소저가 어찌 죽인단 말이오?"

"다 방법이 있소."

"무슨 방법을 말하는 것이오?"

"클클! 태상장로께서는 오직 절대의 고수만을 골라 죽이는 신비의 금속이 있다는 사실을 잊은 모양이오?"

"금정태태께서는 지금 금장혈괴를 말하는 것이오?"

남무해의 대답에 금정태태가 고개를 끄덕였다. 그에 군막 안에 있던 사람들의 얼굴표정이 환해졌다.

금장혈괴(金仗血塊).

신이 절대고수를 사냥하기 위해 이 땅에 내렸다는 전설적인 금속을 말함이다. 어떤 이유에선지 모르지만, 금장혈괴에 당한 절대고수의 상처는 아물지도 않고 시간이 흐를수록 괴사가 진행되어 치명적이라고 했다.

확실히 금장혈괴로 만든 무기를 지니고 있다면 천마를 암살하거나 치명상을 입힐 수도 있을 것 같았다.

"금정태태에게 금장혈괴로 만든 무기가 있단 말이오?"

"우리 봉황문에서는 대대로 문주에게 내려져오는 신물이 있소. 바로 금장혈괴로 만든 비수요. 그 비수를 이용한다면 충분히 천마를 암살할 수 있을 것이오."

"오오!"

금정태태의 자신 있는 말에 신주십대고수들이 탄성을 터트렸다. 그들에게 금정태태의 계획은 무척이나 신빙성 있게 들렸다. 하지만 남무해는 쉽게 납득하지 못했다.

"좋소. 다 금정태태의 말처럼 미리 안배된 것이라고 합시다. 그렇다면 금장혈괴로 만든 비수를 어떻게 해 소저에게 건네준단 말이오?"

"그것은 다 생각해놓은 방법이 있소. 구주천가에서 약간만 도와주면 되는 일이오. 마침 간헐적으로 일어나던 충돌도 소강상태니까 더할 수 없이 좋은 기회인 것 같소."

만일 남무해가 허락하지 않는다면 혼자서라도 일을 벌일 기세였다. 그런 금정태태의 모습에 남무해가 잠시 생각에 잠겼다.

'어차피 암습을 실패해도 해여령만 잃는 것이 아닌가? 어차피 실패해도 구주천가로서는 전혀 손해볼 게 없는 작전이다. 제아무리 천마라 할지라도 금장혈괴로 만든 비수에 상처를 입는다면 어느 정도는 움직임이 무뎌질 것이다. 그럴 때 가주가 온다면……'

비록 천마의 암살이 실패를 해도 금정태태의 자존심을 세워
줄 수도 있으니 일거양득의 수라고 볼 수 있었다. 해여령이 천
마의 곁에 머물고 있다는 사실만으로도 금정태태와 봉황문이
느끼는 치욕이 얼마나 큰지 남무해는 알고 있었다.

"좋소! 그렇게 자신이 있으시다면 금정태태께 천마의 암살
을 맡기겠소. 단, 기한은 구주천가에서 정하겠소."

"그것은 마음대로 하시구려."

"가주께서 전선에 도착하는 것은 사흘 후요. 그러니까 그때
를 맞춰 천마에 대한 암살 작전을 실행해주시오."

"알겠소. 내 반드시 그렇게 하겠소."

금정태태가 고개를 끄덕였다.

그녀가 보이지 않게 주먹을 꽉 쥐었다.

해여령 때문에 금정태태와 봉황문의 명성은 땅에 떨어졌다.
지금이 명성을 회복할 마지막 기회였다.

"그럼 본인은 준비를 하기 위해 먼저 일어나겠소."

"그렇게 하시오."

금정태태가 자리에서 일어나 먼저 밖으로 나갔다. 그러자
남무해 곁에 있던 부월천주(斧月天主) 남균영이 말했다.

"가주나 문상의 허락도 없이 그런 위험한 작전을 허락하셔
도 되겠습니까?"

"어차피 실패해도 우리에겐 위험부담이 없지 않는가?"

"하지만……."

"실패를 해도 그 모든 허물과 책임은 금정태태와 봉황문이 지게 되는 것일세. 요행히 천마에게 상처를 입힐 수 있다면 더욱 좋겠지."

남무해의 말에 군막에 모인 모든 이들이 고개를 끄덕였다.

그의 말은 사실이었다. 구주천가나 다른 수장들 역시 그의 말에 동조했다.

아끼던 애제자가 천마에게 넘어감으로써 궁지에 몰려있던 금정태태와 봉황문에게는 이 방법밖에 남아있지 않았을 것이다. 이 방법이라도 쓰지 않았다면 바닥으로 떨어진 자존심을 살릴 방법 따윈 없었을지도 모른다. 그래서 이렇게 극단적인 방법까지 동원하는 것인지도 모른다.

금정태태가 밖으로 나오자 제자들이 다가왔다.

"사부님."

"들어가셨던 일은 어떻게 되셨습니까?"

"저들이 우리의 말을 들어주기로 결정했다."

"그럼?"

금정태태의 대답에 제자들의 눈동자가 흔들렸다.

금정태태가 단호히 말을 이었다.

"계획대로 진행한다."

"알겠습니다."

"바람이 강하니 연이 제법 높이 뜰 게야."

금정태태가 하늘을 바라보았다. 불어오는 바람에 흔들리는
나뭇가지와 빠르게 움직이는 구름이 보였다.

제 **7** 장

암천지야(暗天之夜)

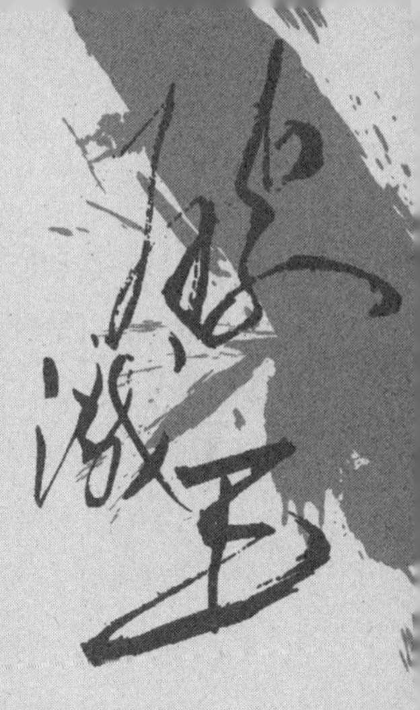

　해여령은 거처 밖으로 나왔다. 그녀의 거처라고 해봐야 다른 이들과 똑같은 군막에 불과했지만, 그래도 독립적인 공간이 보장되어 있어 갑갑할 때면 그녀는 밖으로 나왔다.

　오늘은 소운천이 그녀에게 제시한 마지막 날이었다. 오늘이 지나기 전까지, 그녀는 자신의 운명을 결정해야 했다.

　오늘이 지나면 떠나고 싶어도 그의 곁을 떠나지 못하리라. 그리고 사실 그녀는 이미 마음의 결정을 내린 상태였다.

　해여령은 절대로 소운천을 떠날 생각이 없었다. 그녀의 마음이 흔들릴 일은 없었다. 그녀가 단지 마음에 걸리는 것이 있다면 사문과 사부인 금정태태뿐이었다.

그녀가 소운천을 택함으로써 사문과 금정태태가 겪어야 할 고초가 너무나 선명하게 보이는 것이다. 자신이 걸어야 할 형벌의 길은 두렵지 않았지만, 자신 때문에 사문과 사부가 겪어야 할 수모는 두렵기 그지없었다.

그것이 해여령이 갈등하는 유일한 이유였다.

"사부님."

해여령이 나직이 중얼거리며 혈야평 건너의 구주천가 군진을 바라보았다. 순간 그녀의 눈이 크게 떠졌다.

구주천가의 군영위 허공에 커다란 연이 떠올라 있었다. 마치 하늘에서 지상을 오연히 내려다보는 것 같은 커다란 봉황 형상의 연이 바람을 타고 훌훌 날아오르고 있었다.

"저것은?"

해여령의 눈동자가 흔들렸다.

봉황연(鳳凰鳶).

봉황문이 전 제자를 불러 모을 때만 사용하는 봉황연이 분명했다. 봉황연이 떠오르면 봉황문의 전 제자들은 어떤 상황에 처해있든 어디에 있든 봉황연이 떠오른 곳에 와야 했다.

봉황연이 떴는데도 오지 않는다는 것은 스스로 봉황문의 제자임을 포기하는 것을 뜻했다.

지금 상황에서 봉황연이 떴다는 사실이 의미하는 바는 단 하나였다.

"사부께서 나를 부르는 것인가?"

해여령이 눈을 감았다.

언젠가 다가올 일이라 생각했지만, 막상 그런 상황이 닥쳐오니 마음이 심란해졌다. 하지만 그녀는 이내 평정심을 찾았다. 이미 각오를 단단히 한 후였기 때문이다.

해여령이 걸음을 옮겼다. 그 누구도 해여령을 감시하거나 붙잡지 않았다. 그만큼 해여령은 마해의 진영에서 특별한 존재였다. 마해에 속해있지 않지만, 소운천의 귀빈으로 인식되어 있는 그녀에겐 어떤 제재도 가해지지 않았다.

때문에 원할 때면 언제든 마해를 벗어날 수도 있었다. 해여령은 마해의 군진을 벗어나 두 세력의 접점이 되는 경계선으로 향했다. 의도적인지 모르지만 경계선에 마해의 무사들은 존재하지 않았다. 소운천은 하루의 휴식을 선포하면서 경계하는 무인들까지 뒤로 물린 것이다.

덕분에 해여령은 아무런 방해도 받지 않고 마해의 경계선에 도착할 수 있었다. 그곳에 사부 금정태태가 서있었다. 바로 한 걸음만 넘으면 구주천가의 영역인 그곳에.

"사……부님."

해여령의 목소리가 절로 떨려나왔다. 그러자 금정태태가 서릿발처럼 차가운 목소리로 말했다.

"그래도 내가 사부인 것은 기억하고 있는 모양이구나."

"사부님."

"내가 얼마나 너에게 큰 기대를 걸었는지 잘 알고 있었겠지? 그런데도 천마와 눈이 맞아 그의 곁에 머물고 있다니, 그 말을 듣는 순간 정말 내가 스스로 혀를 깨물어 죽고 싶은 심정 뿐이었다."

금정태태는 해여령의 사부라고 믿어지지 않을 정도로 냉정한 태도를 취하고 있었다. 마치 생판 상관없는 남을 바라보는 듯한 시선에 해여령은 가슴이 찢어질 듯 아파왔다.

"이쪽으로 넘어오거라."

금정태태가 손을 뻗었다. 하지만 해여령은 망설이며 금정태태의 손을 맞잡지 않았다. 그런 그녀의 태도를 보는 금정태태의 표정에 더욱 시린 냉기가 어렸다.

자신이 내민 손을 잡지 않은 제자.

그것이 무엇을 뜻하는지 모를 금정태태가 아니었다.

"왜냐고 물으면 대답해주겠느냐?"

"미욱한 제자가 죄송하다는 말 외에 달리 할 말이 있겠습니까? 그저 사부님의 처분을 따르겠습니다."

"정말이냐?"

"네?"

"내가 하는 어떤 말이라도 따르겠다는 것이 진심이냔 말이다?"

"네! 목숨이라도 내놓으라면 그리 하겠습니다. 이 자리에서 당장 자결할 수도 있습니다."

"지금 당장 너의 목숨은 필요 없다. 대신 이것을 받거라."

금정태태가 내민 것은 붉은 수실이 달려 있고 비상하는 봉황 형상이 양각된 기다란 물건이었다. 해여령은 한눈에 그것이 봉황문 대대로 문주를 상징해온 보물인 봉황비(鳳凰匕)란 사실을 알아차렸다.

직접 본 적은 없지만, 비상하는 봉황이 양각되어 있는 검집에서 검을 빼면 은은한 붉은색을 내뿜는 비수가 있다는 사실을 해여령은 알고 있었다. 그리고 들은 바와 똑같이 생긴 저 비수가 바로 봉황비였다.

현재 봉황비의 주인은 금정태태였다. 그런 금정태태가 해여령에게 봉황비를 내밀었다. 그것이 의미하는 바를 모를 해여령이 아니었다.

"사……부님."

"이쯤 되면 내가 하고자 하는 말이 무엇인지 알아들었을 게다. 네 스스로 오점을 정리하고 돌아 오거라. 그러면 차기 봉황문주는 네가 될 것이다."

"하지만 사부님 이것은……."

"이 이상은 나도 양보할 수 없다. 내가 이쯤 양보했으면 너 역시 사문을 위해서 희생을 해야 하지 않겠느냐? 그럼 좋은 결과를 기다리고 있겠다."

금정태태는 해여령의 대답도 기다리지 않고 몸을 돌렸다. 해여령은 비수를 손에 든 채 망연히 금정태태가 멀어지는 모습을 바라보았다.

찬바람이 불어왔다. 하지만 해여령은 추위조차 느끼지 못했다. 더 큰 오한이 몸 안에서부터 느껴졌기 때문이다.

'내 손으로 그분을 죽이고 돌아오란 말인가?'

그녀의 몸이 덜덜 떨려왔다.

봉황비를 구성하는 금장혈괴는 절대고수를 사냥하기 위해 신이 내린 금속, 제아무리 소운천이 불사의 권능을 가지고 있다 하더라도 봉황비에 당하면 치명적인 상처를 입을 수밖에 없을 것이다.

금정태태는 해여령이 봉황비로 소운천을 암살하기를 원하는 것이다. 그리고 당당히 돌아와서 자신의 뒤를 잇기를 원하고 있었다.

주르륵!

해여령의 뺨을 타고 굵은 눈물이 흘러내렸다.

금정태태가 돌아오자 제일 먼저 제자들이 따라붙었다.

"사부님."

"사매가 사부님의 말을 듣겠다고 합니까?"

"그 아이는 반드시 내말대로 행동할 것이다. 비록 지금은 마두에게 현혹되어 있지만, 그 아이의 뿌리는 바로 정파, 그것도 정도제일문파라 할 수 있는 봉황문이다."

금정태태의 입꼬리가 치켜 올라갔다.

그녀는 해여령의 성정을 너무나 잘 알고 있었다.

　　　　　　＊　　　＊　　　＊

　철군패와 북풍대는 북진을 계속했다. 이제 대사조 신도제원과의 거리는 얼마 남지 않았다. 그 증거로 더 이상 피난을 내려오는 사람들이 없었다. 피난을 내려오기도 전에 대사조 신도제원에게 흡수된 것이 분명했다.

　신도제원은 인세의 재앙이었다. 그의 존재 자체가 이 땅의 질서를 크게 어지러트리고 있었다. 어찌 보면 소운천보다 더욱 극악하다 볼 수 있었다. 그는 다른 사람의 의지를 빼앗고 자신에게 복속시킴으로써 세를 확장하고 있었다.

　시간이 흐르면 흐를수록 신도제원의 세는 더욱 커져갈 수밖에 없었다. 불행히도 시간은 철군패가 아닌 신도제원의 편인 것이다.

　푸르르!

　화왕이 투레질을 했다. 어쩌면 화왕이 제일 먼저 전운의 기운을 느끼는 것인지도 몰랐다. 화왕의 영향 때문인지 북풍대의 다른 전마들도 연신 콧김을 뿜어내며 투레질을 했다.

　철군패가 화왕의 목덜미를 두들겨주며 진정시켰다.

　검운영이 옆에 다가오면서 말했다.

　"말들의 상태가 불안합니다. 사기(邪氣)를 먼저 느낀 것인지 흥분을 한 채 진정되지 않습니다."

　"어쩌면 신도제원의 사기를 느낀 것인지도 모르지."

"그렇다면 정말 엄청난 일입니다. 한 인간이 이토록 가공할 사기를 내뿜을 수 있다니."

"그렇지 않았다면 어찌 새외 전체를 지배할 수 있었을까? 그의 저력이 어느 정도인지는 아무도 알지 못한다. 어쩌면 천마보다 더욱 상대하기 까다로울지도 모른다."

"그 정돕니까?"

"그 정도의 마음가짐으로 싸워야 한다. 어설픈 마음가짐으로는 결코 대사조를 어찌할 수 없다."

철군패의 말에 검운영이 고개를 끄덕였다.

현재 북풍대의 전력은 최고조에 달해 있었다. 삼백 명의 북풍대가 익힌 백병도는 정신감응 수준까지 올라 있어 마치 하나의 생명체처럼 유기적으로 움직이기에 그 파괴력이 어느 정도인지 짐작조차 되지 않을 정도였다.

검운영과 양천의 역시 패배의 후유증을 딛고 한층 더 성장을 했다. 때문에 처음 구주천가로 들어갔을 때보다 비약적으로 전력이 향상된 상태였다.

북풍대와 함께라면 대사조 신도제원과도 능히 자웅을 겨룰 수 있었다. 북풍대가 수하들을 견제하는 동안 신도제원을 쓰러트린다면 그의 명령을 받는 자들도 정상으로 돌아오리라.

철군패는 그렇게 생각했다.

"서두르자. 시간이 흐를수록 그는 더욱 무서워질 것이다. 그 전에 막아야 한다."

"옛!"

북풍대가 전진하는 속도를 높였다.

그렇게 얼마나 전진했을까? 그들은 곧 넓은 관도에 들어섰다. 그런데 관도에 들어서자 이상한 광경이 눈에 들어왔다.

"저들은?"

철군패의 미간이 찌푸려졌다.

관도 저 멀리, 일단의 아이들이 길 한가운데 서있었다. 마치 북풍대의 진로를 막고 있는 것처럼 서있는 아이들.

"왜 그러십니까? 형님."

검운영이 의아한 듯 철군패를 바라보다 그를 따라 시선을 옮겼다. 그리고 그 역시 관도 한가운데 서있는 아이들을 발견할 수 있었다.

"저 아이들은?"

검운영과 북풍대 역시 철군패와 비슷한 표정이 되었다.

아이들이 관도 한가운데 서있는 것은 놀랍지 않았다. 너른 관도는 언제나 아이들에게 최고의 놀이터였으니까. 문제는 관도 한가운데 서있는 아이들이 철군패와 북풍대 역시 익히 아는 얼굴들이라는 것이다.

"저 아이들은 분명 먼젓번 거쳐 왔던 마을의 아이들인데."

그랬다. 관도에 서있는 아이들은 도적들에게 부모가 납치되었던 마을의 아이들이 분명했다. 아이들에게 부모를 찾아주고 떠나온 것이 불과 며칠 전인데, 이곳에서 아이들을 다시 보게 되다니.

의아함보다는 위기감이 먼저 들었다.

철군패가 외쳤다.

"전군, 경계대형."

"경계대형."

그의 명령에 북풍대가 둥글게 원진을 형성하며 사방을 경계했다.

아이들의 얼굴은 겁에 질려 있었다. 아이들은 북풍대를 알아보고 반가운 표정을 지었으나, 쉽게 움직이지 못하고 울먹이고만 있었다.

아이들을 잠시 바라보던 철군패가 나직한 목소리로 말했다.

"그만 나오지. 이런 장난으로 나를 흔들 수 있다고 생각하나?"

"역시 멸제시군요. 이리도 금방 알아차리시다니."

그 순간 아이들 뒤에서 누군가 소리도 없이 나타났다. 마치 유령처럼 기척도 없이 나타난 남자의 이름은 자청, 바로 십사조였다.

자청의 등장에 북풍대 전원의 얼굴에 긴장의 빛이 떠올랐다. 비록 자청의 정체는 몰랐지만, 몸에서 느껴지는 기도라든지 전혀 눈치채지 못할 만큼 은밀한 은신술만 봐도 그가 얼마나 강한지 짐작할 수 있었기 때문이다.

자청이 자신을 소개했다.

"저의 이름은 자청, 바로 여러분들이 그토록 증오하는 십이사조의 일원입니다."

"자청? 간담도 크군. 감히 혼자서 나타나다니."

"그런가요? 물론 저 혼자라면 나타나지 못했겠죠. 하지만 저에겐 이 아이들이 있잖습니까?"

자청이 해맑은 웃음과 함께 앞에 있는 아이들의 목과 어깨를 어루만졌다. 그에 아이들이 공포에 질린 표정으로 눈물을 흘렸다. 하지만 자청이 무서웠는지 소리 내어 울지는 못했다.

아이들의 닭똥 같은 눈물이 바닥으로 떨어졌다. 아이들의 그런 모습에 북풍대원들이 분노했다. 아이들과 하룻밤을 머물면서 정이 들 대로 든 북풍대였다. 아이들은 아무런 가식 없는 순수한 미소와 호의를 보여줬다. 그런 기억을 간직하고 있는 북풍대로서는 아이들이 눈물 흘리는 모습을 견디기 힘든 것이 당연했다.

철군패가 손을 들어 움직이려는 북풍대를 제지시켰다.

그가 자청을 보며 말했다.

"이런 짓을 벌일 때는 이유가 있을 텐데."

"역시 멸제시군요. 탁월한 식견입니다. 물론 원하는 것이 있지요."

"원하는 게 뭔가?"

"저희하고 놀이를 해보시지 않겠습니까?"

"놀이?"

“예! 목숨을 건 놀이를.”

자청이 은은한 미소를 지었다.

“말해봐.”

“이 아이들의 부모는 어디에 있을까요? 그리고 왜 내려오는 피난민들이 더 이상 보이지 않을까요?”

“너?”

“알아맞혀 보시죠. 그들은 다 어디에 갔을까요?”

자청이 미소를 지었다. 사람 좋게 보이지만, 실은 악마의 이빨을 숨긴 잔혹한 미소였다.

자청은 아이들을 인질로 잡고 방패막이로 삼았다. 그 때문에 철군패와 북풍대는 그에게 다가갈 수 없었다. 그들이 다가가면 자청은 분명 아이들을 해칠 것이다.

“그들을 어찌 하였느냐?”

“후후! 그들은 잘 있습니다. 단, 지금은 잘 있지만, 나중에도 잘 있으리라고는 장담할 수 없지요.”

“무엇 때문에 이런 일을 벌이는 것이냐?”

“이미 짐작하고 계실 텐데요?”

“역시 나 때문인가?”

“당연한 말씀을 하시는군요. 이 아이들의 부모를 비롯해 피난민들은 저희가 데리고 있습니다. 어디에 있는지는 말하지 않죠. 그건 여러분들에게 내는 숙제니까요.”

자청이 웃었다. 하지만 웃으면서 말하는 내용은 전혀 간단

하지 않았다.

신도제원이 멀지 않은 곳에서 남하하는 시점이었다. 그런 상황에서 아이의 부모들과 피난민을 구하려면 전력을 분산시킬 수밖에 없었다. 자청이 노리는 것도 그것일 게다.

"이것도 신도제원의 뜻인가?"

"글쎄요."

자청이 묘하게 말끝을 흐렸다.

그때 북풍대원 중 몇 명이 움직이려 했다. 그러자 자청이 아이들을 자기 쪽으로 바싹 끌어당겼다. 아이들을 방패막이 삼은 것이다.

"후후! 저를 쉽게 보면 안 되지요. 이쪽에서도 만반의 준비를 했거든요."

철군패의 눈빛이 묵직하게 가라앉았다. 보는 이의 눈을 압도하는 철안(鐵眼)이 발휘된 것이다. 자청 역시 철군패의 눈빛을 마주하는 순간 눈이 터져나갈 듯한 아픔을 느꼈다.

그의 등 뒤로 식은땀이 흘러내렸다.

'역시 멸제라고 해야 하나? 눈빛만으로 나를 압도할 수 있다니. 직접 보니 그가 왜 다른 사조들을 말살할 수 있었는지 이해가 되는군.'

만일 아이들을 방패막이로 삼고 피난민들을 인질로 삼지 않았다면 자청은 이곳을 무사히 빠져나가는 것을 포기해야 했을지도 모른다. 물론 인근에 청월단을 대기시켜놓기는 했지만,

그래도 생사를 장담할 수 없었으리라. 그만큼 그가 철군패에게서 느끼는 중압감은 엄청난 것이었다.

자청이 억지로 웃으며 말했다.

"자, 이제 제가 하고 싶은 말은 다 했습니다. 어떤 판단을 내리더라도 그건 여러분의 몫입니다. 그 결과 역시 여러분이 선택한 것이지요. 참! 이 아이 한 명은 남겨두지요. 여러분도 정보를 얻어야 하니까요. 당연한 이야기지만 저를 따라오신다면 이 아이들의 목숨은 보장하지 못합니다. 그럼 저는 이만……."

자청은 제일 어린 신이만 놔둔 채 다른 아이들을 데리고 사라졌다. 북풍대원들이 분한 표정을 지었지만, 아이들의 목숨이 위험했기에 쉽게 움직이지 못했다.

"크윽! 이런 개 같은 경우가……."

양천의가 이를 뿌득 갈았다. 하지만 그것도 잠시, 이내 그가 혼자 남겨져 울고 있는 신이에게 다가갔다. 자청이 사라지자 신이가 소리 내어 울기 시작했다.

"괜찮다. 이제 괜찮다."

양천의가 신이를 품에 안고 다독였다. 한참 후에 신이가 겨우 울음을 멈췄다. 그러자 철군패가 조심스럽게 물었다.

"어찌 된 일인지 말해다오. 그래야 네 부모님과 마을 사람들을 구할 수 있단다."

"아저씨들이 가고 난 후에 아까 그 아저씨와 무서운 아저씨들이 찾아왔어요. 그 아저씨들은 다짜고짜 마을 사람들을 어떤 계곡으로 잡아갔어요.”

“계곡? 어떤 계곡을 말하는 것이냐?”

“호리병처럼 생긴 계곡이었어요. 들어가는 입구는 좁은데, 안에 들어가면 항아리 안처럼 넓은 평지가 나와요. 그곳에 우리 마을 사람들뿐만 아니라 많은 사람들이 갇혀 있었어요. 그들은 그 계곡을 살곡이라고 불렀어요. 아저씨, 우리 아빠랑 엄마는 괜찮겠죠?”

“물론이다. 괜찮을 게다. 그러니 걱정하지 말거라. 아저씨 믿지?”

“응!”

신이가 고사리 같은 주먹으로 눈물을 훔치며 고개를 끄덕였다. 철군패가 그런 신이의 머리를 쓱쓱 쓰다듬은 후 자리에서 일어났다.

그의 시선이 검운영과 양천의를 향했다.

“모두 들었겠지?”

“네!”

“그래!”

“항아리 같은 지형이라면 매복하기 최적의 지형일 게다. 분명 매복이 있겠지.”

철군패의 말에 검운영과 양천의가 고개를 끄덕였다.

신이에게 몇 마디 듣는 것만으로도 상황이 어떻게 돌아가는

지 알 수 있었다. 저들은 분명 마을 사람들과 피난민들을 계곡에 가둬두고 북풍대를 유혹하고 있었다.

너무나 유치한, 그러나 알면서도 넘어가지 않을 수 없는 그런 치명적인 함정이었다.

그때 갑자기 허공에서 전서용으로 훈련된 매가 하강했다. 철군패가 손을 들자 매가 팔뚝 위에 사뿐히 내려앉았다.

"무영문에서 보낸 것인가?"

매의 다리에는 조그만 원통이 매달려 있었다. 원통을 열자 돌돌 말린 쪽지가 들어 있었다.

쪽지를 펴자 무영문도가 급히 갈겨쓴 글이 보였다. 쪽지를 읽어 내리는 철군패의 미간이 찌푸려졌다.

"무슨 일이십니까? 형님."

"신도제원이 인근에 있다고 한다."

"그럼?"

"그가 웅풍방(雄風房)으로 향하고 있다는구나. 웅풍방의 제자 수는 오백 명, 모두 일류를 상회하는 수준이라고 하는구나."

"으음!"

검운영이 침음성을 흘렸다.

신도제원이 웅풍방으로 향하는 이유는 단 한 가지뿐이다. 바로 웅풍방의 제자를 자신의 수족으로 흡수하려는 것이다. 웅풍방이 무너지면 신도제원에겐 일류를 상회하는 무인들이

오백 명 이상이나 합류하게 되는 것이다.

현재까지 그가 부리는 무인들의 수만 무려 수천 명, 거기에 오백 명이 더 합류한다면 어떤 결과가 벌어질지 명약관화했다.

신도제원은 구르는 눈덩이와 같았다. 구르면 구를수록 몸집이 기하급수적으로 불어났다. 지금 그의 권능과 능력이라면 오백 명을 흡수하는 것은 시간문제에 불과하다.

불행히도 시간은 철군패와 북풍대의 편이 아닌 신도제원의 편이었다.

으득!

철군패가 이를 갈았다.

대를 위해선 소를 희생하는 것이 당연하다.

모두가 그렇게 알고 있다. 하지만 그렇게 해서 얻은 결과가 정말로 가치가 있는 것일까? 그들이 이미 한 번 구한 마을 사람들과 피난민들의 가치가 정말로 없는 것일까?

철군패는 그렇게 생각하지 않았다.

'이 세상에 아무런 의미도 없는 생명은 없다.'

철군패가 결단을 했다.

"천의, 운영. 너희는 북풍대를 이끌고 마을 사람들과 피난민을 구하라."

"야, 임마!"

"형님?"

양천의와 검운영 두 사람이 놀라 소리쳤다. 하지만 철군패의 표정에는 변함이 전혀 없었다.

"어차피 신도제원이 부리는 무인의 수는 수천이 넘었다. 그런 엄청난 수 앞에서 분산된 북풍대는 커다란 의미가 없어."

"그래서 포기하겠다는 것이냐?"

"나는 포기 따윈 안 해. 단지 선택하고 집중하겠다는 뜻이야. 천의와 운영이 네가 최대한 빨리 사람들을 구하고 내가 있는 곳으로 합류해. 내가 최대한 시간을 끌 테니까. 이건 시간의 싸움이다."

그제야 두 사람이 철군패의 말을 알아들었다.

"그럼 우리가 최대한 빨리 사람들을 구할 때까지 네가 신도제원을 막고 있겠다는 것이냐?"

"그래!"

철군패가 고개를 끄덕였다.

양천의가 뭐라 소리치려다 참았다. 철군패가 진심이라는 사실을 알았기 때문이다. 철군패가 진심이라면 자신들 역시 그에 걸맞은 마음가짐을 할 필요가 있었다.

"좋다. 우리가 사람들을 구하겠다. 그리고 최대한 빨리 갈 테니까 어떻게든 버티고 있어라. 그런데 자신은 있느냐?"

"훗! 언제는 자신이 있었냐? 그저 그때그때 최선을 다할 뿐이지."

철군패가 피식 웃었다.

그러고 보니 언제나 이랬다. 그에게 닥친 상황은 항상 급박

했고, 모든 것이 부족했다. 그래도 언제나 그런 어려움을 헤쳐 나왔다. 그는 이번에도 그럴 수 있을 거라 생각했다.

검운영이 말했다.

"최대한 빨리 사람들을 구하고 합류하겠습니다, 형님."

"음!"

"이런 짓을 벌인 자들을 절대 용서하지 않을 겁니다."

검운영의 음성에는 은은한 살기가 깃들어 있었다.

어디 검운영뿐일까? 북풍대 전원이 살기를 발산하고 있었다. 그들은 이런 짓을 벌인 사조들에 대한 분노로 몸을 떨고 있었다.

"말을 안 해도 어떻게 해야 할지 알고 있겠지?"

"놈들은 함정을 파고 있을 겁니다. 그 정도는 짐작하고 있습니다. 하지만 놈들은 자신들이 얼마나 어리석은 짓을 저지른 것인지 곧 알게 될 겁니다. 놈들에게 지옥을 보여주겠습니다."

"그래!"

철군패가 검운영의 어깨를 두들겨준 후 양천의를 바라봤다.

"부탁한다."

"흐흐! 걱정하지 마라. 운영이 말대로, 놈들에게 지옥을 보여주고 갈 테니까. 그때까지 네놈이나 잘 버티고 있거라."

양천의가 이를 드러내고 웃었다.

철군패가 고개를 끄덕였다.

일단 결단을 내리자 철군패와 북풍대 그 누구도 망설이지 않았다. 서로의 안위도 묻지 않았다. 그만큼 서로를 믿고 있다는 뜻이었다.

잘 가라는, 조심하라는 인사도 없었다. 그저 당연히 다시 만날 사람들처럼 그들은 헤어졌다.

북풍대는 신이를 데리고 자청의 흔적을 추적해갔다. 자청은 거의 흔적을 남기지 않았지만, 아이들이 이동한 흔적까지 완벽히 지우지는 못했다. 게다가 북풍대에는 추적의 달인들이 다수 있었다. 그들은 아무리 조그만 흔적일지라도 결코 놓치지 않았다.

한참 자청의 흔적을 추적해가던 북풍대원 중 한 명이 외쳤다.

"여기에서 다른 이들과 합류한 듯 보입니다."

"모두 몇 명이냐?"

"최소 수십, 많게는 수백 이상으로 보입니다."

"흐흐! 확실히 준비했군, 이 빌어먹을 새끼들."

양천의가 이를 뿌득 갈았다.

굳이 확인하지 않아도 자신이 함정으로 간다는 것을 알 수 있었다. 그런데도 양천의와 북풍대는 망설이지 않았다.

지금 철군패도 홀로 신도제원을 막기 위해 움직이고 있었다. 그의 부담을 덜어주려면 최대한 빨리 이따위 일을 벌인 자들을 응징한 후 합류하는 수밖에 없었다.

결론이 명확했기에 그들은 망설이지 않았다.

검운영이 외쳤다.

"모두 주위를 철저히 경계하라."

"옛!"

"적들이 멀지 않은 곳에 있는 것으로 추측된다. 언제 어디
서 놈들의 공격이 시작될지 모른다."

"걱정하지 마십시오."

북풍대가 힘차게 대답했다.

양천의와 검운영은 정찰조를 조직해 앞서 보냈다. 적들이
근처에 있는 것으로 확인된 이상 각별히 조심해야 했다.

"아저씨."

양천의의 품에서 신이가 불렀다. 여전히 불안한 표정이었다.

양천의가 그런 신이의 머리를 쓰다듬으며 말했다.

"걱정하지 말거라, 신이야. 너의 아빠와 엄마는 이 아저씨
가 반드시 구해줄 테니까."

"응!"

신이가 고개를 끄덕였다. 그런 신이를 품에 안으며 양천의
가 말을 몰았다.

그때 정찰을 나갔던 북풍대가 돌아왔다.

"놈들을 발견했습니다."

"어디냐?"

"저 언덕을 넘으면 계곡이 나오는데, 신이가 설명해준 곳과

일치합니다. 적들의 흔적 역시 계곡으로 향하고 있습니다. 여러 가지 정황으로 미뤄보아 그곳이 살곡인 듯합니다.”

“살곡? 흐흐! 이름 한번 잘 지었군. 좋아! 오늘 살풀이 한번 제대로 해보자구. 아주 이름 그대로 살곡으로 만들어버릴 테니까.”

양천의가 웃었다. 그가 살심을 품었다는 증거였다.

검운영이 양천의에게 다가왔다.

“형님.”

“흐흐! 나 아주 제대로 열 받았다. 말리지 말거라.”

“누가 형님을 말리겠습니까? 어떡하시겠습니까?”

“어떡하긴? 놈들을 조져야지.”

“함정을 파고 있을 겁니다.”

“상관없어. 어떤 함정이라도 다 깨부술 테니까.”

양천의가 콧김을 뿜어냈다.

양천의는 이성을 잃었고, 검운영은 더욱 냉정해졌다.

“형님이 정면으로 들어가시면 제가 우회해서 절벽 위로 돌아가겠습니다.”

“그렇게 해.”

“알겠습니다. 그럼⋯⋯.”

“시작하자.”

“예!”

대답을 하는 검운영의 눈빛이 차갑게 빛났다.

그는 굳이 양천의에게 냉정해지라고 말하지 않았다. 지금 상황에서 한 명쯤은 양천의처럼 물불 가리지 않을 필요가 있었다. 냉정해지는 것은 자신 한 명으로 충분했다.

검운영이 북풍대에게 지시를 내렸다.

"아마 계곡 양쪽으로 매복이 있을 것이다. 경의 너는 궁수들을 이끌고 그들을 견제하고, 반염은 다른 함정이 없는지 확인하라."

"옛!"

"나는 천의 형님이 놈들의 주목을 끄는 동안 뒤로 돌아 배후를 치겠다. 사람들을 구하는 것을 최우선으로 하되, 필요하면 어느 정도 희생도 감수한다. 어차피 현실적으로 모두를 구할 수는 없을 테니까."

"알겠습니다."

필요하다면 인질의 희생조차 감수하라는 검운영의 말에 그 누구도 토를 달지 않았다. 적과의 전투 앞에서 그 누구보다 냉정해질 수 있는 이가 바로 검운영이었다. 그는 가장 현실적으로 사태를 읽고 있었다.

'최대한 빨리 이곳 일을 마무리하고 군패 형님에게 가야 한다. 그러기 위해서는 얼마간의 희생도 감수한다.'

그렇게 생각하는 사이 살곡 근처에 도착했다.

과연 정찰을 나갔던 북풍대원의 말처럼 매복하기 딱 좋은 지형이 눈앞에 펼쳐져 있었다. 이제부터 북풍대가 목숨을 걸고 싸워야 할 곳이었다.

"가자!"

양천의와 검운영이 외쳤다.

북풍대가 움직이기 시작했다.

*　　*　　*

천마가 명한 시간이 모두 지나갔다.

정해진 시간이 끝나자 마치 기다렸다는 듯이 마해와 구주천가가 격돌했다. 하루를 쉬었기 때문인지 그들의 전투는 더욱 치열해지고 살벌해졌다.

수많은 무인들이 죽어나갔고, 대지는 피로 물들었다. 수많은 사람들의 비명성이 울려 퍼지고, 까마귀가 하늘을 새까맣게 뒤덮었다.

일진일퇴의 공방이 이어지고 있었다. 마해가 한 발 전진하면 이내 구주천가가 다시 반격에 나서 한 발을 전진했다. 그야말로 호각지세라고밖에 볼 수 없는 싸움이었다. 차라리 어느 한쪽이 일방적으로 우세하다면 전투가 쉽게 끝날 수 있겠지만, 이렇듯 팽팽한 접전이 이어지자 피해가 기하급수적으로 커져만 갔다.

구주천가에서는 위기진압군이라 할 수 있는 오천(五天)을 전면에 내세우고, 각 문파에서 차출한 무인들을 측면에 배치했다. 그러면서 오대(五隊)를 후방에 배치해 중앙을 두텁게 했다.

마해 역시 비월당과 묵검당을 전면에 내세우고, 추종하는 마도문파를 중군에 배치함으로써 허리를 두텁게 했다.

구주천가의 중앙에 남무해가 위치하고 있었다. 그는 중앙에서 천변만화하는 전장을 살피고 앞날을 예측하고 있었다. 비록 온유하에 비할 수 없지만, 그 역시 수많은 세월을 무공과 병법에 몰두해온 무인이었다. 충분히 구주천가의 무인들을 움직일 만한 역량이 되었다.

오전에 한 번의 격돌이 있은 후로, 지금은 숨을 고르고 있는 중이었다. 하지만 양측 모두 알고 있었다. 이 한 번의 숨고르기가 끝나면 곧 본격적인 격돌이 있을 것임을. 이제까지와는 비교도 할 수 없는 대격돌이 시작될 것임을.

쿠쿠쿠!

먼저 마해 쪽에서 움직임이 포착됐다.

비월당과 묵검당을 필두로 마해가 전진을 하기 시작했다. 이제까지와는 차원이 다른 움직임이었다. 지금까지는 그저 맛보기에 불과했다는 듯이, 엄청난 전력이 물밀 듯 구주천가 측을 향해 몰려왔다.

그뿐만이 아니었다. 마해의 뒤쪽에서 이제까지 움직임이 전혀 없었던 십대장로들과 마해의 실질적인 주력 무인들이 모습을 드러냈다. 그들까지 모습을 드러냈다는 것은 마해가 전투를 이번 한 번으로 끝내겠다는 의지이기도 했다.

남무해가 그런 사실을 느끼지 못할 리 없었다. 그도 전투의 분위기가 바뀌었다는 사실을 피부로 느꼈다.

남무해가 외쳤다.

"여기서 밀리면 끝장이다. 가주와 문상이 올 때까지 어떻게든 버텨야 한다. 곧 가주와 문상, 무상이 도착할 것이다. 그때까지 힘을 내라."

"옛!"

구주천가의 전 조직이 남무해의 명령에 따라 전진하기 시작했다.

"우와아아!"

"놈들을 물리쳐라."

쿠쿠쿠!

양측에서 거대한 해일이 밀려와 가운데서 부딪쳤다. 검과 도, 창과 곤 등이 어지럽게 얽혔다 떨어지기를 반복하며 거친 쇳소리를 흘렸다.

카카캉!

무기 부딪히는 소리와 고함 소리, 기합성이 어우러져 귀를 아프게 자극했다.

군인 대 군인의 싸움과는 또 다른 방식의 무인들의 싸움이었다. 처음에는 엄격히 오와 열을 지켰지만, 시간이 흐를수록 각자의 역량에 맞는 상대를 본능적으로 찾아내서 격돌했다.

본래 무인들의 전투란 그랬다. 제아무리 많은 수가 모여도 결국은 개인 대 개인의 대결로 모든 싸움이 귀결됐다. 특히 이렇듯 대규모의 병력이 격돌할 때면 통제가 이뤄지지 않는 것이 보통이었다.

이 정도의 인원을 효율적으로 통제할 수 있는 존재는 극히 드물었다. 구주천가에서는 오직 온유하 정도만이 그 정도의 역량을 가지고 있었다. 하지만 온유하는 이 자리에 존재하지 않았다. 그 때문에 남무해가 통제했지만, 온유하만큼 효율적이지는 않았다.

반대로 마해에는 사도광천이란 존재가 있었다. 낙일사의 사주인 사도광천은 온유하에 필적하는 두뇌를 가진 존재였다.

사도광천은 차분한 시선으로 전장을 바라보았다.

양측의 무인들이 어지럽게 얽혀 난전을 벌이고 있는 모습이 가감 없이 눈에 들어왔다. 정면으로 격돌한 양측의 전력은 그야말로 호각이었다. 그 때문에 어느 한쪽이 밀리지 않고 팽팽한 접전이 이어지고 있었다.

"예상대로군."

사도광천이 고개를 끄덕였다.

그는 두 세력의 격돌이 이런 식으로 이뤄질 것으로 이미 짐작하고 있었다. 무인들이란 존재는 참으로 묘해서 정면대결을 선호했다. 그 때문에 일단 전투에 임하면 통제하는 것이 결코 쉬운 일이 아니었다. 어쩌면 무인이란 존재 자체기 이성보다 본능이 더욱 발달된 존재이기 때문인지도 몰랐다.

그러나 사도광천은 언제까지고 전투가 이런 상태로 흘러가는 것을 원치 않았다.

그가 낙일사의 책사들에게 말했다.

"신호를 보내 중군을 움직여라. 오십여 장 뒤로 물러나라고 전하라."

"옛!"

그의 말에 책사가 커다란 깃발을 들었다. 중군을 뜻하는 붉은 깃발이었다. 붉은 깃발을 다섯 번 흔들자 비월당과 묵월당 등 중군의 무인들이 서서히 뒤로 물러나기 시작했다.

그들이 물러나자 구주천가의 무인들은 후퇴하는 줄 알고 맹렬한 기세로 뒤쫓았다.

"와아아! 놈들이 물러난다."

"끝까지 추적해 섬멸하라."

구주천가의 사기가 올랐다. 마해의 무인들이 오십 장을 물러난 만큼 구주천가가 전진했다.

그 순간 사도광천이 다른 깃발을 들게 했다. 그러자 중군 양측에 포진했던 무인들이 마치 학익진을 펼친 것처럼 길게 날개를 펼치더니 구주천가의 중군 배후를 점거했다. 졸지에 전진 한가운데 고립된 구주천가의 무인들.

그제야 적들의 의도를 눈치챈 남무해가 깜짝 놀라 소리쳤다.

"어서 구원군을 보내 중군을 증원하라. 이대로 중군이 고립된다면 전멸하게 된다."

"옛!"

고립된 중군을 구하기 위해 대기하고 있던 화진천과 혈포사신대가 출동했다.

"챠하핫!"

화진천을 필두로 혈포사신대가 맹렬한 기세로 뛰쳐나갔다. 구주천가 최정예 조직중 하나인 혈포사신대였다. 그들이 움직이자 중앙의 분위기가 일변했다.

중군을 포위한 마해의 무인들도 새로운 적의 출현에 긴장을 하는 기색이 역력했다.

"놈들을 막아랏. 포위망이 뚫리면 안 된다."

"힘을 내라."

와장창!

곧이어 그들이 격돌했다.

구주천가의 검이라 불리는 화진천과 혈포사신대였다. 그들의 위력은 정말 놀라워서, 단숨에 포위망의 절반을 돌파했다. 그들의 돌파에 수백 명의 마해 무인들이 뒤로 튕겨나가거나 목숨을 잃었다.

"가자! 혈포사신대, 고립된 중군을 구해야 한다."

화진천의 외침이 전장에 울려 퍼졌다.

후두둑!

피가 흩날리고, 누군가의 목숨이 덧없이 사라졌다.

이곳에서 사람의 목숨은 그저 하나의 숫자에 불과했다.

혈포사신대가 전장에 참여하면서 구주천가의 중군을 포위한 마해의 무인들의 숫자가 빠르게 줄어들자 사도광천이 미간을 찌푸렸다. 하지만 그것도 잠시, 이내 그가 냉정한 목소리로 말했다.

"중군 쪽에 유령문(幽靈門)을 보내도록. 그들이라면 혈포사신대의 발걸음을 잠시 붙잡아놓을 수 있을 것이다."

"존명!"

책사가 이번엔 커다란 노란 깃발을 들었다. 그러자 대기하고 있던 유령문이 혈포사신대가 있는 방향으로 움직였다.

"흐흐! 역시 사도 사주로군. 전장을 마음껏 요리하고 있어."

음산한 음성과 함께 사도광천의 뒤로 십여 명의 노인들이 나타났다. 원개세에게 목숨을 잃은 초문외와 철군패에게 목숨을 잃은 검치산을 제외한 나머지 십대장로들이었다.

사도광천이 그들에게 포권을 취해 보였다.

"사도광천이 장로님들을 뵙습니다."

"우리는 신경 쓰지 말고 전장에나 신경 쓰시게. 우리 때문에 전쟁에 지장이 있어서는 안 되지."

십대장로의 수장인 현현소가 그렇게 말했다.

현현소는 얼마나 오래 살았는지 짐작할 수도 없을 만큼 엄청나게 많은 주름이 얼굴을 뒤덮은 노인이었다. 특이하게도 그의 모발은 은은한 자색을 띠고 있었는데, 그가 익힌 내공심법의 영향 때문이라고 했다.

이제까지 모습을 보이지 않았던 십대장로가 나타났다는 것
은 그들이 곧 전선에 투입될 예정이란 뜻이나 마찬가지였다.

사도광천이 조심스럽게 물었다.

"지존께서는?"

"우리가 왜 나섰겠는가? 지존께서는 곧 나타나실 것이네.
그때까지 전선을 어느 정도 정리해놓지 않으면 안 될 걸세."

"최선을 다하겠습니다."

"최선을 다하는 것만으로는 모자라네. 무슨 말인지 알겠
지?"

"반드시 그렇게 만들겠습니다."

사도광천이 입술을 질근 깨물었다.

현현소의 말속에 담긴 뜻을 못 알아들을 사도광천이 아니었
다. 그가 현현소에게 깊숙이 고개를 숙이며 말했다.

"이 사도광천의 모든 능력을 발휘하겠습니다."

"당연히 그래야지."

현현소가 고개를 끄덕였다.

십대장로가 나섰으면 마해의 다른 해주들도 나올 것이다.
그야말로 마해의 전력이 다 투입되는 것이다.

사도광천이 다시 전장을 바라보며 외쳤다.

"혈해와 광해의 전력을 투입한다."

"존명!"

검은 깃발이 올라갔다.

마해의 전선에 변화가 일어났다.

이제까지 숨을 죽이고 있던 마해의 본진이 드디어 움직이기 시작한 것이다. 마해의 근간을 이루는 혈해와 광해의 고수들이 해주들의 지휘하에 움직이기 시작했다.

광해와 혈해의 고수들이 움직이는 모습은 남무해에게도 포착되었다.

"저들의 주력이 움직이기 시작했다. 저들이 완전히 움직이기 전에 중군을 구원해야 한다."

적들의 유인책에 빠져 구주천가의 중군은 적진 한가운데 고립되어 있는 상황이었다. 설상가상으로 적들의 주력까지 움직이기 시작했다. 제시간 안에 중군을 구원하지 못하면 변변히 힘 한 번 써보지 못하고 밀릴 수밖에 없었다.

"화 대주."

남무해가 화진천에게 부탁하듯 나직하게 읊조렸다. 지금 이 순간만큼은 그에게 모든 것을 기대할 수밖에 없었다.

"모두 힘내라."

화진천이 혈포사신대를 독려했다.

파죽지세로 돌파하던 혈포사신대의 움직임이 한순간에 막혔다. 유령문도들이 앞을 가로막은 시점이었다.

유령문도들은 강맹한 기세를 풍기는 혈포사신대와 반대로 표홀하면서도 흔적이 남지 않는 움직임을 보였다.

강(强)과 유(柔).

창과 방패의 격돌이었다.

콰앙!

굉음이 울려 퍼졌다.

유령문도들은 끈적끈적했다. 실제로 끈적끈적하다는 것이 아니라 그들의 몸짓이나 흘러나오는 기운의 느낌이 그렇다는 것이다. 그들이 펼치는 무공 또한 음습하면서도 허짐을 십요하게 파고드는 성질의 것이었다. 그 때문에 혈포사신대의 걸음이 점차 무뎌져만 갔다.

"아무도 통과할 수 없다."

유령문주 사천명이 유령처럼 나타나 화진천의 앞을 가로막았다.

"비켜랏!"

"흐흐! 너희들을 막는 것이 나의 임무다."

"막겠다면 벨 수밖에."

"능력이 된다면 얼마든지."

말이 끝나기도 전에 사천명의 모습이 화진천의 시야에서 사라졌다. 그러나 화진천은 사천명이 실제로 사라진 게 아니란 사실을 알고 있었다. 단지 자신의 시야에서 사라졌을 뿐, 실제로 존재한다는 사실을 말이다.

쉬아악!

그의 검이 오른쪽 허공을 향해 흩뿌려졌다. 그의 검이 지나

간 허공에 한 줄기 호선이 그어지고, 호선 사이로 붉은 선혈이
흘러내렸다.

"크윽!"

순간 시야에서 사라졌던 사천명의 모습이 다시 나타났다.
그는 어깨가 길게 갈라진 채 붉은 피를 흘리고 있었다. 은밀히
접근하다 화진천의 검에 당한 것이다.

"이놈!"

사천명의 눈이 무섭게 번뜩였다. 상처에서 느껴지는 통증을
분노가 지워버렸다. 아직 애송이에 불과한 화진천에게 종적을
들킨 것도 모자라 상처를 입었다는 사실이 그의 자존심에 흠
집을 냈다.

거대한 안개가 밀려오듯 사천명의 몸이 갑자기 크게 늘어나
며 화진천을 덮쳐왔다.

환술의 일종인 거령술(巨靈術)이었다.

거령술은 전신의 기를 일시적으로 방출해 자신의 육체를 보
다 크게 보이게 하는 수법이었다. 단지 육체만 크게 보이는 수
법이라면 사천명이 화진천과 같은 고수에게 사용하지도 않았
을 것이다.

거령술을 통해서 방출되는 기(氣)에는 인독(人毒)이 다량 함
유되어 있었다. 오직 인간의 몸에서만 생겨나는 독이 바로 인
독이었다. 보통의 인독은 같은 사람의 몸에 어떠한 영향도 끼
칠 수 없었지만, 거령술을 익힌 자의 인독은 매우 특별했다.

거령술과 합일된 인독은 그 어떤 독보다 치명적이었다.

그가 방출하는 기의 운무는 바로 그런 특별한 인독을 다량으로 함유한 것이었다. 단 한 번의 호흡으로 약간만 들이켜도 치명적일 수밖에 없는 인독이 화진천의 주위에 자욱이 깔렸다.

화진천은 호흡을 멈췄다. 입과 코는 물론이고, 온몸의 모공까지 모조리 닫았다. 사천명이 그런 화진천을 비웃었다.

"흐흐! 소용없다. 언제까지 호흡을 참을 수 있을 것 같으냐?"

사천명이 비웃으며 손을 휘둘렀다.

부웅!

거령술로 인해 거대해진 손이 화진천을 압사시킬 듯 위맹한 기세로 날아왔다.

순간 화진천의 눈이 번뜩였다.

그가 여전히 호흡을 참은 채 거대한 손바닥 정면으로 뛰어들었다. 그리고 그의 검이 공간을 갈랐다.

촤아악!

마치 비단폭이 찢어지는 듯한 소리와 함께 사천명의 거대한 손이 두 동강이 났다.

"크윽!"

사천명의 나직한 비명 소리가 터져 나왔다. 그가 불신어린 표정으로 뒤로 물러날 때, 그보다 빠르게 화진천이 달려들었다.

허공에 검광이 번뜩이나 싶더니 사천명의 머리가 허공으로 떠오르며 피를 사방으로 흩뿌렸다.

"챠핫!"

그 순간 화진천이 양손을 활짝 펼치며 참았던 숨을 내뿜었다. 사천명이 내뿜던 인독은 화진천의 소매바람에 허공으로 날아간 지 오래였다.

화진천이 달려 나간 자리에 사천명의 머리통이 바닥을 나뒹굴었다.

마침내 중군과 구주천가 사이를 가로막던 마해의 벽이 뚫렸다.

"중군, 혈포사신대가 뚫은 통로를 통해 퇴각한다."

화진천의 음성이 전장에 울려 퍼졌다. 그와 혈포사신대의 등장에 힘을 얻은 구주천가의 무인들이 질서정연하게 뒤로 물러나기 시작했다.

*　　　*　　　*

화진천과 혈포사신대의 활약으로 중군의 퇴로를 확보할 수 있었다. 화진천과 혈포사신대는 제일 마지막까지 남아 중군이 무사히 퇴각할 수 있도록 후방을 든든히 지켰다.

덕분에 중군은 피해를 최소한으로 줄일 수 있었으나, 그래도 적잖은 손실을 본 것이 사실이었다. 중군은 전력을 재정비하기 위해 뒤로 물러났다. 그러나 사도광천은 구주천가에게 전력을 재정비할 시간을 주지 않고 몰아붙였다.

혈해와 광해가 노도처럼 움직이면서 또다시 전선이 구주천가에게 기울어졌다. 중군이 적잖이 피해를 본 데다가 기세까지 꺾이면서 구주천가의 무인들은 수세에 몰렸다.

"으음!"

남무해의 입에서 나직한 신음성이 흘러나왔다.

구주천가와 마해의 전력은 호각이다. 그런데도 이렇게 열세에 몰린다는 사실이 의미하는 것은 단 한 가지밖에 없었다.

지도자의 역량 차이.

바로 사도광천과 남무해의 역량 차이를 의미하는 것이다.

무력은 남무해가 훨씬 앞선다. 하지만 이렇게 집단 간의 전투는 개인의 무력이 아니라 강력한 통제력과 전술, 그리고 통찰력에 의해 좌우되기 마련이다. 남무해가 사도광천에 비해서 모자라는 점이었다.

"태상장로님, 어서 지시를……."

"측면이 뚫리고 있습니다. 어서 지시를 내려주십시오."

곁에서 측근들이 지시를 내려달라고 말하고 있었다. 남무해도 그러려고 했다. 하지만 워낙 많은 지시사항을 한 번에 전달하려고 하니 말문이 콱 막히고 있었다. 설상가상으로 전장은 그가 감당할 수 있는 한계를 넘어서 변화하고 있었다.

전장의 변화무쌍함에 남무해는 당황하고 있었다.

"측면으로 서영군을 보내라. 아, 그리고……."

남무해가 말을 더듬었다. 그는 한참이나 생각을 하고 난 뒤에야 겨우 지시를 내릴 수 있었다. 하지만 한참이나 늦어져 구주천가가 열세에 처한 뒤였다.

"크윽! 어찌 이럴 수가."

남무해는 자신의 역량부족을 절감했다. 아니, 그의 역량은 부족하지 않았다. 사도광천의 지략이 너무 뛰어난 것뿐이었다. 평상시라면 전혀 위축될 이유도 필요도 없었지만, 일만 명이 넘는 생명을 책임지는 입장이었기에 가슴에 천근 바윗돌을 올려놓은 것처럼 갑갑하기 그지없었다.

이 이상 밀린다면 제대로 된 반격 한 번 해보지 못하고 지리멸렬하고 말 것이다.

"할 수 없다. 조금 이르지만 신주십대고수를 투입한다."

남무해가 결국 결단을 내렸다.

신주십대고수는 분명 전황을 뒤집을 수 있는 최고의 전력이었다. 하지만 아직 적들의 십대장로가 나서지 않은 시점에서 그들을 투입하는 것은 조금 이른 감이 없지 않았다. 그러나 남무해에겐 그들을 투입하는 것 외에는 별다른 방법이 없었다.

남무해의 뜻에 의해 이제까지 대기하고 있던 신주십대고수가 전장에 투입됐다.

그동안 전장을 지켜보기만 했던 무적혈괴 척발상이 앙천광소를 터트렸다.

"크하하! 이제야 원 없이 몸을 풀어보겠구나."

그의 몸에서는 가공할 기운이 줄기줄기 뻗쳐 나왔다. 그는 미친 듯이 살기를 발산하며 전장을 휘젓고 다녔다. 그뿐만이 아니었다. 오늘 이 자리에 모인 신주십대고수 대부분이 전장에 투입되어 자신들의 존재감을 발산했다.

신주십대고수가 투입되자 전황이 역전됐다. 일발역전의 수라고 할 수 있는 신주십대고수의 투입은 전장을 크게 요동치게 만들기 충분했다.

신주십대고수들은 본능적으로 구주천가와 정도의 무인들이 열세인 곳을 찾아 움직였다. 때문에 그들이 지나간 자리마다 숨통이 트였다.

상황이 이렇게 되자 마해 측에서도 십대장로를 전장에 투입했다.

"흐흐! 결국 우리가 움직이게 되는군."

"지존께서 나서기 전에 우리가 먼저 정리하는 것도 그리 나쁘지는 않겠지."

십대장로가 음소를 흘리며 나섰다.

그들 역시 몸이 근질근질하던 상황이었다. 나이를 먹어 일선에서 물러나기는 했지만, 그들 역시 한때는 제일선에서 목숨을 걸고 싸우던 투사였다. 당연히 그들의 혈관 속에는 무인의 피가 흐르고 있었다.

오랫동안 잠들어있던 무인의 근성이 되살아났다.

현현소, 관적, 양수청 등등.

십대장로가 전장에 투입됐다. 그들은 전장에 발을 딛자마자 신주십대고수를 찾아 움직였다. 그들 역시 신주십대고수를 제압하면 구주천가를 압도할 수 있다는 사실을 인지하고 있었다.

"멈추지 못할까?"

십대장로 중 한 명인 적유의가 신주십대고수 중 한 명인 혈전편마 등천광을 향해 성명절기인 혈십자검(血十字劍)을 펼쳤다.

쿠콰콰!

허공에서 유성처럼 떨어져 내리는 핏빛 검강 세례.

등천광은 최강의 적이 등장했음을 직감했다. 그러나 그 역시 물러서지 않고 혈룡승천(血龍昇天)의 초식을 펼쳐 반격에 나섰다.

검은 채찍이 크게 요동을 치더니 곧 허공을 향해 편강(鞭罡)을 토해냈다.

거대한 두 기운이 허공에서 격돌하며 엄청난 굉음이 터져 나왔다. 검강과 편강이 부딪히고, 그 여파가 사방으로 퍼지며 근처에 있던 애꿏은 무인들이 휩쓸려 흔적도 없이 사라지기도 했다.

반경 이십여 장이 초토화가 되었다. 실로 가공하다고밖에 할 수 없는 위력이었다.

"모두 물러나라."

"전역(戰域)에서 피하라."

겨우 목숨을 부지한 고수들이 급히 두 사람의 전역에서 물러났다.

다른 곳에서도 그와 같은 상황이 벌어지고 있었다. 십대장로와 신주십대고수의 전투는 다른 무인들의 전투를 압도하고 있었다.

전쟁은 점점 절정으로 치닫고 있었다.

수많은 무인들의 격돌과 초인이라고 할 수 있는 존재들의 쟁투는 하늘을 울리고, 지축을 통째로 흔들고 있었다.

밀고 밀리는 싸움. 한 발이 밀리면 다시 그만큼 전진하기 위해 최선을 다했다.

수많은 이들이 죽어가고, 수많은 이들의 피가 대지를 붉게 적셨다. 사람들의 피를 한껏 흡수한 대지는 붉게 빛나고 있었다. 혈야평이라는 이름에 어울리는 처참한 광경이었다.

땅에서 벌어지는 대참극을 차마 두고 볼 수 없었던가? 하늘마저 구름이 잔뜩 끼어 그 본모습을 보여주지 않았다.

마치 천하 전체가 거대한 어둠에 휩싸인 듯한 모습이었다.

처음엔 신주십대고수의 활약 덕분에 팽팽한 전세를 회복할 수 있었지만, 마해의 십대장로가 투입되어 그들의 손발을 묶어놓자 전황은 다시 구주천가에 불리하게 돌아갔다.

곳곳에서 구주천가의 전열이 무너지고 있었다.

남무해가 이를 악물고 그 모습을 바라보았다.

그가 어떤 수를 쓰든 상대편의 책사 사도광천은 한발을 앞서갔다. 미리 그의 생각을 읽고 전력을 움직이는 듯한 착각이 들 정도였다. 사도광천 앞에서는 어떤 수를 써도 소용없다는 자괴감이 밀려왔다. 이대로 시간이 흐른다면 자신감을 완전히 잃어버릴 터였다.

사도광천은 남무해가 흔들리고 있다는 사실을 알아차렸다. 그는 본능적으로 지금 이 순간을 놓치면 안 된다고 판단했다.

"대기하고 있던 무해의 무인들을 지금 투입한다. 이 기회를 놓치지 말고 단숨에 쓸어버린다."

"와아아!"

그의 명령에 몸이 근질근질한 상태로 대기하고 있던 무해의 무인들이 봇물이 터진 것처럼 일거에 쏟아져 나왔다. 그렇지 않아도 혈해와 광해의 무인들과 근근이 대치를 하고 있던 구주천가의 무인들이 급류에 휩쓸린 것처럼 뒤로 밀리기 시작했다.

기세에서 완전히 밀렸다. 이대로 가다가는 구주천가의 저지선이 무너지는 것은 시간문제였다.

"중군에 지원 병력을 보내주십시오."

"서쪽의 전선이 급속히 무너지고 있습니다."

"지원을……."

곳곳에서 비명에 가까운 목소리가 터져 나왔다.

수많은 사람들의 목소리가 남무해의 머릿속에서 한데 뒤섞여 맴돌았다. 뇌가 곤죽이 된 것 같은 느낌에 남무해는 아무런 말도 할 수 없었다.

전황은 이미 그의 통제를 벗어나 있었다. 그가 어떻게든 제어하려고 해도 소용없었다. 구주천가의 저지선이 무너지면서 마해의 무인들이 밀물처럼 몰려오고 있었다.

신주십대고수와 화진천, 그리고 구주천가의 정예들이 힘을 내고 있었지만, 그마저도 한계에 달했다.

"크아악!"

"살려줘."

곳곳에서 구주천가 무인들의 처절한 비명성이 터져 나왔다. 할 수만 있다면 귀를 막고 싶었지만 남무해는 그럴 수 없었다.

곁에 있던 측근이 재촉을 했다.

"어서 지령을 내려주십시오. 이대로 가다가는 전멸하고 맙니다."

"퇴, 퇴……각을…….."

결국 남무해는 해서는 안 될 말을 내뱉고 말았다. 그의 명령을 받은 측근이 퇴각을 알리려는 깃발을 들려고 할 때였다.

"와아아!"

갑자기 후방에서 엄청난 환호성이 터져 나왔다.

함성 소리가 어찌나 큰지 누런 먼지가 일어날 정도였다.

"뭐, 뭔가?"

"가주님이십니다. 가주님께서 무상과 문상을 대동하고 도착하셨습니다."

"오오!"

남무해의 눈이 크게 떠졌다. 그가 뭐라 말하기도 전에 온유히가 그의 곁으로 다가왔다.

"문상."

"테상장로님, 이제부터 제가 지휘하겠어요."

"기꺼이 지휘권을 넘기겠습니다."

남무해는 온유하에게 전권을 넘기고 자리에서 물러났다.

온유하는 뒤도 돌아보지 않고 명령을 하달했다.

"대기하고 있던 천영군과 지영군에게 전하세요. 적의 배후로 돌아가라고. 남영군은 적의 좌익을 견제하라고 일러요. 중군은……."

온유하는 명령을 하달하는데 거침이 없었다.

이제 막 전장에 도착했지만, 그녀는 이미 전장이 어떻게 돌아가는지 파악하고 있는 듯했다.

온유하는 전장을 지휘하는 한편 한쪽에 서있는 천우경과 혁련청화를 보았다. 마치 천신과 같은 존재감을 발휘하는 두 사람이 전장을 주시하고 있었다. 아마도 직접 전장에 참여할 기회를 엿보고 있는 것이리라.

두 사람을 위해서도 전장을 구주천가에 유리하게 만들어야 했다.

"부월각과 도문각에 전해요. 이전부터 준비했던 작전을 시행하라고. 창천각이 그 뒤를 받쳐줄 거예요."

"존명!"

"혈룡대를 움직여요."

"존명!"

“혈포사신대에 전해서 좌측으로 움직이라고 해요. 그들이 움직이면 좌익이 한결 숨통이 트일 거예요.”

“그렇게 전하겠습니다.”

온유하의 명령이 쉴 새 없이 전장에 전해졌다. 그녀의 명령은 매우 시기적절해 구주천가의 무인들이 금세 안정을 되찾았다.

온유하는 천변만화하는 전장의 상황에 맞춰 전술을 구사했다. 모자라는 곳에는 병력을 보내고, 압도하는 곳의 여유전력을 빼돌려 적의 허점을 놀아치는 그녀의 전술에 금세 전황이 팽팽해졌다.

이는 사도광천도 미처 예상하지 못했던 바였다. 설마 온유하의 등장으로 전세가 이렇게 순식간에 변할 수 있단 사실은 꿈에서조차 생각하지 못했다.

“대단하구나, 온유하. 하지만 진짜 지략 대결은 이제부터 시작이다.”

사도광천은 자신 나이의 채 반도 되지 않는 온유하를 인정했다. 그렇기에 더욱 최선을 다할 수 있었다.

“무해를 뒤로 물리고 그 자리에 묵검당을 투입한다. 대신 혈해를 후방으로 보내 놈들의 공격을 무력화시킨다.”

“존명!”

그의 명령이 실시간으로 전장에 전해졌다.

지략과 지략의 팽배한 대결이 전장을 지배했다.

사도광천과 온유하 두 사람의 지략 대결에 전장의 상황이 급변했다. 그렇게 일진일퇴의 공방이 이어지고 있을 때, 온유하의 곁으로 혁련청화가 다가왔다.

"어떤가요?"

"아직은 견딜 만해요."

"그런가요?"

"하지만 그리 오래가진 못해요. 아직까지는 어떻게든 버티고 있지만, 이미 진흙탕의 전쟁이 되어 버렸어요. 저들도 그런 사실을 노리고 혈야평을 전장으로 삼은 거겠지만요."

"그럼 이대로 계속 전쟁을 진행시킬 건가요?"

"아직은 어쩔 수 없어요. 이곳에서 물러나는 쪽이 회복할 수 없는 타격을 입게 될 거에요. 결국 끝까지 가는 수밖에 없어요."

"으음!"

온유하의 대답에 혁련청화가 나직한 신음성을 흘렸다.

그녀의 시선이 전장으로 향했다.

아직 천마는 어디서도 모습을 보이지 않고 있었다.

'지금의 전쟁은 의미가 없다. 아무리 마해를 압도한다고 하더라도 천마가 나서는 순간 지금까지의 모든 싸움이 의미가 없어진다. 천마는 그 혼자만으로도 능히 전쟁의 판세를 바꿀 수 있는 존재이기 때문이다. 그를 쓰러트려야만 끝날 전쟁이다.'

아직도 혁련청화의 뇌리에는 이십 년 전 그날의 기억이 낙인처럼 남아 있었다. 아직도 그녀는 그날의 기억을 떨쳐버리지 못했다.

*　　*　　*

　소운천이 전장을 바라봤다.

　전장이 크게 요동치고 있다는 것쯤은 굳이 눈으로 확인하지 않아도 알 수 있었다. 분명 조금 전까지 마해가 기세나 세력 등 모든 면에서 월등히 구주천가를 압도하고 있었지만, 온유하의 등장을 기점으로 판도가 뒤바뀌고 말았다.

　마해를 대표하는 사도광천.

　구주천가를 대표하는 온유하.

　두 책사의 치밀한 머리싸움이 그대로 전장의 무인들을 통하여 투영되고 있었다.

　두 사람의 반응과 전술에 따라 각 진영의 희비가 엇갈리고 있었다. 두 책사 간의 싸움은 그야말로 호각지세였다. 누가 더 낫고 모자람이 없이 팽팽한 싸움이 이어졌다.

　마해가 이번 전쟁에 전력을 기울이는 것처럼, 구주천가에서도 이번 전쟁에 전력을 다하고 있었다.

　전장을 바라보는 소운천의 눈은 무심하기 그지없었다. 마치 남의 일을 바라보는 것처럼 냉정한 시선이었다.

　자신을 위해 싸우다 죽어가는 수많은 마해의 무인들.

　그 광경을 보며 소운천은 무슨 생각을 하고 있는 것일까?

금청사는 소운천의 등 뒤에서 그런 생각을 했다.

마해는 소운천이 뿌린 씨앗이다. 그가 뿌린 씨앗이 지난 칠백 년 동안 자라서 이렇게 거대한 꽃을 피웠다.

소운천의 원한의 집념체가 바로 마해였다.

태어난 그 순간부터 소운천에 대한 충성을 맹세하고, 오직 마해를 위해서 살아가도록 키워진 무인들이 바로 마해의 구성원이었다. 그들은 한 점의 의심도 없이 소운천을 위해 자신들의 목숨을 버렸다. 그것이 소운천과 자신의 이상을 위하는 것이라 생각했기 때문이다.

하나둘 전장에서 사라지는 젊은 꽃들, 그리고 그들을 무심히 바라보는 소운천.

어쩌면 소운천은 마해마저도 자신의 이상을 위해 사용하는 도구라고 생각하고 있는지도 몰랐다. 그의 무표정한 얼굴을 보면 충분히 그렇게 짐작할 수 있었다.

그러나 누구보다 소운천의 곁에서 모시는 금청사는 그렇게 생각하지 않았다.

'지존께서 눈물을 흘리지 않는 것은 감정이 없어서가 아니라 눈물이 모두 말라버렸기 때문이다. 칠백 년 전, 가장 사랑했던 사람들을 잃어버렸을 때 그분께서는 모든 눈물을 쏟았기에 더 이상 흘릴 눈물이 남아있지 않다.'

그 마음을 알기에 금청사는 기꺼이 소운천을 위해 고행의 길을 택했다. 마해의 모든 무인들이 소운천을 위해 대신 눈물을 흘리고 피를 흘리는 것도 금청사와 같은 마음에서였다.

소운천이 전선을 향해 걸어갔다.

금청사와 천마십위가 그 뒤를 따랐다. 그리고 마지막으로 주위의 눈치를 보던 해여령이 따라갔다.

그들이 지나가자 마해의 무인들이 일제히 몸을 비켜 길을 열어주었다. 순식간에 전장 한가운데 길이 열렸다.

소운천이 지나가자 마해의 무인들이 전투중이라던 시실도 잊고 그 자리에서 부복하며 외쳤다.

"천마현신(天魔現身) 만인앙복(萬人仰伏)."

그들의 목소리가 주문처럼 전장에 울려 퍼졌다.

그러나 정작 소운천은 그런 사람들의 말을 듣지 못한 것처럼 가장 치열한 전투가 벌어지는 중앙지역으로 향했다.

마침 인근에 있던 신주십대고수의 일원인 철혈사익 만인소가 소운천을 발견했다.

"천마!"

그가 커다란 외침을 토해내며 소운천을 향해 달려들었다.

그는 이번이 자신의 존재감을 드러낼 절호의 기회라고 생각했다. 만인소는 자신의 성명절학인 만왕만상공(萬王萬狀功)을 펼쳤다.

쿠콰콰!

만 가지 형상의 강기가 순식간에 소운천을 덮쳐왔다.

금청사나 천마십위가 어떻게 손을 쓸 사이도 없이 만인소의 강기가 그대로 소운천의 전신을 직격했다.

콰아앙!

마치 운석이 떨어지는 듯한 소리와 함께 누런 먼지가 풀풀 일어났다.

"잡았다."

만인소의 얼굴에 쾌재가 떠올랐다. 허나 다음 순간, 그의 동공이 더할 수 없이 크게 확장되었다.

"커억!"

갑자기 신음성을 토해내는 만인소.

어느새 그의 목줄기가 누군가의 억센 손에 잡혀 있었다. 손의 주인은 바로 소운천이었다. 놀랍게도 그는 만인소의 공격을 맨몸으로 견뎌낸 것이다.

누구도 소운천이 어떻게 움직이는지 보지 못했다. 인간의 시력으로 포착할 수 있는 영역을 뛰어넘어 움직였기 때문이다.

만인소의 시선이 소운천의 무심한 눈과 마주쳤다. 그 순간 만인소는 비명조차 지를 수 없었다. 그가 뱀 앞에 선 개구리처럼 굳어버렸다.

'이, 인간이 어찌 이런 눈을…….'

만인소는 소운천의 동공에서 지옥을 보았다. 황량한 눈동자 속에는 그 어떤 감정도 담겨있지 않았다. 보이는 것은 오직 인간을 향한 무한한 증오뿐.

'다르다. 이자는 우리가 어찌할 수 있는 존재가 아니다.'

만인소는 절망했다. 그리고 공포에 떨었다.

그 순간.

우두둑!

섬뜩한 파골음이 만인소의 목에서 울려 퍼졌다. 소운천이 그대로 목을 꺾어버린 것이다.

"……."

일순 일대에 정적이 흘렀다.

만인소는 신주십대고수의 일원이었다.

곧 천하에서 가장 강한 열 명 중 한 명이라는 말과 다르지 않았다. 그런 존재가 변변히 대항 한 번 해보지 못하고 죽임을 당했다. 구주천가의 무인들뿐만 아니라 마해의 무인들에게도 충격적인 광경이었다.

소운천은 숨이 끊어진 만인소의 시신을 마치 쓰레기처럼 아무렇게나 버렸다. 버려진 짐짝처럼 바닥을 나뒹구는 만인소의 시신이 사람들의 몸에 오한이 들게 만들었다.

소운천은 말이 없었다. 순식간에 신주십대고수 중 한 명의 목숨을 빼앗고서도 아무런 감흥 없는 시선으로 구주천가의 진영을 바라보고 있었다.

그의 시선이 향한 곳에 천우경이 있었다.

천우경 역시 그를 바라보고 있었다.

두 사람의 시선이 허공에서 마주쳤다.

파지직!

　허공에서 보이지 않는 불꽃이 튀는 듯한 착각이 느껴질 정도로 엄청난 긴장감이 느껴졌다.

　지금 소운천은 천우경을 부르고 있었다. 비록 말은 없었지만 이 자리에 모인 모든 무인들이 그렇게 느끼고 있었다. 무인들의 시선이 자신도 모르게 천우경이 있는 곳을 바라보고 있었다.

　천우경 역시 소운천이 자신을 부르고 있다는 사실을 알았다.

　그가 소운천을 향해 걸음을 옮기려 할 때였다.

　"상공."

　온유하가 천우경을 불렀다.

　불안한 표정으로 자신을 바라보는 온유하에게 천우경이 한 줄기 미소를 보여주었다.

　"걱정 마시오. 난 십전제요."

　"조심하세요."

　"다녀오겠소."

　천우경이 소운천이 있는 곳을 향해 걸음을 옮겼다.

　가볍게 걷는 것 같았는데, 어느새 그의 신형이 허공에 둥실 떠올랐다.

　부운답보(浮雲踏步)의 경공술이었다.

　마치 구름 위를 밟는 것처럼 천우경이 허공으로 가볍게 걸음을 옮겼다. 그런 그의 등장에 구주천가의 무인들이 환호성을 보냈다.

“가주님이시다.”

“십전제 천우경 대협이시다.”

“와아아!”

구주천가의 사기를 위해서 천우경은 일부러 극적인 연출을 했다. 그런 그의 의도는 맞아떨어져서 구주천가의 무인들은 환호를 하며 사기를 고양시켰다.

천우경이 천천히 소운천의 앞으로 내려왔다.

시대를 움직이는 두 명의 절대자가 마주했다. 두 사람의 조우에 수많은 사람들이 숨을 죽이고 바라봤다. 어느새 그토록 치열하게 벌어지던 전투는 소강상태를 맞이하고 있었다.

두 사람이 지척에서 서로를 바라봤다.

먼저 입을 연 사람은 천우경이었다.

“오랜만이오, 천마.”

“우리가 만난 적이 있었던가?”

“이십 년 전 그날을 잊어버렸소?”

“그랬던가?”

소운천의 입꼬리가 말려 올라갔다.

소운천이 처음으로 자신의 감정을 표현하는 순간이었다. 하지만 그의 웃음을 본 그 누구도 감히 따라 웃거나 자신의 감정을 표현할 수 없었다.

사신이 바로 코앞에서 웃는 듯 불길한 느낌.

심장이 옥죄이는 듯한 엄청난 압박감에 그들의 얼굴에 서린

핏기조차 사라졌다.

"일단은 그렇다고 하지."

"천마."

"하지만 대신 나섰다면 실망시키지 않았으면 좋겠군."

담담한 음성이었다. 바로 옆에 있는 사람에게 하는 말처럼 담담한 음성에 사람들은 피가 얼어붙는 듯한 느낌을 받았다.

천우경의 눈빛이 변했다.

소운천의 말뜻을 못 알아들을 그가 아니었다. 그는 단숨에 소운천이 무슨 말을 하는지 알아들었다.

"결코 실망하지 않을 것이오."

"부디 그렇게 되길 빈다."

"반드시 그렇게 될 것이오."

"후후!"

소운천이 나직이 웃음을 흘렸다. 천우경도 웃고 있었다. 투지가 피어올랐다.

이십 년 전 자신의 형이 제압했던 사내가 눈앞에 있었다. 이십 년 전보다 더욱 강해져서 돌아온 사내. 이제 그를 제압하면 자신은 형의 잔향을 털어버릴 수 있으리라.

천우경이 공력을 끌어올리자 주위의 대기가 요동쳤다. 그러자 주위에 있던 사람들이 서둘러 물러났다. 그들 중에는 봉황문의 문주인 금정태태도 존재했다.

금정태태의 시선이 소운천의 뒤쪽에 있는 해여령에게 향했다. 때마침 해여령 역시 금정태태를 보고 있었다.

금정태태의 입이 벙긋거렸다.

그를 죽여라.

어떤 목소리도 들리지 않았지만, 금정태태의 입모양이 무엇을 의미하는지 모를 해여령이 아니었다.

해여령의 어깨가 부르르 떨렸다.

해여령이 고개를 저었다. 그러자 금정태태가 더욱 무서운 눈으로 노려봤다. 그런 금정태태를 바라보는 해여령의 눈에는 눈물이 고여 있었다.

'사부님.'

쿠쿠쿠!

그 순간, 지진이라도 일어난 듯이 대지가 흔들렸다.

소운천이 천우경을 향해 걸음을 옮긴 것이다.

그가 무심한 표정으로 말했다.

"최선을 다해야 할 것이다. 네가 나를 막지 못한다면 나는 이 땅에 존재하는 모든 생명체를 모조리 죽여 버릴 테니까."

"그런 미친……."

"내 말이 거짓인지 사실인지는 곧 알게 될 것이다."

천우경의 얼굴이 딱딱하게 굳었다.

진심이다.

지금 눈앞에 있는 이 남자는 진실을 이야기하고 있었다.

만일 자신이 진다면 이 남자는 정말 세상의 모든 생명체를 말살시킬 것이다.

단지 구주천가와 정도의 존속만이 걸린 싸움이 아니었다. 세상 전체의 운명이 걸린 싸움이었다. 그의 어깨엔 그 정도로 커다란 짐이 얹혀 있었다.

'형은 이런 중압감을 안고 싸웠던가?'

새삼 형 천우진이 존경스러워졌다.

천우경이 이를 악물었다.

천우진은 이곳에 없다. 이제 그 혼자서 세상의 모든 것을 지키기 위해 싸울 차례였다.

"천마."

천우경의 외침이 전장에 울려 퍼지며 세상의 운명을 건 전쟁이 시작됐다.

제 **8**장

조우(遭遇)

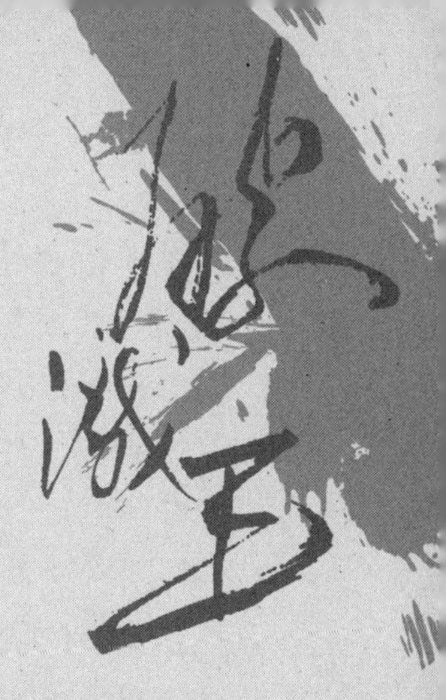

종제영은 몸을 부르르 떨었다.

그의 눈앞에 끔찍한 광경이 펼쳐져 있었다. 집들이 불타고 있었고, 수많은 주검들이 곳곳에 널려 있었다. 죽어서도 눈을 감지 못할 정도로 처참한 광경에 종제영은 벌린 입을 다물지 못했다.

불과 하루 전까지만 하더라도 사람들이 화목하게 살았을 마을이었다. 그런 마을이 이제는 생기라고는 한 점도 없는 죽은 자들의 마을이 되었다.

"대사조 신도제원."

종제영에 나직하게 중얼거렸다.

이 모든 것이 신도제원이 남하하면서 일어난 일이었다. 그가 지나간 곳은 마치 역병이 휩쓴 것처럼 단 하나의 생명체도 살아남지 못했다.

이제까지 그가 지나간 모든 곳이 눈앞에 있는 마을처럼 초토화되었다.

두 가지 중의 하나였다.

신도제원의 일부가 되거나, 죽거나.

그 외에 어떤 예외도 없었다.

"인간이 어찌 이럴 수가? 신도제원, 정말 인간이긴 한 것인가?"

종제영이 침통한 표정으로 고개를 저었다.

그가 이제까지 세상에 나와서 본 것은 예외 없이 이런 참상뿐이었다. 무인들은 각자의 패권을 위해 움직이고 있었고, 그 사이에서 죽어나가는 것은 힘없는 백성들뿐이었다.

종제영이 힘없이 걸음을 옮겼다.

부스럭!

그때 종제영의 앞에서 인기척이 느껴졌다. 종제영이 고개를 드니 십여 명의 남자들이 이곳저곳에서 나타나고 있었다.

하나같이 범상치 않은 기도를 풍기는 남자들. 짐승의 가죽으로 만든 옷을 입고 있는 남자들의 몸에서는 흡사 야수의 것과 같은 냄새가 풍겨오고 있었다.

종제영이 외쳤다.

“웬 놈들이냐?”

“흐흐! 그러는 영감은 뉘시오?”

“영감?”

“그렇소, 영감.”

“네놈들은 여기에서 무얼 하는 거냐?”

“흐흐! 우리는 뒤처리를 하고 있었지.”

“뒤처리?”

종제영의 눈썹이 꿈틀거렸다. 그러자 남자들이 이를 드러내며 웃었다.

“그게 우리의 임무거든.”

“임무? 설마 네놈들은 대사조의 수하냐?”

“대사조님을 아는 것을 보니 이곳에 나타난 것도 우연은 아니겠군. 뉘시오, 영감?”

“노부의 이름은 종제영이다.”

“종제영? 언젠가 한번 들어본 적이 있군. 영감의 경공이 그렇게 천하일절이라면서?”

“이놈들!”

종제영의 얼굴에 노기가 떠올랐다.

자신의 정체를 알면서도 능글맞을 수 있는 부류는 몇 없었다. 그중에서도 이렇게 이질적인 기운을 풍기는 사내들이 있을 만한 곳은 단 한 곳밖에 없었다.

“역시 네놈들은 신도제원의 수하가 맞구나.”

"그 주둥아리 조심하는 게 좋을걸. 영감이 함부로 입에 올릴 이름이 아니니까."

남자들이 종제영을 둥글게 에워쌌다.

종제영의 짐작대로 남자들은 신도제원의 수하였다. 정신감응에 의해서 복속된 존재가 아니라 본래부터 자신의 의지로 신도제원을 따르던 자들이었다.

신도제원은 그들을 일컬어 북천십주(北天十柱)라고 불렀다.

북천십주는 신도제원이 심혈을 기울여 키운 자들이었다. 그들은 늑대 같은 자들이었다. 항상 무리를 지어 움직이며, 특히 협공에 능했다.

신도제원은 북천십주로 하여금 자신의 뒷수습을 하게 함으로써 경험을 키워주고자 했다. 뒷수습이라고 해봐야 잔당을 토벌하거나 생존자들을 죽이는 게 다였지만, 그렇게 피를 보면서 잔혹성을 키우게 된다.

무인으로서 대성하기 위해서는 피를 보는 것을 두려워해서는 안 된다는 것이 신도제원의 생각이었다.

북천십주는 먹음직스런 먹잇감을 바라보듯 종제영을 노려봤다. 이제껏 신도제원의 뒤처리를 하느라 제대로 된 싸움을 해보지 못했기에 그들은 거의 욕구불만의 상태였다. 그러던 차에 종제영과 같은 고수가 나타났으니 기분이 어떻겠는가?

"흐흐! 영감, 무엇 때문에 여기에 나타났는지는 모르겠지만, 오늘 묏자리는 제대로 잡은 거야."

"이놈들! 내 비록 살생을 좋아하지는 않지만 너희들을 가만둘 수는 없구나. 내 몇십 년 만에 살계를 열어서라도 절대로 네놈들을 용서하지 않을 것이다."

종제영의 노성이 쩌렁쩌렁 울려 퍼졌다.

실제로 종제영은 매우 분노하고 있었다.

"영감은 화가 났고 우리는 피를 보고 싶으니까, 서로에게 잘됐네."

북천십주의 수장이라 할 수 있는 염진위가 잔인한 미소를 흘렸다. 다른 북천십주들도 염진위와 비슷한 분위기의 미소를 흘렸다.

북천십주가 종제영을 완전히 에워쌌다. 그들의 몸에서는 찐득한 살기가 흘러나오고 있었다.

팍!

북천십주 중 한 명이 갑자기 발치에 구르는 돌멩이를 발로 찼다. 가볍게 찼지만, 내공이 실린 발길질에 돌멩이는 무서운 속도로 종제영의 얼굴을 향해 날아왔다.

종제영은 인상을 찌푸리면서 고개를 숙여 돌멩이를 피했다. 그 순간, 북천십주가 일제히 종제영을 향해 달려들었다.

쉬이익!

그들의 팔과 다리가 엄청난 파공음을 흘리며 종제영을 압박해왔다. 그에 맞서 종제영은 자신의 장기인 경공을 펼쳤다. 마치 바람처럼 그들 사이의 조그만 틈으로 빠져나가는 종제영.

그러나 북천십주도 만만치는 않았다. 열 명이 유기적으로 돌아가며 종제영이 피할 만한 방위를 미리 차단했다.

"흥! 영감, 어림없지."

"놈들!"

종제영이 경공술을 펼치며 양손을 어지럽게 움직였다. 극성에 이른 난화신수(亂花神手)였다.

난화신수는 투도술의 일종으로, 본래 소매치기 기법에서 발전한 수법이었다. 언뜻 보기에는 매우 가벼우면서도 형식이 없어 보이지만, 사실은 한없이 육중한 무게가 담겨 있었다. 때문에 난화신수에 적중을 당한다면 단지 어디 한 군데 부러지는 것만으로는 끝나지 않는다.

평상시 남을 상하게 하는 무공을 거의 펼치지 않는 종제영이 이런 무공을 펼친다는 것 자체가 대단히 화가 났다는 증거였다.

신도제원에게, 그리고 그의 뒤처리를 하는 늑대 같은 북천십주에게 말이다.

투다다닥!

허공에서 그들의 손발이 어지럽게 얽혔다.

종제영과 북천십주는 그야말로 전력을 다해 부딪쳤다. 허공에서 손과 손이, 손과 발이 부딪히면서 대나무가 터져나가는 듯한 엄청난 타격음이 울려 퍼졌다.

그리고.

퍼억!

"크윽!"

북천십주 중 한 명이 옆구리에 종제영의 주먹을 허용하고 비틀거리면서 뒤로 물러났다. 종제영이 그런 사내를 따라붙었다. 다른 북천십주들이 방해를 하려 했지만 종제영의 움직임이 한발 빨랐다.

빠각!

종제영의 난화신수에 사내의 얼굴이 모로 돌아가며 힘없이 바닥에 쓰러졌다. 단 한 수에 절명한 것이다.

"셋째야?"

"이 늙은이가."

한 명이 죽자 북천십주가 분노했다. 그들은 죽은 이의 복수를 하기 위해 더욱 악착같이 종제영에게 덤벼들었다.

몇 번의 겨룸 끝에 종제영은 세 명의 사내를 더 쓰러트릴 수 있었다. 하지만 그때쯤 종제영의 숨도 턱밑까지 차올라서 거친 숨을 뱉어내고 있었다.

그가 무공을 사용하지 않은 것도 거의 이십 년이 넘었다. 꾸준히 무공을 연마하긴 했지만 실제로 사람과 싸우는 것과는 많은 차이가 있었다. 무엇보다 심력의 소모가 극심해 불과 일각도 움직이지 않았는데 몸이 둔해졌음을 느꼈다.

"늙은이가 지쳤다."

"조금 더 몰아붙이면 된다."

북천십주가 서로를 독려했다. 그들의 눈이 오기와 분노로 번들거리고 있어 짐승을 연상케 했다.

"어림없다."

숨이 턱밑까지 찼으면서도 종제영은 악착같이 움직였다. 그 결과, 그는 두 명의 북천십주를 쓰러트릴 수 있었다. 하지만 그 대가로 등과 다리에 상처를 입고 말았다.

상처는 그리 크지 않았지만, 당한 부위가 문제였다. 특히 다리에 상처를 입음으로써 그의 움직임이 둔해졌다. 북천십주는 종제영의 허점을 놓치지 않았다.

"노인네가 둔해졌다. 이 틈을 놓치지 마라."

염진위의 음성이 전장에 울려 퍼졌다. 그에 힘을 얻은 북천십주가 더욱 매섭게 종제영을 압박해왔다.

"크윽!"

결국 종제영은 오른쪽 팔과 어깨에 다시 상처를 입고 말았다.

크게 휘청이는 종제영의 몸 곳곳에 허점이 드러났다. 북천십주는 그런 종제영의 허점을 결코 놓치지 않았다.

쉬아악!

다섯 줄기의 공격이 종제영의 등과 어깨, 머리에 집중됐다. 다리를 다친 종제영으로서는 다섯 줄기의 공격을 모두 피해낼 자신이 없었다.

'피할 수 있는 것은 최대 세 개뿐. 나머지 공격은 몸으로 감당한다.'

종제영이 입술을 질근 깨물었다.

비록 도둑으로서의 명성이 더욱 널리 알려졌지만, 무인으로서의 종제영의 존재감도 만만치 않았다. 더구나 그가 곁에서 지켜본 무인은 바로 천우진이었다.

죽음을 뿌리고 다니던 전설의 마인.

비록 세상 사람들 대부분은 그의 존재조차 모르고 있지만, 그의 싸움을 곁에서 지켜보면서 종제영은 많은 깨달음을 얻었다.

그가 가장 크게 얻은 깨달음이 바로 아무런 희생 없이 결과를 얻을 수 없다는 것이다.

승리를 얻기 위해서는 자신의 몸을 희생할 필요도 있었다. 공교롭게도 적들이 노리는 곳 중에는 그의 다리도 있었다. 그의 다리를 완전히 망가트려 놓음으로써 확실히 제압하려는 것이다.

반면 종제영은 자신의 다리가 망가지더라도 북천십주를 쓰러트릴 각오를 하고 있었다. 앞으로 평생 경공을 펼치지 못한다 할지라도 말이다.

종제영은 이를 악물었다. 그리고 곧 몸에 닥쳐올 통증을 무시하리라고 굳은 결심을 했다.

서걱!

섬뜩한 절삭음이 허공에 울려 퍼졌다.

"어?"

순간 종세영을 공격하던 북천십주가 이상하다는 표정을 지었다. 그것은 종제영 역시 마찬가지였다. 각오하고 있던 통증이 느껴지지 않은 것도 그 이유 중 하나였다. 하지만 가장 큰 이유는 바로 본능적으로 느껴지는 이질감이었다.

스르륵!

"어, 어?"

그의 눈앞에서 다리를 공격했던 북천십주의 몸이 기울어지고 있었다. 그의 이마에서 한 줄기 혈화가 피어올랐다.

"이게 무슨?"

"어……."

염진위를 비롯한 다른 북천십주 역시 마찬가지였다. 그들도 이상하다는 듯한 표정을 지었다.

그와 동시에 그들의 이마에도 혈화가 피어올랐다. 그리고 그들의 몸이 무너져 내렸다.

그들은 이미 숨이 끊어져 있었다. 그렇게 숨이 끊어질 때까지도 그들은 자신들의 죽음을 인지조차 하지 못했다.

"누, 누가?"

실로 전율적이라고밖에 할 수 없는 엄청난 살인술에 종제영의 목소리가 절로 떨려나왔다.

"오랜만입니다."

그때 그의 등 뒤에서 나직하면서도 차가운 목소리가 들려왔다. 종제영이 조심스럽게 몸을 돌렸다.

등 뒤에 서있던 남자의 모습을 확인하는 순간, 종제영의 눈동자가 크게 흔들렸다.

"너……는 섬호?"

피가 흘러내리는 두 자루의 소검을 갈무리하며 일어서는 남자는 분명 섬호였다.

종제영이 섬호에게 조심스럽게 다가갔다.

"어떻게 네가?"

"그분이 움직이셨으니, 저도 움직여야죠."

"그분?"

"예!"

"설마 천우진 그 인간이 세상에 나왔단 말이냐?"

섬호는 대답이 없었다. 하지만 종제영은 이미 대답을 들은 거나 진배없었다.

그가 물었다.

"어디냐?"

섬호는 말없이 손을 들어 어느 한곳을 가리켰다. 종제영의 시선이 섬호의 손가락이 가리킨 방향을 향했다. 그 순간, 그의 눈은 더할 수 없이 크게 떠졌다.

그가 있는 곳으로부터 얼마 떨어지지 않은 곳.

어느샌가 그곳에 거대한 운무가 일렁이고 있었다.

짙은 운무 속에서 한 쌍의 섬광이 일렁이고 있었다. 세상 전체를 관통할 것 같이 일렁이는 섬광에 종제영은 말을 잇지 못했다.

"처, 천……우……."
종제영은 끝내 말을 잇지 못했다.
그의 몸이 격동으로 떨렸다.

*   *   *

철군패가 고개를 들었다.

마치 세상 전체가 온통 악의(惡意)로 가득 찬 것 같았다. 실제로 수많은 이들이 발산하는 음산한 기운이 하늘을 가득 뒤덮고 있었다.

저 멀리 보이는 지평선을 까맣게 덮고 있는 엄청난 인(人)의 물결.

그 중심에 대사조 신도제원이 있었다.

어느새 신도제원이 이끄는 사람들의 수는 사천을 넘고 있었다. 일만 명이 되는 것도 시간문제에 불과했다. 수많은 무인들을 이끌고 신도제원이 다가오고 있었다.

멀리 떨어져 있음에도 불구하고 그의 사이한 존재감이 공기를 타고 전해져오고 있었다. 이제까지 단 한 번도 느껴보지 못한 엄청난 사기에 전율이 다 일어날 지경이었다.

적은 사천 명이 넘었다.

철군패는 단 혼자였다.

"후읍!"

철군패가 크게 숨을 들이켰다. 온몸에 기운이 충만한 느낌
이 좋았다.

푸르르!

화왕도 심상치 않은 기운을 느꼈는지 투레질을 하며 뜨거운
콧김을 연신 뿜어냈다. 전신의 근육이 팽팽하게 긴장되어 있
는 것이, 언제라도 뛰어나갈 기세였다.

철군패가 화왕의 목덜미를 두들기며 말했다.

"이제 곧 마음껏 날뛰게 해주마."

그의 말을 알아듣기라도 하듯이 화왕이 앞발로 바닥을 긁었다.

그사이 사천 명의 대군이 철군패의 지척까지 다가왔다.

우우우!

마치 늑대가 울부짖는 듯 기괴한 소리가 그들 사이에서 흘
러나왔다. 사람의 심혼을 홀리는 듯한 소리가 평원을 온통 가
득 채우고 있었다.

앞을 가로막는 모든 것을 짓밟고 자신의 소유로 만든다.

이제까지 대사조 신도제원이 해온 행위였다.

신도제원도 철군패를 발견했다.

사천 명이 넘는 대군 앞에 홀로 서있는 철군패의 모습은 거
대한 산악을 연상케 했다. 사천 명의 무인들 앞에서도 철군패
는 전혀 위축되지 않았다. 오히려 그의 거대한 존재감이 다른
이들을 압도할 정도였다.

신도제원이 손을 들었다. 그러자 그의 군대가 전진을 서서

히 멈췄다.

"후후!"

신도제원의 입에서 음산한 웃음소리가 흘러나왔다. 철군패는 잠시 미간을 찌푸렸지만 이내 본래의 표정을 회복했다.

"신도제원."

"우리 얼굴을 보는 것은 오늘이 처음인데, 왠지 낯설지가 않군."

신도제원이 철군패를 보며 미소를 지었다. 마치 오랜만에 만난 지기한테 말하는 듯 다감한 음성이었다.

철군패가 고개를 끄덕였다.

"그렇군."

"후후! 내가 상상했던 모습 그대로군. 오래전부터 환영의 후인이 세상에 나온다면 그런 모습이 아닐까 생각을 했었는데."

"환영? 스승님을 알고 있나?"

"후후! 우리가 오늘 이렇게 만난 게 우연 같은가? 다 선대에서부터 얽히고 엮인 인연과 악연이 씨줄과 날줄처럼 엮여 있기 때문이지. 어쩌면 우리는 이곳에서 이렇게 만나는 것으로 정해져 있던 운명인지도 모른다네."

신도제원이 의미를 알 수 없는 미소를 지었다.

"자네, 혹시 십이사조의 근원을 알고 있나? 어떻게 십이사조가 태동하고, 또 어떻게 이때까지 이어져왔는지."

"궁금하지 않아."

"그래도 들어줬으면 좋겠군. 나는 매우 오래전부터 이런 이야기를 하고 싶었거든. 제자로 들여 나와 같은 반열에 올려준 다른 녀석들은 이런 이야기를 별로 좋아하지 않아서 이야기를 할 기회가 거의 없었다네."

신도제원의 미소가 짙어졌다. 아울러 그의 몸에서 흘러나오는 사이한 기운이 더욱 짙어져만 갔다.

"칠백 년 전에 한 부족이 있었네. 그 부족은 천산 인근의 척박한 대지에서 살았지. 먹을 것도 없고, 사냥할 만한 곳도 없는 척박한 곳에서 살아가는, 비정상적으로 생명력이 강인한 부족이었지. 태생이 그렇다 보니 약탈은 그들의 일상이 되었네. 그 부족이 살아남기 위해서는 약탈밖에 달리 방법이 없었지. 다행히 워낙 생명력이 강한 데다 무공에 천부적인 이해력이 있어서 그런지 그들은 하루가 다르게 강해졌고, 정복한 영토 또한 하루가 다르게 넓어졌지. 문제는 그들이 필요 이상의 영토를 욕심낸 데 있었다네. 그들은 어느 날 천산을 지배하고 있던 나란이란 나라를 침입했지. 나란이란 곳에 환사영과 소운천이라는 걸출한 장수가 있다는 것도 모르고 말일세."

환사영과 소운천은 결코 녹록한 존재가 아니었다. 나란을 침입한 부족은 그 누구보다 강대한 힘을 가지고 있었지만, 결국 환사영과 소운천 두 사람이 이끄는 규대에 이해 멸망을 당하고 말았다.

"후후! 웃긴 일이지. 그렇게 멸망을 당했으면 그냥 얌전히 없어질 것이지, 그들은 자신들의 미련을 후대에 남겼다네. 바로 자신들의 기억과 비전을 고스란히 다른 사람에게 전해줄 방법을 찾은 거라네."

"기억의 전이?"

"굳이 표현하자면 그렇겠군. 맞네! 그들은 기억의 전이를 통해서 자신의 기억을 후대에 전수해줬네. 그것만이 자신들의 진수를 잃지 않고 후대에 전할 유일한 방법이었지. 하지만 그들은 그럼으로써 생기는 부작용을 알지 못했네."

"부작용?"

"그래! 기억의 전이에는 치명적인 부작용이 있네. 각 기억이 하나의 인격이 되어 존재한다는 것이지. 한 사람 안에 열두 명의 인격이 존재하는 자가 바로 나라네."

신도제원의 말에 철군패가 나직한 신음성을 흘렸다. 한 사람 안에 열두 명의 인격이 존재한다는 이야기는 들어본 적조차 없었다. 더구나 신도제원은 그렇게 다중 인격을 지닌 것 같지도 않아 보였다.

"후후! 궁금하겠지. 나의 어디서도 다중 인격이라고는 보이지 않을 테니까. 나는 말일세, 나의 각 인격을 무공과 함께 다른 십이사조들에게 전이시켰네. 그들은 자신들의 성격이 본래부터 그런 것인 줄 알고 있지만, 사실은 나의 각 성격과 합일되어 전혀 느끼지 못하는 것뿐이지."

"그럼 십이사조는 또 하나의 당신이란 이야기군."

"그렇다네. 그렇기에 그들의 배신, 탐욕 등을 넓은 아량으로 바라볼 수 있었지. 그 모든 감정 역시 나의 일부니까. 칠백 년 전에 열두 명에게 기억을 전이시켰으면 더욱 좋았을 것을, 한 명에게만 전이시키다 보니 부작용이 더욱 커졌지. 어쩌면 열두 명의 능력을 한 몸에 갖추게 되면 더욱 강해질 것이라고 생각했는지도 모르지. 때문에 지난 칠백 년 동안 십이사조가 나타나지 못했다네. 오직 한 명의 사조만이 존재했지. 칠백 년이 흐른 후에야 내가 해결책을 찾아내고 다시 십이사조로 복원시킨 것이지."

"그럼 관설은? 관설은 어떤 존재지?"

"알고 싶은가? 그렇다면 나를 쓰러트리게. 그러면 알려주지. 만약 나를 이기지 못한다면 두 번 다시 자네가 알고 있는 관설을 보지 못할 거라고 장담하지."

신도제원이 웃었다. 단지 웃는 것뿐인데 불길한 기운이 물씬 풍겨 나왔다.

신도제원은 진심으로 철군패와의 만남을 기뻐하고 있었다. 칠백 년 전 환사영의 후인이 눈앞에 있었다. 칠백 년 전에 환사영과 소운천만 없었다면 지금 그가 겪는 고통도 없었을 것이다.

말은 쉽게 했지만 열두 명의 인격을 머릿속에 담고 살아간다는 것은 지옥과도 같은 고통이었다. 몸은 하나인데 머릿속에는 각자의 주체를 지닌 열두 명의 생각이 존재한다.

머리는 넘쳐나는 생각들로 터져나갈 것 같고, 잠시만 방심하면 언제든지 미칠 수 있는, 그런 상황이 평생토록 이어진다. 실제로 신도제원의 사부는 다른 열두 개의 인격을 견디지 못하고 결국 신도제원에게 모든 것을 전이시켜준 후 미치고 말았다.

신도제원 역시 사부와 같은 운명이었다. 하지만 그는 불세출의 천재였고, 결국 해결책을 찾아내고 말았다. 그것이 바로 무공 전수와 동시에 자신의 인격 하나씩을 십이사조에게 넘겨주는 것이었다.

그렇게 그는 칠백 년을 내려온 저주에서 풀려났다.

그에게 관설은 매우 특별한 존재였다. 그녀가 얼마나 특별한지, 철군패는 감히 상상조차 하지 못할 것이다.

모든 설명을 마친 신도제원이 웃었다. 그 모습이 꼭 악마와 같았다.

사천 명의 영혼을 빼앗고, 자신의 의지를 이식시킨 자.

이 세상에 존재해서는 안 될 존재가 바로 눈앞에 있었다.

철군패가 고개를 꺾었다.

뚜둑!

뼈가 부딪치는 소리가 섬뜩하게 전장에 울려 퍼졌다.

"이제 말은 더 이상 필요 없을 것 같군."

"후후! 좋은 말일세. 더 이상 말은 필요 없지."

스스스!

신도제원의 말이 끝나자 그의 주위로 무인들이 몰려들었다. 겹겹이 둘러싸는 인의 장막들. 신도제원은 순식간에 천하에서 가장 두터우면서도 안전한 보호막 속에 자리를 잡았다.

우우!

신도제원을 둘러싼 무인들이 기괴한 소리를 흘렸다. 마치 짐승의 울음처럼 사람의 신경을 불길하게 긁어대는 소리었다.

철군패의 눈이 찌푸려졌다.

한눈에 보아도 이들이 제정신이 아니란 사실을 알 수 있었다. 어떤 수를 쓴 것인지 모르지만, 신도제원은 어제까지 멀쩡하던 사람들의 이지를 빼앗아 자신의 수족으로 만들었다.

이들은 아무런 죄가 없는 사람들이었다. 죄가 있다면 신도제원에게 이지(理智)를 제압당했다는 것뿐이었다. 신도제원은 그렇게 아무런 죄가 없는 사람들을 자신의 보호막으로 택했다.

철군패의 눈에 잠시 갈등의 빛이 떠올랐다.

이들은 아무 죄 없이 이용만 당하는 사람들이었다. 그런 자들을 상대로 과연 살수를 펼칠 수 있을까? 쉽지 않은 일이었다. 하지만 그래도 해야 하는 일이었다.

여기에서 신도제원을 막지 못하면 그 패악이 얼마나 커질지는 아무도 알 수 없었다.

"와아아!"

그 순간 신도제원을 겹겹이 둘러싸고 있던 무인들이 일제히 철군패를 향해 달려들었다. 마치 봇물 터지듯 밀려오는 수천의 무인들의 모습은 실로 아찔한 광경이었다.

그런 엄청난 수의 적을 바라보는 철군패의 눈빛이 묵직하게 가라앉았다.

뿌득!

그가 이를 갈았다.

결심은 끝났다. 이제 망설일 이유가 없었다.

"가자!"

철군패가 옆구리를 차자 화왕이 폭풍처럼 달려 나갔다.

쿠콰콰!

거대한 화왕의 육중한 동체가 그대로 달려오던 무인들과 부딪혔다. 화왕의 단단한 몸체에 부딪힌 무인들이 무서운 속도로 튕겨나가거나 거대한 말발굽에 짓밟혔다.

콰득!

바닥에서 살과 뼈가 부딪치는 소리가 소름끼치게 울려 퍼졌다.

불 속으로 뛰어드는 부나방처럼 무인들은 철군패에게 달려들었다. 바로 앞에 있던 동료들이 죽어나갔지만, 그들은 죽음이 두렵지 않는지 끊임없이 철군패를 향해 달려들었다.

죽여도 죽여도 끊임없이 몰려드는 인의 물결. 철군패는 그 속에 홀로 갇힌 섬이었다.

엄청난 기세로 인의 물결을 가르고 질주하던 화왕도 어느샌가 걸음이 묶여 더 이상 움직이지 못하고 있었다.

쾅!

그 순간 철군패의 일격포가 터져 나왔다. 일격포의 위력에 근처에 있던 십여 명의 무인이 튕겨나갔다. 하지만 튕겨나가고 쓰러진 자들보다 많은 수의 무인들이 다시 철군패에게 달려들었다.

"우우우!"

기괴한 소리와 함께 달려드는 무인들의 퀭한 눈에는 초점이 잡히지 않았다. 자신들이 어떤 행동을 하는 것인지 인지조차 하지 못하고 있을 것이 분명했다.

콰앙!

다시 일격포가 터져 나왔다.

또 수십 명의 무인이 튕겨나갔다. 하지만 곧 그보다 많은 수의 무인들이 철군패를 뒤덮어버렸다.

스스로의 몸으로 화왕의 진로를 막고, 죽음도 불사하며 철군패의 팔과 다리, 심지어는 화왕의 다리를 붙잡는다. 그러면 다른 이들이 공격한다. 그것은 매우 고전적인 방법이었지만, 또한 매우 효과적이기도 했다. 그들의 인해전술에 천하의 철군패조차 피로를 느낄 정도였다.

아무리 죽여도 끊임없이 달려드는 엄청난 수의 적.

단지 상상하는 것만으로도 느껴지는 피로도는 그야말로 엄청났다.

그때였다. 철군패가 수많은 무인들에게 둘러싸여 있을 때,

갑자기 미묘한 소리가 그의 고막을 파고들었다.

츠츠츠!

무언가를 비비는 소음 같기도 하고, 벌레가 한꺼번에 우는 듯한 소리인 것 같기도 한 기괴한 소리에 철군패의 미간이 찌푸려졌다. 시간이 흐를수록 소음은 더욱 날카로워지고 높아져 철군패의 고막을 끊임없이 자극했다.

처음엔 소음 따윈 무시하려 했다. 하지만 잠시의 시간이 흐른 후, 철군패는 자신의 생각이 잘못된 것임을 깨달았다. 시간이 흐를수록 소음의 자극도는 더욱 높아져만 갔다. 단순히 무시한다고 해결될 수 있는 일이 아니었다.

더구나 소음이 계속될수록 철군패의 몸놀림이 둔해져만 갔다. 그리고 몸이 그의 의지와 상충되게 멈추는 일이 발생했다.

츠츠츠!

소음이 커질수록 철군패의 행동의 제약도 커졌다.

'이 소음이 문제다. 귀를 파고드는 이 소음이 나의 신경계를 장악하려 한다.'

그제야 철군패는 신도제원이 이 많은 사람들을 자신의 수족으로 부리는 비밀을 한 꺼풀 엿본 것 같았다.

이대로 시간이 흐르면 이 기묘한 소음은 철군패의 모든 신경을 장악하고 이지마저 빼앗을 것이 분명했다.

'그래서였군. 관설이 그의 목소리를 조심하라고 한 이유가.'

철군패가 입술을 질근 깨물었다. 그러자 피가 나면서 정신이 번쩍 들었다.

애초부터 신도제원은 철군패를 무력으로 제압하거나 무찌를 생각이 없었다. 다른 이들처럼 철군패의 이지를 제압해 자신의 수족으로 부리는 것이 신도제원의 목적이었다.

만인제금술(萬人制禁術).

신도제원에게 전해진 칠백 년 전 대사조의 권능이었다.

만인제금술을 익히면 그 순간부터 다른 사람의 이지를 마음대로 제압할 수 있고, 자신의 수족처럼 부릴 수 있다.

만인제금술을 펼치는 가장 중요한 수단이 소리였다. 다른 방법은 대비를 할 수 있지만, 고막을 통해 전신의 신경으로 퍼져나가는 소리를 아예 차단하는 방법은 존재하지 않았다. 그러니까 신도제원의 만인제금술을 막을 방도 또한 없는 것이다.

신도제원은 처음부터 이럴 생각이었다.

그가 이제까지 철군패에게 별다른 제재를 가하지 않은 것도 그의 육체를 강탈해 자신의 수족으로 만들려는 욕심에서였다. 다른 십이사조를 전부 상대할 만한 엄청난 육체와 무공을 가진 존재는 누구나 탐을 낼 만했다.

"후후! 나의 수족이 되거라. 나의 충실한 수하가 되어 천마와 싸우는 것이다."

신도제원이 웃었다.

그의 최종목표는 천마마저 굴복시키는 것이었다. 천마를 제압하기 위해서는 그에 걸맞은 강대한 무력을 지닌 존재가 필요했다. 그렇게 선택된 존재가 바로 철군패였다.

철군패에게서 삼백 명의 북풍대를 떼어놓은 것도 애당초 그의 육신을 노렸기 때문이었다. 북풍대의 방해가 있다면 철군패를 온전히 제압하는 것이 어려웠다. 그 때문에 자청과 기무외를 이용해 북풍대를 유인했다.

이제 철군패를 도와줄 사람은 아무도 없었다. 지금은 제법 반항하고 있지만, 얼마 지나지 않아 그는 자신의 충실한 수족이 될 것이다.

신도제원은 그렇게 낙승을 예상했다.

그때였다. 신도제원이 전혀 예상치 못했던 상황이 발생한 것은.

우우!

콰아앙!

갑자기 사자후가 울려 퍼지더니, 곧이어 굉음이 터져 나왔다.

바로 철군패가 있는 곳이었다. 고개를 들어 바라보니 철군패를 에워쌌던 수많은 무인들이 뒤로 나가떨어져 있었고, 자유를 되찾은 철군패가 사자후를 내뱉고 있었다.

"크윽!"

처음으로 신도제원의 표정에 변화가 생겼다.

당혹감과 이질감이 그의 얼굴에 범벅이 되어 떠올랐다.

“놈!”

철군패가 사자후로 그의 만인제금술에 대항하고 있었다. 그 것이 철군패가 선택한 방법이었다.

소리에는 소리로 맞선다.

만인제금술은 일종의 음공이었다. 단지 음공이 특화되어 고막을 자극하고 신경을 장악해 이지를 빼앗는 것일 뿐. 그렇다면 다른 음공으로 대항할 수 있을 거란 것이 철군패의 생각이었다.

우우우!

철군패의 사자후가 더 크게, 더 멀리 울려 퍼졌다.

그 결과 철군패는 신도제원의 만인제금술에서 벗어날 수 있었다. 하지만 그렇다고 모든 위험이 사라진 것은 아니었다.

본격적인 싸움은 이제부터였다.

우우!

철군패가 더욱 공력을 끌어올려 사자후를 높였다. 그러자 철군패의 주위에 있던 무인들의 몸이 비틀거리고 시작했다. 신도제원의 만인제금술과 철군패의 사자후가 격돌하면서 신경체계에서 충돌을 일으킨 것이다.

신도제원의 지배력이 풀리려 하고 있었다.

예상치 못했던 뜻밖의 사태에 신도제원의 얼굴에서 웃음기가 싹 사라졌다. 더 이상 조금 전과 같은 여유 있는 얼굴이 아니었다.

"감히!"

신도제원이 노기를 피워 올리며 만인제금술을 극성으로 끌어올렸다. 그러자 무인들이 다시 그의 통제하로 돌아왔다. 그러자 이번에는 철군패가 공력을 더욱 끌어올려 이제까지보다 우렁찬 사자후를 터트렸다.

우웅!

소리와 소리가 부딪히면서 공명을 일으키기 시작했다. 공명이 일어나자 소리는 더욱 증폭되어 걷잡을 수 없이 커져만 갔다.

쿠쿠쿠!

음파의 해일에 대지가 진동을 일으키며 쩍쩍 갈라졌고, 그 사이에 존재하는 무인들이 귀를 막고 비틀거렸다. 그들의 고막에선 붉은 피가 흘러내리고 있었다.

"어린놈이 제법이구나."

상황이 이렇게 되자 신도제원이 직접 나서지 않을 수 없었다. 신도제원이 일어났다. 그러자 이제까지와는 비교도 할 수 없는 엄청난 사기가 폭발적으로 일어났다.

지금 이 순간, 신도제원은 진심으로 분노하고 있었다. 만인제금술을 이용하여 쉽게 자신의 노예로 만들 수 있을 줄 알았던 철군패 때문에 오히려 다른 이들의 금제마저 흔들린다는 사실이 그의 자존심을 상하게 만들었다.

그가 직접 움직일 수밖에 없는 상황이었다. 철군패가 그렇게 만든 상황이었다.

"가만두지 않겠다, 멸제여."

신도제원이 엄청난 사기를 발산하며 철군패에게 다가왔다.

철군패가 사자후를 거두고 신도제원을 노려봤다. 이대로 사자후를 계속 지른다면 만인제금술에 금제당한 무인들의 제정신을 찾아줄 수도 있을 것이다. 하지만 신도제원이 다가오고 있었다. 계속 사자후를 펼칠 만한 시간이 없었다. 우선은 무인들이 전투에 개입할 수 없게 된 것만으로도 만족해야 할 깃 같았다.

무인들은 만인제금술과 사자후의 여파에서 벗어나지 못하고 혼란스러운 표정을 하고 있었다. 혼란스러운 상태에서 무인들이 좌우로 비켜 신도제원에게 길을 열어주고 있었다.

마치 바다가 갈라지는 것처럼 길이 열리고, 철군패와 신도제원이 마주봤다. 신도제원을 바라보면서 철군패는 화왕의 등에서 내렸다.

쿵!

엄청난 무게감의 발소리가 울려 퍼졌다.

잔재주 따위는 필요 없었다. 이렇게 둘이서만 마주하게 된 이상 본신의 실력만이 모든 것을 증명해줄 것이다.

죽는 것도 사는 것도, 모두 실력에 달렸다.

철군패와 신도제원의 눈이 허공에서 마주쳤다.

사이한 기운이 소용돌이치고 있는 신도제원의 눈은 보기만 해노 영혼이 잠식당할 것만 같았다. 하지만 신도제원의 눈을 바라보는 철군패의 눈과 표정에는 한 치의 흔들림도 없었다.

상대가 칠백 년 전부터 기억의 전이를 통해 존재해온 괴물이라면 자신 역시 칠백 년 전의 은원과 성취를 고스란히 이어받은 존재였다.

철군패의 주먹 위로 굵은 힘줄이 돋아나왔다.

쿠웅!

철군패가 육중한 걸음을 내딛었다. 천하에서 가장 무거운 걸음인 만중보였다. 그가 양어깨에 짊어지고 있는 삶의 무게만큼이나 무거운 걸음에 대지가 흔들렸다.

신도제원 역시 사이한 기운을 물씬 발산하며 철군패를 향해 걸음을 옮겼다. 철군패가 한없이 무거운 반면, 신도제원은 한없이 가볍고 표홀했다.

철군패의 등이 활처럼 휘어지더니 이내 일격포를 신도제원에게 먹였다. 하지만 일격포가 격중되기 직전, 신도제원은 한 걸음을 살짝 옮겨 피했다.

그 이후로도 철군패가 연이어 일격포를 펼쳤지만, 신도제원은 단지 한 발짝을 옮기는 것만으로 모든 공격을 비껴 보내고 철군패의 코앞까지 접근했다.

분명 눈앞에 존재하건만 모든 공격을 그대로 투과시키는 것 같아서, 형체가 없는 듯한 느낌이 들 정도였다.

철군패의 코앞에 도달한 신도제원이 두 손을 들었다. 그의 두 손은 어느새 붉게 빛나고 있었다.

콰앙!

철군패가 피할 사이도 없이 가슴을 얻어맞고 그대로 뒤로 날아갔다. 흔적이나 기척도 없이 이뤄진 공격이었다.

무형무음무감(無形無音無感)의 무공.

분명 눈앞에서 그 모든 행동을 보지만 신경과 감각을 왜곡시켜 인지하지 못하게 만드는 힘이 신도제원에겐 있었다. 그는 철군패의 감각과 인지능력을 왜곡시킨 채 공격을 가했다.

콰쾅!

철군패의 거대한 몸이 다시 뒤로 나가떨어졌다.

그가 다시 몸을 일으켰을 때는 상의는 재가 되어 흔적도 없이 사라진 뒤였다. 철군패의 가슴은 시커멓게 멍이 들어 있었다.

그 모습을 보며 신도제원이 어이없다는 듯 중얼거렸다.

"허! 몸뚱이가 단단하기가 그야말로 천하제일이구나. 극성의 표음수(慓陰手)에 얻어맞고도 겨우 멍만 들고 말다니."

오히려 표음수를 펼친 손바닥이 얼얼할 정도였다.

표음수는 대성하면 금강불괴지체(金剛不壞之體)라고 할지라도 능히 파괴할 수 있는 희대의 수공이었다. 이제까지 표음수에 격중당하고도 멀쩡했던 상대는 존재하지 않았다.

"아아!"

철군패가 얼굴을 찡그리며 가슴을 어루만졌다.

겉으론 멀쩡해 보였지만, 실은 그 역시 엄청난 충격을 받은 상태였다. 만일 천뢰혈정수에서 몸을 단련하지 않았다면 표음수의 일격에 가슴이 산산이 으스러질 뻔했다.

"언제까지 견딜 수 있나 보겠다. 제아무리 천하에서 가장 단단한 육체를 가지고 있더라도 결국 인간의 한계는 벗어나지 못했을 터."

신도제원이 그렇게 말하며 다시금 철군패를 공격하기 시작했다.

사라월령인(邪羅月靈印), 광혈신장(光血神掌)처럼 십이사조에게 전수해줬던 무공을 연이어 펼쳐냈다.

쿠콰콰!

마치 죽음의 수레바퀴처럼 연환되어 나오는 가공할 절기의 해일.

"후읍!"

철군패가 크게 숨을 들이켰다.

동시에 그의 등줄기가 활처럼 휘어졌다. 예의 일격포의 자세였다. 그 모습에 신도제원이 철군패를 비웃었다.

"소용없다. 너의 공격은 너무 단조로워 눈을 감고도 피할 수 있다. 그런 공격으로는 나의 옷자락 하나 건들 수 없다."

신도제원이 예의 표홀한 걸음걸이로 철군패의 공격을 피하려 했다. 이미 철군패의 투로는 눈을 감고도 알 수 있었다. 그만큼 공격이 단조로웠다.

그러나 그 순간, 누구도 예상치 못했던 사태가 일어났다.

쾅!

"커헉!"

철군패의 일격이 그대로 신도제원의 가슴에 격중한 것이다. 이상한 기분에 급히 호신강기를 끌어올리지 않았다면 지금의 일격으로 신도제원은 회생불능의 치명상을 입고 말았을 것이다.

일격포에 격중당한 충격으로 십여 장이나 뒤로 밀려나간 신도제원의 얼굴이 딱딱하게 굳었다.

일격포를 격중시킨 철군패가 바닥에 침을 뱉었다. 그가 뱉은 침에는 붉은 선혈이 섞여 있었다. 숨 쉬는 게 한결 편해지자 철군패가 입을 열었다.

"투로를 파악한 것은 당신만이 아니야."

"뭣이?"

"당신이 나의 투로를 짐작하듯 나 역시 당신의 투로를 모두 파악했어. 처음엔 감히 잡히지 않았지만, 몇 번 당해보니 알겠더군."

파르르!

철군패의 말에 신도제원의 얼굴 근육이 잔경련을 일으켰다. 자신이 농락당했다고 생각한 것이다.

철군패가 어깨에 묻은 먼지를 탈탈 털어내며 손을 까닥거렸다.

"덤벼! 진짜 싸움은 이제부터 시작이니까."

"놈! 감히 내 앞에서 시건방을 떨다니."

신도제원이 분노했다. 그의 감정 변화에 사이한 기운 역시 변화했다. 조금 전보다 더욱 음습하면서도 찐득하게 말이다.

팟!

철군패가 대지를 박찼다.

그의 육중한 몸체가 마치 산 위에서 굴러 떨어지는 바위처럼 엄청난 기세로 신도제원을 향해 달려들었다. 또다시 만중보가 펼쳐진 것이다.

쾅!

이어지는 일격포.

신도제원이 호신강기를 펼쳐 철군패의 일격포를 막아냈다. 호신강기조차 산산이 박살내는 철군패의 일격포였지만 신도제원의 호신강기는 완전히 부수지 못했다. 그것은 신도제원의 호신강기가 무척이나 특별한 것이었기 때문이다.

통상의 호신강기와 달리 자신의 사기를 꼭꼭 응집해 만들어 낸 신도제원의 호신강기는 기의 구조가 더욱 촘촘하면서도 치밀해 결코 쉽게 깨지지 않았다.

하지만 호신강기를 통해 전달되는 충격까지 완전히 해소되는 것은 아니었다. 신도제원 역시 철군패의 일격포에 상당한 충격을 받았다. 그리고 놀랐다. 상식을 뛰어넘는 위력 때문이었다.

"결코 살려둬서는 안 될 놈이구나."

신도제원은 철군패를 수족으로 만들겠다는 마음을 완전히 접었다. 이대로 철군패를 살려두면 훗날 더욱 큰 장애물이 될 것이 분명했다. 위험한 싹은 차라리 제거하는 것이 훗날을 위해 나았다.

그가 손을 번쩍 치켜 올렸다.

쿠쿠쿠!

그 순간 그의 주위 공간이 요동치기 시작했다. 공간 전체가 떨리더니 이내 엄청난 양의 사기가 와류를 형성하며 그의 손바닥으로 몰려들기 시작했다.

철군패의 눈빛이 깊이 침전됐다. 그는 신도제원이 본격적으로 밑천을 꺼내기 시작했다는 사실을 알아차렸다. 다른 사조들에게 전수해줬던 무공이 아닌 본신의 진실한 무력을 사용하려는 것이다.

신도제원을 중심으로 열두 방위에 열두 개의 구슬이 나타났다. 평범한 구슬이 아니었다. 신도제원의 사기가 응축된 사환(邪丸)이었다.

칠백 년 전부터 끊임없이 이어져 내려온 사공의 결정체이자 모든 힘이었다.

휘휙!

사환이 무서운 속도로 회전하기 시작했다.

철군패는 한눈에 사환이 강기나 강환(罡丸)보다 더욱 무서운 위력을 내포하고 있음을 알아차렸다. 어쩌면 그 위력은 천뢰혈정수로 단련된 그의 육신을 가루로 만들 수 있을지도 몰랐다.

그러나 철군패는 물러설 생각이 없었다.

그의 무공은 오직 전진만을 위해 만들어졌다. 후퇴하는 법이나 물러서는 법은 존재하지 않았다.

쿵!

철군패가 신도제원을 향해 만중보를 펼쳤다.

그의 몸이 두 겹 세 겹으로 떨려보였다. 만중보에 더해 천공패(天空牌)를 펼친 것이다.

쿠왕!

신도제원의 사환과 철군패의 육신이 격돌했다. 그 충격으로 거대한 먼지구름이 일어났다.

주륵!

철군패의 입가에 한 줄기 선혈이 흘러내렸다. 내장이 온통 진탕되어 숨을 쉬기조차 힘들 지경이었다. 하지만 철군패는 결코 물러서지 않았다.

그가 자신을 향해 날아오는 사환을 향해 혈륜마화포(血輪魔火砲)를 날렸다. 일격포와 같은 자세에 같은 궤적으로 주먹을 날리지만 차원이 다른 위력을 자랑하는 초식이 바로 혈륜마화포였다.

쾅!

사환과 혈륜마화포의 격돌에 대기가 미친 듯이 요동쳤다. 두 사람의 주위에 있던 무인들이 와류에 휩쓸려 사방으로 날아갔다. 도저히 인간의 격돌이라고는 볼 수 없는 엄청난 광경이었다.

철군패의 입가를 타고 흘러내리는 선혈이 더욱 많아졌다.

하지만 철군패는 결코 걸음을 멈추지 않았다.

한 발, 또 한 발.

그는 신도제원에게 가까워졌다. 철군패가 가까워질수록 다급해지는 것은 신도제원이었다.

그의 얼굴에 질렸다는 표정이 떠올라 있었다.

그가 펼친 수법은 인간의 육신으로 감당할 수 있는 것이 아니었다. 분명 철군패가 받은 충격이 적잖을 텐데, 그런 육신으로도 움직인다는 것 자체가 신도제원에겐 이해할 수 없는 일이었다.

"놈!"

신도제원의 볼 근육이 푸르르 떨렸다.

철군패가 손을 들었다. 그러자 이제까지와 차원이 다른 기운이 그의 손으로 모여들었다. 몸속의 기가 무서운 속도로 가속하고 분열해 만들어낸 파멸력이 응집되고 또 응집되어 강기 형상으로 나타났다.

이른바 파멸강(破滅罡)이었다. 파멸력이 고밀도로 응축되어 나타나는 현상. 그 위에 파멸환(破滅丸)이 존재하긴 하지만 너무나 불완전해 지금은 펼칠 수가 없었다.

이제까지 단 한 번도 펼치지 않은 수법인 파멸강. 몸속에서부터 과부하가 느껴졌다. 마치 몸 자체가 해체되는 듯 엄청난 통증에 비명이 터져 나올 지경이었지만, 철군패는 아랑곳하지 않았다.

철군패가 신도제원을 향해 파멸강이 응축된 주먹을 날렸다. 신도제원은 열두 개의 사환을 한데 모아 철군패의 공격을 막았다.

쩌어엉!

허공 한가운데서 두 사람의 엄청난 기운이 격돌했다.

마치 유리가 깨어지는 듯한 공간의 균열음과 충격파가 터져나왔다. 신도제원의 얼굴이 새하얗게 질리고, 철군패의 피부가 시커멓게 죽었다.

이제까지와는 차원이 다른 위력의 충돌에 그들이 위치한 공간 전체가 흔들렸다.

쩌저적!

그 순간 신도제원이 만들어낸 사환에 균열이 가기 시작했다. 처음엔 한두 줄기에 불과했지만, 갈수록 균열은 거미줄처럼 확장되기 시작했다. 이대로 가다가는 사환은 물론이고 신도제원의 목숨조차 위험한 상황이었다.

상황이 이렇게 최악으로 치닫자 신도제원이 이제껏 감춰두었던 비장의 패를 꺼냈다.

"이것을 보거라."

신도제원이 손바닥을 활짝 펼쳤다. 그러자 철군패의 눈동자가 흔들렸다.

신도제원의 손바닥에 희미한 아지랑이가 떠올라 있었다. 아지랑이는 철군패가 아는 어떤 얼굴과 똑같은 형상을 하고 있었다.

"관설?"

"그렇다. 관설은 나의 또 다른 일부. 내가 죽으면 그 아이도 죽는다. 그래도 좋으냐?"

"너?"

신도제원의 말에 철군패가 잠시 멈칫했다. 그의 말이 사실이든 아니든, 철군패의 가슴에 파문을 일으킨 것은 사실이었다. 그로 인해 철군패의 파멸강에 파탄이 생겼다.

신도제원은 그 틈을 놓치지 않았다.

"챠핫!"

신도제원이 사환을 폭발시켰다.

콰콰콰쾅!

열두 개의 사환이 연쇄적으로 폭발을 일으키며 순식간에 철군패의 몸을 집어삼켰다.

"크윽!"

충격을 견디지 못하고 철군패가 한쪽 무릎을 꿇었다. 철군패를 중심으로 반경 오십여 장이 거대한 반구형으로 움푹 패였다. 수십 개의 벽력탄을 일제히 터트린 것 같은 모습이었다.

뚝뚝!

철군패의 손과 발을 타고 선혈이 흘러내렸다.

천뢰혈정수로 단련되어 이제까지 그 어떤 충격과 공격에도 끄떡없던 철군패의 몸 곳곳이 찢겨져나가고 터져나가 허연 뼈마저 드러내고 있었다. 보통 사람이라면 열 번은 죽었어도 이상하지 않은 상처였다.

열두 개의 사환을 터트리는 것은 신도제원 최후의 수법이었다. 자신의 원정을 손상시키면서까지 잡은 기회였다. 하지만 철군패가 상처를 입었듯이 신도제원 역시 기력이 고갈되어 더 이상 철군패를 공격할 힘이 남아있질 않았다.

그러나 신도제원은 그 모든 문제를 간단하게 해결했다.

"놈을 죽여랏!"

그의 지배력이 다시 발휘되며 이제까지 물러서있던 무인들이 일제히 철군패에게 달려들었다. 철군패가 사자후를 펼치기 전에 그들을 이용해 말살하려는 것이다.

"우우우!"

수천 명의 무인이 기성을 지르며 철군패를 향해 달려들었다.

"크윽!"

철군패가 후들거리는 다리로 일어나려 했다. 솔직히 손가락 하나 까닥하기 힘들 정도로 몸이 망가져 있었지만, 방법이 없었다.

사환의 폭발에 당한 상처는 차라리 견딜 만했다. 문제는 파멸강을 중간에 억지로 멈춘 부작용이었다. 파멸력은 인세에 존재하지 않는 힘, 일단 한 번 펼쳐지면 모든 것을 파괴한다.

그런 힘을 억지로 멈췄으니 그 모든 부하가 철군패의 몸에 걸려버린 것이다. 더구나 사환이 폭발하는 충격이 파멸력의 폭주에 가속을 걸어버렸다. 가속이 걸린 파멸력은 급속도로 철군패의 몸을 잠식해왔다.

이를테면 자신의 힘에 자신이 먹히는 그런 상황인 것이다. 이대로 시간이 흐르면 철군패는 적들의 손에 죽기 전에 오히려 파멸력에 의해 소멸될 가능성이 높았다.

철군패는 몸속에서 폭주하는 파멸력을 멈추려 했다. 하지만 파멸력은 전혀 제어되지 않았고, 오히려 철군패의 몸을 파괴하기 시작했다. 거기에 수천 명이 넘는 무인들의 공격까지 이어졌다.

철군패가 입술을 질근 깨물었다.

"으하하! 멸제여. 소멸의 길을 걸어 그 존재조차 남기지 말고 사라지거라."

신도제원의 광소가 울려 퍼졌다.

신도제원에게 종속된 수천의 무인들이 해일이 되어 철군패를 덮치는 순간이었다.

쿠우우!

갑자기 허공에서 거대한 회색 운무가 내려와 대지에 그대로 내리꽂혔다. 철군패를 향해 달려들던 수천의 무인들 중 수백이 피하지 못하고 그대로 거대한 회색 운무에 집어삼켜졌다.

쿠콰가각!

회색 운무 속에서 사람이 송두리째 씹히는 듯한 기성이 울려 퍼졌다. 비녕도 없었다. 회색 운무에 집어삼켜진 수백의 무인들의 기감이 그대로 사라졌다.

"……."

갑자기 정적이 찾아왔다.

철군패를 향해 달려들던 수천의 무인이 그 자리에서 멈췄다. 신도제원의 정신감응 능력에도 불구하고, 그들은 더 이상 움직이지 못했다.

"뭐하는 것이냐? 어서 공격하지 않고."

신도제원이 명령을 내렸지만 석상이라도 된 것처럼 그들은 더 이상 움직이지 않았다. 그들의 다리가 대지에 뿌리를 내린 것 같았다.

무언가 있었다.

거대한 회색 운무 속에 수천의 무인들을 옴짝달싹하지 못하게 만드는 그 무언가가 존재했다.

번쩍!

거대한 운무 속에서 두 줄기 섬광이 일어났다.

믿기 힘들었지만, 신도제원은 그것이 사람의 눈빛이라고 생각했다. 섬광을 마주한 순간, 신도제원은 자신의 영혼이 붕괴되는 듯한 충격을 느꼈다.

"이럴 수가!"

신도제원이 자신도 모르게 뒤로 물러났다.

쿠콰콱!

그 순간 거대한 회색 운무가 움직이면서 또 다시 수백의 무인들이 휩쓸렸다.

　마치 거대한 폭풍과도 같은 파괴력과 존재감을 목도한 순간, 신도제원은 뒤도 돌아보지 않고 등을 돌려 도주했다. 그에게 정신을 제압당한 무인들이 뒤를 따랐다.

　항거할 수 없는 거대한 존재에게서 조금이라도 멀어지겠다는 듯이 그들의 걸음은 필사적이었다. 회색의 운무는 그들을 쫓지 않았다.

　회색 운무 속의 섬광이 철군패에게 향했다.

　철군패의 얼굴은 온통 시커멓게 변해 있었다. 자신의 몸에서 발생한 파멸력에 의해 몸이 먹히는 과정에 들어간 것이다.

　회색 운무 속에서 차가운 한마디가 흘러나왔다.

　"애송이."

　회색 운무 속에서 손이 불쑥 튀어나와 철군패를 끌어당겼다.

『파멸왕』 10권에서 계속

생사금고

한이담 신무협 장편소설

ORIENTAL FANTASYSTORY & ADVENTURE

生死禁錮

2010년, 무협계를 강타할 신인의 등장!
한이담 신무협 장편소설

전대기인이 소림에 제자로 들어간다?
30년 만에 출도한 절대고수, 음모에 빠지다!

소림에서 벌어진 충격적 살인사건.
그러나 그것은 거대한 음모의 시작에 불과했다!

dream books
드림북스

독왕전기

毒王傳記

서하 신무협 장편소설

ORIENTAL FANTASYSTORY & ADVENTURE

병장기가 재고로 쌓여 있으면 전쟁을 일으켜서라도
땡처리를 해야지! 장사꾼이 놀아?

『묵시록의 기사』, 『사도』, 『대운하』의 작가!
서하 신무협 장편소설

신물 독각수(毒角獸)로 만독지왕이 된 진조영.
광동을 넘어 중원 상계(商界)의 거목이 되다!

dream books
드림북스

이환 판타지 장편소설
FANTASYSTORY & ADVENTURE

숲의종족
클로네

『은빛마계왕』, 『정령왕 엘퀴네스』의 작가!
이환이 그려간 신비로운 숲의 종족 클로네!

태곳적부터 이어온 클로네와 마물족 간의 대결.
그리고 그에 얽힌 세계의 종말에 관한 비밀!

세계를 구하려면 클로네의 비밀을 찾아야 한다.
운명의 아이, 세이가 그 끝 모를 모험에 뛰어든다!

dream
books
드림북스

2010년 무협계가 주목한 작가
권인호 신무협 장편소설
天極之
권인호 신무협 장편소설
일류가 삼류에게 패하는 강호 초유의 사태.
모든 것은 한 소년이 쓴 무공서에서 시작됐다!
재미 삼아 쓴 23권의 얼치기 무공서.
세상에 나타나자마자 천하 무림에 파란을 일으키다!
dream
books
드림북스